LA PRUEBA

mr

CONSEJO GENERAL
DE LA ABOGACÍA
ESPAÑOLA

MUTUALIDAD DE LA
ABOGACIA

Esta obra resultó ganadora del Premio Abogados de Novela 2010, convocado por el Consejo General de la Abogacía Española, la Mutualidad de la Abogacía y Ediciones Martínez Roca (Grupo Planeta), y fallado por un jurado compuesto por Julia Navarro, como presidenta, Jesús Sánchez-Adalid, Eduardo Garrigues, Isabel Pisano, José Calabrús, por parte de la Mutualidad de la Abogacía, Pedro Yúfera, decano de Barcelona, y Carmen Fernández de Blas como secretaria.

Carmen Gurruchaga

LA PRUEBA

mr · ediciones

El papel utilizado para la impresión de este libro
es cien por cien libre de cloro
y está calificado como **papel ecológico**.

Ediciones Martínez Roca es un sello editorial de Ediciones Planeta Madrid, S. A.
Paseo de Recoletos, 4. 28001 Madrid
www.mrediciones.com
Primera edición: marzo de 2010
ISBN: 978-84-270-3609-3
Depósito legal: M. 8.454-2010
Preimpresión: J. A. Diseño Editorial, S. L.
Impresión: Unigraf, S. L.

Impreso en España-Printed in Spain

«No existe un solo modelo de democracia, o de los derechos humanos, o de la expresión cultural para todo el mundo. Pero para todo el mundo, tiene que haber democracia, derechos humanos y una libre expresión cultural.»

KOFI ANNAN

A mi padre, que
siempre estará en mi cabeza
y en mi corazón

PRIMERA PARTE

UNO

Antes de la hora del desayuno, Jimena Beltrán siempre seguía la misma rutina. Primero aporreaba el despertador; luego, cuando comprobaba que era incapaz de volverse a dormir por más que lo intentara, por muchas vueltas que diera tratando de buscar la postura más cómoda para recuperar el sueño que acababa de escapársele, se desperezaba lentamente, estirando despacio cada uno de sus miembros, buscando en las esquinas de la cama ese espacio entre las sábanas que conservaba restos de frío y, finalmente, solo porque no le quedaba más remedio, terminaba por levantarse.

Se encaminaba a la ducha refunfuñando y arrastrando los pies; salía fresca y renovada, pero más enfadada todavía, rumiando improperios contra el mundo, el horario laboral y la necesidad de madrugar, y se maquillaba y vestía mientras terminaba de hacerse el café. Se lo bebía rápido, sin apenas saborearlo, y pocos minutos después ya estaba en la calle. En su boca se mezclaba su sabor con el de la pasta de dientes y, justo antes de salir, volvía a escupir unas cuantas maldiciones más que, invariablemente, morían en cuanto el ascensor llegaba al portal. Antes de empujar con fuerza la pesada puerta de metal inspiraba profundamente y, cuando terminaba de abrirla, ya era la Jimena de siempre, la que todos conocían, la que se deshacía en sonrisas con la señora Julia, la portera, y dedicaba un par de bromas subidas de tono a Susana, la propietaria de la tienda que ocupaba la planta baja de su edificio y que a esas horas solía encontrarse fuera, abriendo la reja metálica, limpiando el coqueto escaparate o sacudiendo el felpudo ante su puerta.

A medida que bajaba la calle, estimulada por los saludos y las sonrisas, Jimena comenzaba a animarse, sus tacones se arrancaban a repiquetear cuesta abajo y, movida por la alegría de sus propios pasos, las nubes terminaban por despejarse. Entonces buscaba, casi de manera instintiva a fuerza de repetir una y otra vez la costumbre, su cartera dentro del bolso y, pocos metros antes de toparse con el primer mendigo tirado en la acera, ya llevaba las monedas en las manos. Siempre procuraba hacerse con cambio suficiente antes de terminar el día, eso le evitaba tener que recurrir por las mañanas a los billetes y, también, la primera bronca de la jornada, la que le echaría Roberto en cuanto llegara a la oficina al enterarse de que, de nuevo, se había dejado más de cinco euros en limosnas.

Pero ella no tenía la culpa de ser generosa, ni de que fuera la suya una vía tan concurrida, ni tampoco de que cada vez hubiera más necesitados y pedigüeños en Madrid, ni mucho menos de que el límite marcado por sus compañeros fuera tan exiguo.

Definitivamente, no tendría que haberles permitido fijárselo. Ya era mayorcita y responsable y no necesitaba que nadie le impusiera normas ni restricciones. Mucho menos ellos. Qué sabrían esos hijos de la abundancia, con su educación y los desahogos a los que desde niños estaban acostumbrados, lo que era necesitar de la caridad de los demás.

No. No eran quienes para medirla ni controlarla. Ni siquiera el ser la más dormilona, la última en llegar, les daba ese derecho sobre ella, pensó. Por eso les mentiría, como por otra parte hacía todos los días. Y con una sonrisa triunfal encaró la cuesta de Moyano.

—¿Hoy también te has pasado? —preguntó Merche aferrada a su segunda taza de té.

—Claro —respondió mientras abría la puerta de su despacho.

—Ya verás Roberto —le gritó la secretaria desde su asiento.

Pero había dejado de escucharla. Con el ceño fruncido, aún sin sentarse, sin siquiera quitarse la ligera chaqueta de lino, Jimena consultó las citas marcadas en la agenda abierta sobre la mesa para ese lunes 26 de julio y comprobó en los asuntos pendientes que, un día más, Paloma Blázquez seguía sin llamarla.

No podía ser, debería hacer algo, pero todavía no tenía claro qué, pensó mientras colgaba la prenda en el pequeño armario tras la puerta y echaba un vistazo al jarrón sobre la mesa redonda que solía usar para conversar de un modo más cercano con sus clientes. Le faltaba agua, como siempre. Y suspirando y armada de paciencia se dispuso a rellenarlo una vez más y a repetirle de nuevo a Merche, como todos los días, que era tarea suya encargarse de que a la señora de la limpieza le entrara en la cabeza que todas las tardes, a última hora, tenía que ocuparse de las flores.

«Si no, no durarán nada», se dijo para sus adentros, y ella debía, *necesitaba* ver flores frescas en su despacho.

Era su manía, y en comparación con los gastos y tonterías de los otros, sus flores no suponían un presupuesto excepcional. No quería rosas ni orquídeas. No necesitaba flores caras, pero sí frescas. De la misma manera que a Aitor no podía faltarle la foto de sus hijos sobre la mesa del despacho, a Jorge un par de cigarros y a Roberto la escapadita diaria a la hora de la comida para jugar al squash.

—¿Ya estamos refunfuñando?

Levantó la cabeza. Era Jorge asomando junto al marco de la puerta su hermosa cabeza de príncipe heredero.

—Sí. Las flores, como siempre. Nunca les ponen agua.

—Y tú, como siempre, gruñes por lo mismo. Anda, vamos, llena el jarrón de una vez y déjalo en su sitio, mientras voy llamando el ascensor. —Y sin esperar respuesta dio media vuelta y se encaminó hacia el recibidor sabiendo que ella no tardaría en seguirle.

—¿Y los demás? —le dio tiempo a preguntarle mientras él se alejaba.

—Aitor aún no ha llegado y Roberto está hablando por teléfono; dice que ahora baja.

«Bien —pensó Jimena—, con un poco de suerte, si la llamada le abstrae lo suficiente, se olvidará de preguntarme cuánto me he gastado ya.» Y, contenta, se dispuso a seguir a su compañero y amigo desde hacía tanto tiempo. Y, por fin y como Dios manda, sentada ante la decrépita pero acogedora barra del Sensaciones, a desayunar.

DOS

A Camila no le había sentado nada bien el desayuno, pero peor le había sentado la llamada de su Negro informándole de que hoy tampoco podría comer con ella. «Empieza ya a aburrirse, seguro, y por eso me da esquinazo», se dijo rabiosa. Pero luego se preocupó cuando se dio cuenta de que tenía toda la hora de la comida y la tarde libre por delante y apenas amigas en la ciudad con las que salir.

Todas estaban fuera, huyendo de los calores veraniegos cada vez más intensos de un Madrid asolado por el efecto invernadero. Se habían ido a descansar a sus casas de la sierra o de la playa mientras ella se asaba, mano sobre mano, esperando que su «novio» se dignase hacerle un hueco en su agenda.

Aunque tampoco podría decirse que se tratara de un novio al uso. Más bien era un amante, sonrió saboreando ese pensamiento. Sí, decidió, ese era el término más adecuado, ya que, a fin de cuentas, el suyo era un romance prácticamente secreto; no tanto como oculto porque ninguno de los dos tomaba tantas precauciones semejantes a las que se adoptan cuando se está cometiendo adulterio, pero sí llevado con la discreción suficiente como para que sus hijos y personas allegadas no pusieran el grito en el cielo. Y es que quién podría pensar que una señora digna como ella, de tan alta cuna y de tan arraigado apellido, se metía en la cama día sí y noche también —no tantas como ella quisiera, eso era cierto, pero sí muchas más de las que cualquier mujer de su edad aspiraba a disfrutar en su rutina habitual—, con un hombre bastante más joven que ella, más próximo a la edad de sus hijos que a la suya.

Por esta relación, solo por ella, se dijo, valía la pena pasar calor y dejarse morir al borde de la piscina a la espera de que él decidiera visitarla. Se había colgado hasta tal punto con este jovencito que hacía caso omiso de las llamadas de las compañeras de bridge que la reclamaban en Sotogrande y que no se cansaban de repetirle por teléfono cuánto la echaban de menos.

Que se fastidien, se dijo, y levantó la mano en un gesto imperativo para indicar al mayordomo que la atendiera. Necesitaba que le acercara el teléfono y otro gin tonic; debía efectuar unas cuantas llamadas para entretener la tarde y hacer fructífera la espera. Primero a la masajista, luego a la peluquería y, finalmente, a ese nuevo ZENtro de masajes asiáticos en el que la última vez le hicieron sentirse en el cielo. Se había marchado con ganas de probar un nuevo tratamiento, ese en el que te embadurnan el cuerpo con chocolate; y también el de la vinoterapia.

«Que tenga su comida de trabajo en paz —se dijo—. Que charle con sus amigotes y decidan entre todos el futuro del país, de las finanzas y de un buen puñado de empresas. Que trabaje y charle y coma y se fume su buen par de puros. Que se prepare porque todavía el Negro no sabe que si me he quedado en Madrid es para disfrutar de él y no para estar sola. ¡Se va a enterar esta noche!», pensó.

TRES

A José Luis Martínez la comida de trabajo se le estaba haciendo eterna. Primero tuvo que esperar a sus socios, que se retrasaron más de media hora y llegaron, con su cachaza habitual, sin preocuparse por pedir disculpas, y, después, soportar su charla estúpida sobre fútbol, coches de lujo y mantenidas. Ya le estaban tocando las narices. Aquello no era serio. Puede que ellos fueran empresarios forrados de pasta acostumbrados a ese tipo de informalidades, pero él no. Él era un letrado, había estudiado una carrera, sacado el doctorado y hecho algunos posgrados; tenía su propio bufete y, al parecer, un diferente concepto de los compromisos. Pero, sobre todo, mucho respeto al tiempo de los demás.

Los otros, en cambio, en ese momento, solo tenían cabeza para las vacaciones que se aproximaban. Hablaban sin cesar, como dos viejas cotorras, de los yates que uno tenía en propiedad y el otro pensaba alquilar, de la vidorra padre que se pegarían los dos próximos meses y de las escapadas que procurarían hacer para dar esquinazo a sus familias y largarse por ahí con alguna «buena mala chica».

«Dos meses. Qué cabrones», pensó Martínez.

No sabía si sentir envidia o asco. ¿Cuánto tiempo hacía que él no se tomaba dos meses seguidos de descanso?

Ya se veía que lo de sus compañeros de mesa no era el trabajo duro, ya, sino la pura especulación; hacer dinero rápido y de la manera más fácil posible, sin pensar demasiado, ni mucho menos sudar, y luego, eso sí, apurarse a repartir los beneficios. Si en el horizonte aparecía cualquier tipo de riesgo, no dudaban en abandonar el barco.

Si lo pensaba con detenimiento, no sabía por qué estaba con ellos.

Mentira, por supuesto que lo sabía: por el dinero.

Mientras tomaba el puro que el camarero le ofrecía los miró en silencio. Reían y se daban palmadas en los hombros como si acabaran de ganar un partido, pero lo único que jaleaban era la enésima broma de mal gusto que uno de ellos, cualquiera, acababa de contar. No le había escuchado, pero compuso una sonrisa de circunstancias que le sacara del paso. Pronto dejaron de prestarle atención para volver a sus chanzas, al recuento de conquistas y a las exageraciones sobre sus capacidades y proezas jugando al golf o entre las sábanas. Por más que le requirieron algún dato o le tantearon sobre sus conquistas, él se empeñó en callar. Le gustaba saborear los puros en silencio y consideraba de mal gusto hablar de damas en la mesa.

Ellos no tenían problemas, claro, porque hablaban de putas. Aun así, Martínez prefirió no meterse en esa conversación y guardar para sí sus propios recuerdos y secretos, seguro de que, si sus amigos supieran el nombre de su última «novia», divertidos y tal vez incluso escandalizados, no tardarían en pregonarlo a los cuatro vientos.

Una de las cosas que José Luis Martínez más temía era la indiscreción, al menos en lo que atañía a su propia vida, aunque, por descontado, no a la de sus clientes o enemigos. Y hablando de enemigos, tenía que acordarse de hacer indagaciones sobre los planes y vicisitudes veraniegas de sus empleados, competencia y oponentes. Detestaba no estar informado y, por tanto, prevenido de los movimientos de todos aquellos que, por las buenas o por las malas, le concernían.

Uno de los que más le molestaban era la persona a la que él llamaba «el abogaducho», uno de los cuatro socios de Beltrán, Castro, Daroca y Martin. No era peligroso en absoluto, pero le tenía una tirria especial. No podía soportar sus aires de superioridad moral; esa actitud suya de chico de clase alta con educación liberal le reventaba. Y lo peor es que sus compañeros de despacho eran igual que él, unos metomentodo que siempre terminaban metiéndose donde no debían. Se merecían llevarse un día un buen palo en las narices, y ojalá pudiera propinárselo él.

Se le pasó por la cabeza tomar nota en su agenda electrónica de estos pensamientos, porque estaba seguro de que con tantos asuntos, procesos y negocios como tenía en mente terminarían por olvidársele. Finalmente desistió de hacerlo; sabía que los cabezas de chorlito de sus socios lo considerarían de mal gusto.

Así las cosas, se limitó a suspirar, arrellanarse en el asiento de diseño y disfrutar, escondido tras la pálida nube de humo procedente del puro, del recuerdo de su último encuentro con Camila.

«Qué bomba de mujer. Y qué fogosa.» Volvió a suspirar. «Es un poco pesada, es cierto, pero ya se sabe que la perfección absoluta, y más en una mujer, es difícil de alcanzar», pensó.

Entrecerró los ojos llevado por una cierta modorra y sus sucios pensamientos. Antes de dejarse ir por completo, acunado por ellos, echó un último vistazo a la esfera de su reloj. Por tercera vez suspiró: quedaba todavía mucha sobremesa. Y mientras sus socios brindaban y reían, hizo acopio de toda su paciencia.

CUATRO

Cuando Aitor Castro entró en el Sensaciones sus compañeros ya habían terminado los cafés. Le dio rabia, se había perdido la sobremesa, por lo general el momento más productivo del día aunque transcurriera fuera del bufete. No sabía por qué, pero hablar en la mesa de una cafetería seguía siendo mucho más fácil y fructífero para ellos que cualquier reunión programada en la enorme sala de juntas de la oficina. A menudo había reflexionado sobre esta particularidad con Roberto, Jorge y Jimena, y la única conclusión que había sacado en limpio, sugerida entre risas por Roberto, el más analítico e irónico de todos ellos, aludía a una peregrina teoría. Aseveraba que el hecho de que fueran más capaces de pensar delante de cuatro tazas de café que en su propio bufete, apoyados por sus libros y sus títulos de licenciados, se debía a los cientos de horas perdidas en el bar de la facultad jugando al mus o cualquier otro juego de cartas.

—Vaya horas de llegar —le abroncó Jorge.

—Lo siento, me lié con compras de última hora. Programar un viaje de este tipo no resulta tan sencillo como creí al principio —se excusó.

—Más que «viaje», deberías llamarlo «expedición» —sugirió Roberto, tan serio como siempre pero con esa socarronería que solo los que hacía años que le conocían eran capaces de percibir bajo sus observaciones aparentemente inocentes e incluso banales.

—O «el viaje de tu vida» —completó la burla Jorge.

—Sí, ya, «la gesta de un hombre solo en pos de su individualidad» —declamó Aitor impostando la voz, como si fuera uno de esos locutores que anuncian gestas televisadas en una cadena de documentales—. «Un urbanita y el océano, un enamorado del mar frente a una de las cordilleras marinas más espectaculares del mundo, un buzo solitario frente a los peligros y la adversidad, un...»

—... Un jeta que nos carga con su trabajo —interrumpió Jimena.

Aitor detuvo su perorata y la miró; no mucho tiempo, no tan fija ni tan fieramente como si el exabrupto hubiera partido de cualquier otro de sus compañeros, pero lo hizo. Como ella no bajó los ojos, como mantuvo su mirada y, pese a darle la oportunidad, no manifestó propósito alguno de ir a realizar ningún intento por disculparse, saltó al fin, tras dudarlo un instante:

—¿Y a ti qué te pasa?

—Hoy tampoco la ha llamado Paloma Blázquez —explicó Jorge, disculpándola.

—Pero yo no tengo la culpa —se defendió dolido, y, como sintiendo la necesidad de justificarse una vez más ante ellos, de nuevo comenzó con la retahíla que ya había repetido al menos cinco o seis veces en el último mes—. Todos sabéis que hace al menos tres años que no me cojo más de cinco días seguidos de vacaciones, y aunque sé que el bufete está ahora bastante cargado de trabajo y que dejo un par de asuntos pendientes que no tendré tiempo de dejar resueltos...

—Vale, déjalo —cortó Roberto—. En primer lugar, no vuelvas a disculparte por tomarte unos días que te mereces y que te corresponden. En segundo, ya te hemos dicho más de mil veces que los tres o cuatro casos pendientes de citación no son una carga para ninguno de los tres. Ya tenemos el calendario cerrado con los días en que presumiblemente saldrán tus sentencias y también están anotadas las fechas en que vence la presentación de tus recursos, así que relájate.

—No te lo tomes tan a pecho —prosiguió Jorge—. De verdad que no pasa nada. Si a veces te hacemos algún comentario picajoso, es porque nos morimos de envidia. Yo, desde luego, porque por ser un prisillas y tomarme mis vacaciones en primavera, ya ni me acuerdo ahora de ellas. Y estos dos —dijo señalando a Roberto y Jimena—, porque les amarga pensar que las suyas no van a llegar hasta septiembre.

Pero Aitor seguía sin parecer convencido. Oía a sus amigos y asentía, pero no podía dejar de mirar a Jimena. Esta, ausente, con la vista ahora baja, fija en su taza, revolvía con parsimonia el poco café frío que le quedaba y, consciente del peso de sus ojos sobre ella, se empecinaba en callar. Roberto y Jorge, entretanto, puede que para disimular el espesor de su silencio enconado, se empeñaban en parlotear y acosar a Aitor con preguntas técnicas sobre el itinerario, el equipo y mil y un detalles relativos a su viaje.

Lo cierto es que llevaba meses preparando con especial meticulosidad y cuidado todos los aspectos de su «expedición», no en vano hacía más de diez años que soñaba con realizarla. Ahora faltaban apenas cinco días para iniciarla y se sentía emocionado como un niño con zapatos nuevos, pero no por ello descuidado. Se había ocupado de las reservas de combustible, había hecho acopio de alimento y bebida suficiente para no tener que pisar puerto en un tiempo considerable y, en un alarde de previsión, había comprobado hasta la saciedad, en al menos tres páginas web especializadas, la previsión meteorológica.

Su destino eran las montañas marinas Gorringe, situadas al sur de Portugal, que recibieron ese nombre tras haber sido descubiertas por un buque de exploración estadounidense comandado por el capitán Henry Honeychurch Gorringe. Desde su adolescencia, cuando comenzó a aficionarse al buceo, fantaseaba con conocer la mayor cordillera marina del mundo, la Dorsal Atlántica, que se extiende desde Islandia hasta la Antártida en un recorrido de más de veinte mil kilómetros de fondo marino. Pero para tamaña gesta hacía falta disponer de mucho más tiempo, por lo que ese mes de agosto, rebasada la treintena, decidió «conformarse» con Gorringe, uno de los patrimonios montañosos europeos más importantes, ubicado frente a la península Ibérica y entre los archipiélagos de Azores, Madeira y Canarias.

Estaba tan fascinado por la idea de bucear por una de las cordilleras más antiguas del océano, originada probablemente durante la creación del Atlántico, que se extendió largamente explicando a sus dos colegas los cambios y ajustes realizados en las últimas semanas al *Nekane,* su barco. Era un velero Taylor 49 de escasos cinco metros de eslora que había comprado de segunda mano, inmediatamente después de su divorcio. Le hubiera gustado otro algo más grande, pero justo por esas fechas sus ahorros no daban para más.

—Cuando lo compré el casco se encontraba en muy buen estado, la tapicería interior estaba renovada y el toldo también era nuevo, pero aun así he tenido que darle algunos repasos. El motor fueraborda y la bomba de achique los compré nuevos en su día, pero por si acaso le he añadido un motor de repuesto, para evitar sustos.

—Haces bien —Jorge se las daba de entendido—, toda seguridad es poca.

—Quédate tranquilo, he comprobado hasta la saciedad el chaleco, las bengalas y el remo, la bocina de niebla...

—Y, sin embargo —dejó caer inesperadamente Jimena—, se te olvida lo más importante: la compañía.

Jorge y Roberto quisieron fulminarla con sus miradas, pero ella, terca y obcecada en la contemplación de su taza ya vacía, no se dio por aludida.

Aitor, en cambio, sonrió satisfecho. Al fin comprendía el motivo de su enfado. Y le agradaba esa preocupación.

—Yo no tengo la culpa de que nadie quiera acompañarme —dijo al fin con un encogimiento de hombros—. No voy a renunciar a mi sueño por esa nimiedad.

—Qué propio de ti.

—Lo tengo todo controlado y te prometo no hacer tonterías. No olvides que soy un padre de familia.

—Tendrás a tu madre contenta. —Jimena seguía sin ceder.

—Desde esta mañana sí.

—¿Y eso? —intervino Jorge, más para romper el hielo y mediar en aquel duelo dialéctico que por verdadero interés por más que Lola, con la que se había citado esa misma tarde, no dejara de parecerle una mujer fascinante.

—Al fin ha llegado el Breitling Emergency, un elemento más del equipo que a ella le tranquiliza. Ha costado casi tanto como la Taylor 49, y eso que es uno de los modelos más baratos, con caja de titanio y brazalete de caucho.

—Aaah, pues ya me quedo más tranquilo —asintió con un énfasis exagerado Roberto—. Sobre todo porque no sé qué es.

—Un reloj, idiota —aclaró Jorge.

—Sí, y todo un coñazo, es grande y pesado y cabecea mucho en la muñeca, pero tiene una tapa roscada en cuyo interior se halla una antena extensible que lo hace único: es un instrumento de una precisión asombrosa y lleva equipado una radio-baliza que emite en la frecuencia de emergencia de VHF. Muchas personas han salvado la vida gracias a él. Lo utilizan pilotos o marinos que corren el riesgo de sufrir cualquier tipo de percance en zonas en las que otros sistemas de comunicación no garanticen fiablemente su localización a los equipos de rescate. A mí me parecía un dispendio, pero mi madre me hizo chantaje: o me hacía con uno de cara al viaje, o no aceptaba quedarse con los niños.

—¿Cómo supo tu madre que existe ese cachivache? —preguntó Roberto.

—Porque habló con todos los periodistas que conoce especializados en deportes de riesgo, con los que cubren el París-Dakar, con un primo suyo de San Sebastián que dio la vuelta al mundo en un barco de vela... Ya sabéis cómo es ella.

—Bien por Lola —murmuró Roberto.

—Creí que Nekane y Jon se quedaban con Maika —gruñó de nuevo Jimena. Intentaba fingir indiferencia, pero todos advirtieron ese modo especial de arrastrar las letras al pronunciar el nombre de la ex mujer de Aitor. Hacía casi una década que no se soportaban.

—¿Deliras? —Aitor enarcó una ceja.

A pesar de que tenían la custodia compartida de sus dos hijos, Maika no era precisamente una madre entregada, y todos lo sabían. Ella lo achacaba a que se había casado demasiado joven, casi una niña, y no quería asumir que los días de minifaldas exageradas, discotecas y barras de labios nacaradas habían terminado para ella o estaban a punto de hacerlo. Ninguno de los tres la soportaba, por lo que su análisis sobre Maika era lo menos objetivo que existe. No utilizaban el mismo rasero para medir a su amigo que a su ex. En su opinión, era una madre, no una chiquilla por más que se empeñara en parecerlo y, en más ocasiones de las deseables, se comportara como tal. Quería a los niños, es más, los adoraba, de eso no cabía ninguna duda, pero agradecía como agua de mayo que Aitor y Lola se ocuparan tanto de ellos. Así podía salir con sus amigas, todas solteras o divorciadas, como ella, en busca de un príncipe azul definitivo, con mucha pasta y pocas pegas, que cumpliera todas sus expectativas, la tratara como a una reina y la sacara noche y día a pasear.

—Creo que tiene reserva hecha desde hace meses en un hotel de Cancún —siguió explicándoles Aitor—. Va con toda su pandilla.

—Turistas: temblad —comentó Roberto.

—No saben la que se les viene encima —corroboró Jimena.

CINCO

Jorge, con su esmero habitual, terminó de cepillarse los dientes en el baño anexo a su despacho. Siempre acostumbraba a ser muy cuidadoso con su higiene personal, incluso hasta extremos que Jimena calificaba de atildados. Pero hoy él mismo no podía dejar de reconocerle a su imagen en el espejo que se estaba excediendo. No sabía por qué, pero la visita de Lola, que llegaría en apenas cinco minutos, como siempre sin demoras, le ponía extrañamente nervioso.

Lola Zelaya era la madre de Aitor y este era, posiblemente y junto con Roberto, su mejor amigo. La visita se debía a una consulta profesional; ella era una conocida periodista que estaba ultimando un artículo sobre los Centros de Internamiento para Extranjeros, más conocidos como los CIE, y él era un abogado especializado en migraciones que amablemente se había prestado a asesorarla. Nada raro, nada fuera de lugar. Y, sin embargo, ahí seguía ese cosquilleo, la preocupación por comprobar que todo estaba bien: los gemelos perfectamente colocados en los puños de su camisa, ni una mota de polvo en la chaqueta, la bandeja con la jarra y los vasos de cristal impolutos, la mesa razonablemente ordenada y, sobre todo, su pelo domado y su sonrisa, que de nuevo ensayaba ante el espejo, tan inmaculada y correcta como siempre. Antes de sentarse ante su escritorio, sopesó la idea de echarse un poco más de colonia. Arrugó el ceño. No; ella, tan perspicaz, lo notaría.

Tampoco era necesario resultar tan evidente, llegar a una situación incómoda. Hacer el ridículo.

Eso jamás, se advirtió. Lola era la madre de su amigo. Guapa, elegante, mayor, con clase, ideal... Un sueño de mujer veinte años mayor, pero, sobre todo, volvió a reiterar haciendo hincapié en lo más importante, era la madre de su mejor amigo.

Impecable y concentrado en ese pensamiento que, como un mantra, no dejaba de repetirse por dentro, se acomodó al fin ante su ordenador. Despistado, sin saber cómo, terminó abriendo la carpeta de imágenes en la que guardaba las fotos sentimentales, las personales. No las relacionadas de algún modo con sus casos, sino aquellas que solían enviarse él y sus compañeros, recuerdos encontrados en los viejos álbumes familiares y que ahora escaneaban para poder compartir; instantáneas tomadas en cenas comunes, fiestas de trabajo, comidas o celebraciones en las que Jimena, Aitor, Roberto y él aparecían con copas en las manos, con gorros de Papá Noel o sonrisas triunfales después de haber ganado algún juicio especialmente peliagudo. Se entretuvo abriéndolas y observándolas, primero al azar, haciendo clic en los iconos que iban apareciendo en la lista de archivos por orden alfabético. Al rato y ya de manera deliberada, aunque no quería reconocerlo, buscando archivos concretos: los más antiguos, los que contenían fotos en blanco y negro tomadas durante los momentos comunes de su infancia. Imágenes de grupos de padres e hijos de excursión; chavales pecosos en bañador mostrando orgullosos haces de algas recién cogidas de la orilla a la cámara; un padre, Thomas, el suyo, sonriendo orgulloso ante una humeante barbacoa; varias madres alegres sentadas en la hierba, ante ellas un mantel a cuadros y, en el centro de este, una enorme paella. Ahí estaban Gemma, la madre de Roberto; Marina, la suya; y Lola. Quedó absorto contemplándolas. Eran jóvenes, y hermosas. Estaban llenas de vida.

Sintió que los ojos comenzaban a llenársele de lágrimas, incapaces de desprenderse de la sonrisa detenida de su madre, congelada para siempre en el tiempo eterno del recuerdo. Para romper el hechizo, para conjurarlo, siguió clicando en el ratón haciendo pasar más fotografías. Dos o tres instantáneas después, se topó con una foto de grupo de los adultos. Los tres matrimonios, enlazados como correspondía, cada marido con su esposa, hacían gala de una felicidad veraniega y despreocupada que pronto se demostraría efímera. Qué poco sabían en aquel momento, hace tal vez quince o veinte años, que de los seis integrantes de la pandilla dos de ellos morirían en breve: Jon, el padre de Aitor, a quien su amigo se parecía tanto, a causa de un inesperado accidente de tráfico, y Marina, mucho más despacio, devorada poco a poco por un cáncer traidor que se la llevó suave pero inexorablemente y los dejó destrozados. No quería pensar en eso, pasó rápido cuatro, cinco imágenes más, todas del mismo verano, hasta dar con la que desde el principio buscaba, la de las tres madres tomando el sol en la playa: Gemma, rellenita pero atractiva, Marina, con un pañuelo que protegía su pelo del salitre, tan semejante a los que después estaría obligada a llevar para cubrir su calvicie provocada por la quimioterapia, y Lola. Lola. De largas piernas y rostro serio. Esbelta y sencilla, mirando a los ojos de la cámara, atravesando el objetivo con la fuerza de su mirada.

Cerró de un golpe la carpeta, sintió una vergüenza repentina y como un niño pillado en falta, apagó de un manotazo la pantalla. Giró su silla, miró por la ventana y comenzó a meditar. ¿Sería posible que hubiera algo de edípico en su atracción por Lola, en ese amor platónico que arrastraba desde la adolescencia y no se curaba por más años que cumpliera?

«No —se respondió a sí mismo—. Es solo que me gustan las mujeres mayores y ella está estupenda.» Además era algo que iba más allá de lo físico: la admiraba, la respetaba, le enternecía esa lucha suya por sacar sola a sus dos hijos adelante, por bregar con un trabajo agotador y seguir siendo una estupenda madre.

Por otra parte, no debía darle tantas vueltas al tema: nunca iban a llegar a nada. Es más, ella nunca debía notarlo.

No era ningún secreto para nadie relativamente cercano a él su interés por las mujeres maduras. Le atraían por su dominio de sí mismas, porque había un cierto tipo de ellas valientes y decididas, conscientes de su valía y su individualidad, que se mostraban ante los hombres relajadas y seguras. Y tal vez era así porque se conocían lo suficiente, con sus puntos débiles y fuertes, y ya no tenían nada que demostrar. En ellas no había ni un ápice de esa ansiedad que detectaba en las veinteañeras obcecadas en aclarar que eran maduras cuando en el fondo seguían siendo tan niñas. Una ansiedad que percibía incluso todavía en las treintañeras, acuciadas por una cierta urgencia, empeñadas en una lucha por medrar y asentarse tanto en lo amoroso como en lo laboral.

Pero lo de Lola era diferente: no es que estuviera en los cuarenta, como gran parte de sus novias y conquistas recientes, es que estaba firmemente asentada en la cincuentena, y esa era demasiada diferencia incluso para él.

Dejando aparte, claro, el hecho de que existiera Aitor, lo que ya de por sí convertía el sueño en imposible y defenestraba cualquier descabellado plan.

Un sonido interrumpió sus pensamientos; era Merche llamándole por el interfono, Lola ya estaba allí. Sonrió al consultar de un rápido vistazo la esfera de su reloj y comprobar que, en efecto, eran las cinco en punto, tal y como habían quedado. Esos eran los detalles que le gustaban de ella: la puntualidad, la generosidad y el respeto para con los demás que implicaba no hacerles perder el tiempo y, también, la profesionalidad. Se levantó para acercarse a la puerta del despacho a recibirla, pero llegó tarde. La madre de su amigo ya estaba abriéndola con su energía habitual. Se besaron en las mejillas, él con un cierto nerviosismo que anquilosaba sus gestos, deteniéndose a comprobar que apenas había diferencia entre la joven mujer que acababa de admirar hace un instante en la pantalla de su ordenador y la real, tan alta y delgada. Seguía con su ondulado cabello castaño entreverado de reflejos dorados, los ojos azules perspicaces, atentos; la boca amplia y firme y las manos grandes y huesudas, tan cuidadas como eficaces; manos seguras de madre, de amante, de mujer trabajadora. Lola, por su parte, besó a Jorge con la familiaridad y confianza de siempre, con ese tipo de afecto teñido de condescendencia con que los adultos que trataron a alguien cuando era niño siguen usando de forma imperceptible pero habitual, como si no terminaran de creerse que el mocoso pudiera haber crecido hasta convertirse en un abogado de prestigio, sin ir más lejos.

—Hola. No sabes cuánto te agradezco que hayas podido atenderme, sé que estás muy liado... —comenzó a decir.

—No digas tonterías —le cortó él, indicándole a un tiempo que tomara asiento—. Para ti tengo un hueco siempre. Dime, ¿qué te apetece? ¿Té, café?

—Con un poco de agua fresca está bien, gracias. De verdad que no quiero entretenerte demasiado, pero he decido escribir el artículo del próximo lunes sobre los CIE y creo que no conozco a nadie más adecuado que tú para echarme una mano y explicarme con detalle para qué sirven y cómo funcionan esos centros.

—Por supuesto —sonrió Jorge al tiempo que llenaba un vaso con el agua casi helada de la jarra y se lo ofrecía—. Los CIE son nuestros pequeños «guantánamos». Se trata de lugares cuya existencia gravita en torno a un limbo jurídico, pues no se sabe a ciencia cierta qué ocurre en su interior. Las personas detenidas por su situación irregular permanecen internadas en ellos hasta su expulsión del país. Su delito es no tener papeles, una falta administrativa equivalente al impago de una multa de tráfico que, sin embargo, les supone el encarcelamiento. Son cárceles sin delincuentes, y la paradoja es que se les castiga con instrumentos procedentes del Derecho Penal cuando de lo único de que se les puede acusar es de cometer faltas tales como no haber renovado en plazo su autorización de trabajo y residencia, por ejemplo.

—¿En qué estatus funcionan?

—¿Te refieres a si están instalados solo en España? No, existen en toda Europa, y lo peor es que se sabe que desde hace años se producen en ellos violaciones sistemáticas de los derechos humanos como palizas, humillaciones, falta de atención médica, abortos provocados por las malas condiciones, insalubridad, hacinamiento, carencia de tutela judicial efectiva... Pero como los CIE no tienen un régimen interno desarrollado legalmente ni cuentan con protección judicial alguna más allá del auto que dicta el internamiento, solo la policía y los internos pueden acceder a su interior. Para que te hagas una idea: el régimen de visitas es muy estricto, solo conceden cinco minutos bajo la presencia física de un policía, lo que viola la más mínima intimidad del interno y su familia.

—No puedo entender cómo es posible que todo eso haya permanecido silenciado —se exasperó Lola levantando la vista de su libreta de notas.

—Por una conjunción de intereses. Que la información no haya trascendido a los medios mayoritarios no significa que no se haya denunciado. Lo hemos hecho, pero la denuncia ha sido sistemáticamente silenciada y si ha empezado a moverse ahora, hasta el punto, sin ir más lejos, de despertar tu interés, ha sido gracias a los foros de Internet que se preocupan por difundir, por ejemplo, que en Málaga se llegó a descubrir una red de esclavitud sexual, cuyos verdugos eran los policías del centro allí establecido. Nunca se les condenó porque víctimas y testigos fueron expulsados del país antes de que pudieran declarar ante el juez. —Después de esa parrafada, mientras tomaba aire de nuevo, Jorge dudó de si toda esa información le estaría resultando de utilidad a Lola. En realidad, no sabía si era esto lo que ella estaba buscando—. No sé si te ha quedado claro. Si hay algo más que pueda explicarte...

—Sí. Me gustaría saber más de algo llamado «la Directiva de la Vergüenza». Si no me equivoco, tiene relación con el tema.

—En efecto. —Una vez más, admiró su profesionalidad; Lola había hecho una excelente labor de documentación previa—. Es una directiva europea que se encuentra en trámite para su aprobación y pretende prolongar la detención en los CIE hasta los dieciocho meses. ¿Algo más?

—Si no es abusar de tu confianza, ¿llevas ahora mismo algún caso relacionado con los CIE?

—No uno, sino varios, pero si lo dices porque te interesa conocer el testimonio de primera mano de alguien que haya sido internado en uno de ellos, puedo concertarte una cita con Jonathan Jones, el abogado africano que me ayuda en estos asuntos. Él estuvo interno en el CIE de Aluche.

—Creo que no será necesario, pero te lo agradezco. No tenía ni idea de que Jonathan hubiera pasado por una experiencia así. —Mientras, entrecerrando los ojos, recordó al hombre amable y sonriente que conoció en una de las cenas organizadas por Aitor—. Eso me hace admirarle todavía más.

Y dicho esto se levantó, le sonrió efusiva y contenta y, tras besarle fugazmente en ambas mejillas y alzar su mano osada para revolverle el flequillo, como hacía cuando era un niño, se despidió alegando no sé qué de los niños y la necesidad de recogerlos en no sé qué piscina. Se marchó tan rápido como había venido.

Jorge se quedó unos segundos parado en mitad de su propio despacho, sorprendido, despeinado y algo confuso respecto a la fugaz visita de Lola. Se sentía admirado por su capacidad de análisis y su inteligencia, manifestada en las rápidas y certeras preguntas que le había planteado, pero esa despedida precipitada le había dejado noqueado. No sabía por qué, tenía la sensación de haber sido utilizado.

Seguro que si se lo contaba a Jimena esta se reiría como siempre terminaba haciendo. Resolvió quedarse en su despacho para no molestarla y, de paso, evitarse el sonrojo. Jimena estaba de especial mal humor estos días, quizá por la falta de noticias de Paloma Blázquez, y estaba seguro de que si ahora iba a verla, terminaría reprochándole su actitud borde e injusta con Aitor durante la sobremesa. Como ella no era de las que se callaban, contraatacaría acusándole de defender siempre, antes que a ella, a Roberto y Aitor, a los hombres, a sus amigos, y al final acabarían discutiendo. Francamente, no le apetecía.

Además, pensó encogiendo los hombros, no era la primera vez que le invadía ese sentimiento. En más de una ocasión, tras un encuentro amoroso con alguna de sus amistades maduras, le había parecido que le trataban como un hombre objeto.

SEIS

Lola salió apurada del despacho de Jorge. Tanto que ni tuvo tiempo para entrar a saludar a los demás socios de su hijo. A él, ni se había molestado en buscarlo, pensó cuando ya estaba dentro del ascensor que bajaba llevándola a la calle. Sabía que estaría ocupado con los preparativos de su viaje y, además, ya le vería por la noche en casa. Por su condición de periodista atada a los horarios que imponen los periódicos, de diez de la mañana a diez de la noche, nada más enviudar estableció una norma inquebrantable que había logrado no romper salvo en muy pocas ocasiones: la de compartir al menos el desayuno con sus hijos. Ahora que Aitor y Nacho habían crecido y formado sus propias familias, le había impuesto esa misma condición al primero antes de aceptar hacerse cargo de Nekane y Jon durante el tiempo que durase su travesía. Podía tardar tantas horas como necesitara en el despacho para dejar el mayor número de asuntos listos, y al terminar su trabajo, visitar todas las tiendas de artículos náuticos de Madrid para preparar el barco y el equipo; pero mientras estuviera en la ciudad y los niños en su casa, debía desayunar con ellos. Por eso estaba tan tranquila: sabía que, llegara a la hora que llegara, él tendría que terminar yendo, si no a cenar, sí al menos a dormir a su piso para poder levantarse al mismo tiempo que los críos. Lo tenía bien pillado.

Sonrió satisfecha: era una mujer acostumbrada a obtener lo que quería de los demás, sin malos modos, sin abusar, pero sin echarse atrás; a base de carácter, contactos o fuerza de voluntad. No hubiera podido salir adelante de otra manera.

En cuanto pisó la acera, un golpe de calor le azotó el rostro. De inmediato su cabello se apelmazó y sintió brotar el sudor, echando a perder su peinado y llenando la piel de su cara de brillos que el maquillaje no podría atenuar. Se rió al pensar en cómo le sentaría a Jorge, siempre tan perfecto, tal estropicio. Seguro que daría media vuelta y echaría a correr de nuevo hacia el interior para subir a su despacho y volver a refrescarse. Era tan coqueto que prefería llegar tarde a una cita que hacerlo en mal estado.

Pero no debía burlarse tanto de él, se reconvino. Era un chico estupendo que acababa de prestarle una gran ayuda y al que quería como a un hijo. «Además, tiene motivos para cuidar su físico: es rematadamente guapo, y eso siempre suele suponer una esclavitud.»

Los demás alardes eran justificables, como esa manía suya que conservaba desde niño de hablar con propiedad. Antes le hacía parecer un redicho y ahora un pedante, pese a lo cual no habría podido quitársela de encima, probablemente, porque su profesión le exigía un especial dominio de la palabra, reflexionó. Achacó esa artificiosidad que de vez en cuando imprimía en sus diálogos y que le impedía a veces manejar las conversaciones de manera más coloquial y relajada, con naturalidad, a una cierta falta de familiaridad en su trato con las mujeres. Supuso que esto último se debía a la fatalidad de haber tenido que criarse prácticamente sin madre, solo con la compañía de Thomas, su padre, un hombre de gran corazón, pero algo distante.

Lola conocía a Jorge desde que este tenía seis años. Sus padres, así como los de Roberto y ella misma y su marido, compraron un piso en la misma urbanización y, como los tres niños tenían edades parejas, coincidieron no solo en la guardería, sino también luego en el colegio y, fuera del ámbito académico, en el parque, la piscina comunitaria, las canchas de tenis... Pronto los tres se convirtieron en una piña, pero sin duda el más beneficiado de esa amistad era Jorge, hijo único, que de modo muy evidente echaba en falta la presencia de hermanos con quienes compartir juegos y correrías.

Siempre fue un chico brillante en casi todo: notas excelentes, bueno en los deportes, exitoso en sus actividades de ocio. Sin embargo, en la preadolescencia, a raíz de la larga enfermedad y posterior muerte de su madre, comenzó a decaer su entusiasmo. Era competitivo y ello le empujaba a mejorar, pero su actitud escondía cierta apatía, falta de ilusión, un descreimiento que no era normal en un chaval de su edad.

El compromiso, recordó Lola, le llegó a partir de los quince. Antes de esa edad, ese hermetismo que nació en él tras la ausencia de Marina le impedía involucrarse en exceso en casi nada, sobre todo si debía demostrar sus sentimientos en temas que le afectaban. Por eso le enternecía ver ahora hasta qué punto estaba volcado en el asunto de los CIE y en todo lo que tenía que ver con el mundo de las migraciones.

Se le vino a la mente Thomas, el padre de Jorge, y esas conversaciones en las comidas de fin de curso o en las charlas durante los partidos de fútbol entre escolares en las que él solía mostrarse siempre tan preocupado por la educación de Jorge, huérfano y sin hermanos. Lo cierto es que ambos, Lola y Thomas, tenían mucho en común: los dos debían criar solos a sus hijos y les asustaba no dedicarles el tiempo suficiente, absorbidos por sus trabajos —de cirujano él, de periodista ella—. Al mismo tiempo y de manera inconsciente, posiblemente por ese miedo de los que ya saben lo que es perder a un ser querido, temían sobreprotegerlos por el pánico a perderlos o a que les pudiera suceder algo.

De eso, de sobreprotección, Jorge estuvo sobrado hasta que él mismo se dio cuenta y empezó a liberarse de esas abuelas que se ocupaban de él la mayor parte del tiempo y que involuntariamente lo asfixiaban. Un día, recién cumplidos los quince años, se encaró con su padre y le dijo que ya no podía más con tanto mimo y tantos besitos de señoras mayores, que era perfectamente capaz de cuidarse solo y quería participar en más actividades con chicos de su edad.

Thomas, percatándose entonces de que ese miramiento excesivo no beneficiaba a su hijo, reaccionó y lo animó a volcarse más en el mundo del deporte. Jorge ya jugaba al tenis y al fútbol y lo hacía bien; pero desde ese invierno, junto a Roberto y Aitor, con los que compartía también el mismo equipo de fútbol juvenil, comenzó a practicar asimismo esquí y snowboard. Poco a poco se fue desprendiendo de ese egocentrismo y ese creerse más listo que nadie y, por fin, al cumplir dieciséis años, se atrevió a pedirle a su padre el regalo que ansiaba desde hacía tanto tiempo: quería viajar solo, conocer mundo, probar a defenderse por su cuenta.

Pasó todo ese verano trabajando como cooperante voluntario en el campamento argelino de Tinduf promovido por una ONG de ayuda a África, y eso le permitió participar de otra realidad: una vida en la que no solo se desconocía la opulencia, sino que incluso se carecía de lo más básico para sobrevivir.

El niño mimado, el ojito derecho de sus abuelas, el consentido de papá, tuvo que soportar temperaturas de cincuenta grados sin ventilador ni aire acondicionado y beber agua sin esterilizar y convivir con cientos, miles de moscas por todas partes: sobre la carne, el pan o los platos mugrientos llenos de arroz y bichos que devoraba sin pensar. Conoció la esencia misma de la pobreza y tomó consciencia de que era un privilegiado por haber venido al mundo donde le tocó nacer porque la pena por nacer en un país pobre en una familia pobre no entiende de igualdad de oportunidades.

Al final de aquel verano volvió a España habiendo creado un lazo sentimental con esa gente que jamás desaparecería, y Lola era consciente de la incalculable influencia que esta experiencia ejerció en la decisión de Jorge, años después, de especializarse en temas migratorios.

Pensó en el orgullo que sentiría Marina, la pobre Marina, al ver ahora a su hijo. Incluso le gustaría reconocer que algunos de los principales rasgos de su galanura provenían directamente de la legendaria belleza materna. Porque Jorge, eso no podía negarlo, era muy atractivo. Al menos para la mayoría de las mujeres. Rubio, de constitución atlética y ojos verde claro, estaba dotado de unas galantes maneras y de un sentido estético, sobre todo en lo que se refería a su propio vestuario, rematadamente acertado.

Sí, era un hecho constatado, aunque a ella nunca le hubieran gustado especialmente los hombres de ese tipo, tan bellos que parecían muñecos o príncipes azules. Y, pese a todo, Jorge era apuesto, el condenado.

Lástima que estropeara sus probablemente muchas oportunidades de ligar coqueteando a destiempo con mujeres demasiado mayores para él, pensó, y, divertida por el recuerdo de sus ojitos de cordero degollado, de su nerviosismo al mirarla, de ese tragar saliva antes de hablarle, accionó el mando a distancia de la puerta del coche procurando meterse en él tan rápido como le fue posible. Ya tenía ganas de poner el aire acondicionado y dejar de pasar calor, a ver si conseguía quitarse el sofoco antes de recoger a los niños y terminar la tarde con ellos, sin prisas ni agobios, disfrutando del regalo de ser abuela y sentirse todavía atractiva; del alivio que suponía tomarse un refresco con ellos, sin prisas al fin, mientras observaban cómo el sol se ponía desde su terraza.

SIETE

La eterna tarde terminaba al fin, de una bendita vez llegaba el ocaso, y Camila, exultante en su caftán nuevo y semitransparente, relajada tras el masaje y perfectamente maquillada y peinada, contemplaba la puesta de sol desde el borde de su piscina tenuemente iluminada saboreando el frescor recién llegado y el mojito, casi helado. Sentía bullir en su interior una mezcla de emociones contradictorias: por una parte, estaba tranquila y segura porque se sabía impecable, pero por otra, no podía dejar de sentir un cierto cosquilleo provocado por los nervios o la excitación. Y es que siempre le ocurría lo mismo; para ella era casi más placentera la anticipación por la pasión que habría de venir que el momento del goce en sí. Definitivamente, era una de esas mujeres románticas que, por más que su Negro no pudiera entenderlo, disfrutaban más con el amor imaginado que con el real.

Se estiró sobre la *chaise longue* de mimbre esmerándose por no arrugar la seda de su atuendo. Sabía que a su amante le gustaba especialmente el tacto de ese tejido sobre la piel de su cuerpo moldeado a golpe de gimnasio y liposucciones, y más tarde, al desnudarla, admirar cómo caían las prendas al suelo tras deslizarse, llevadas por su propio peso, o en ocasiones rasgadas y rotas por la fuerza de sus manos varoniles tan excitantemente brutales.

A veces, se reconoció, no podía dejar de pensar que los gustos amatorios de su negrito eran un tanto teatreros y horteras, pero desde luego ese era un inconveniente que fácilmente podía obviar. Las delicias que le regalaba eran tantas que bien podía pasar por alto esos desmanes canallescos similares a los de un magnate hecho a sí mismo forjados a base de putas, películas pornográficas y dinero.

Oyó pasos a su espalda y volvió la cabeza sorprendida: no le esperaba todavía, hacía apenas unos minutos que acababa de telefonear para advertirla de que aún seguía en el trabajo.

Al notar que no era él, recompuso rápidamente su rostro borrando la sonrisa esplendorosa de bienvenida y sustituyéndola por la acostumbrada seriedad distante que prefería usar con el servicio.

—¿Ocurre algo, Julián? —preguntó al mayordomo.

—Tiene una llamada, señora. —Y le ofreció el teléfono inalámbrico, pulcramente tendido sobre una impoluta bandeja de plata.

Lo tomó enfurruñada: si no era su Negro, ¿quién se atrevía a llamarla ahora?

En cuanto se acercó el auricular a su oído y percibió al otro lado del hilo el marcado acento andaluz de un interlocutor masculino que preguntaba con respeto si era ella, en efecto, la señora doña Camila Blasco de la Merced, frunció más aún el ceño y, al instante, se arrepintió de haber dado al traste con ese gesto a toda una tarde de masajes y mascarillas. Se trataba, sin duda, del funcionario del ayuntamiento de Cádiz que el alcalde y los concejales de Cultura y Urbanismo habían designado como mediador para tratar con ella todo lo relativo a la expropiación del caserón.

Menudo pesado. Ahora seguro que la entretendría con mil y una preguntas y recordatorios sobre los plazos y el modo acordado para llevar a cabo ese procedimiento de la manera más civilizada posible. Como si pudiera negarse. Como si le quedara otra alternativa. Le enrabietaba no ser tan avezada en los negocios y, sobre todo, tan experta en sacar partido a su extensísima herencia, pero de entre todas las ideas más descabelladas que podrían haberle ofrecido, la de convertir el viejo caserón familiar en museo, como los políticos de turno pretendían, era la que más le hería su amor propio.

Se trataba de una casona enorme, oscura e incluso con eco. Recordó que sus hijos, de pequeños, solían esconderse en el hueco de la impresionante escalera de madera que desembocaba en el recibidor, donde jugaban a un entretenimiento de su invención consistente en hacer que las palabras retumbaran desde allí hasta llegar a otro niño apostado al final del pasillo que debía intentar adivinar qué le estaban diciendo. Casi nunca lo conseguían, y no era de extrañar, pues los pasillos estaban repletos de armaduras, arcones, cuadros, tapices, libros y medallas entre los que el sonido siempre se perdía, enredado en las esquinas, los adornos y los recovecos.

Ahora, tantos años después, el caserón ya no les daba ningún servicio, es cierto, pero era parte de su patrimonio y no quería deshacerse de él. También es verdad que a su familia poco le importaba que ofreciera una nítida imagen del pasado militar de su estirpe. Una vez que había dejado de servir para que los niños —bien creciditos ahora, convertidos en ricos herederos juerguistas y algo vagos, asumió con un suspiro— pasaran tardes enteras enredando y correteando entre los antiquísimos elementos decorativos, todo el mundo pensaba que lo mejor que podía hacer era desembarazarse del edificio. Era tan antiguo que resultaba carísimo de mantener, pero Camila era una enamorada de toda su carga histórica, artística y bibliográfica, y no hubiera permitido, ni por un segundo, dejarles derribarlo y construir apartamentos de lujo en su lugar.

Con todo, reflexionó, mientras el hombrecillo —no sabía por qué, pero decidió que precisamente eso era su interlocutor: un hombrecillo— seguía hablando de leyes y ordenanzas, había cosas de valor en la casa a las que no pensaba renunciar. Sobre todo en la biblioteca, la auténtica joya, el grandísimo tesoro del caserón, repleta de primeras ediciones de todo tipo de libros, novelas manuscritas y hasta un ejemplar con tapas bañadas en oro y escrito en chino de *El arte de la guerra,* de Sun Tzu. Al fondo de la habitación, recordó de pronto, cerca del ventanal más grande de la casa, el que permitía entrar más luz en una construcción oscura de por sí, se encontraba el escritorio; una valiosa pieza en madera de nogal que en su parte derecha disponía de cuatro cajones. Bajo el doble fondo del último de ellos se escondían las cartas, escritos personales pertenecientes a su padre, a su abuelo y a su bisabuelo que nunca había llegado a leer, pero que, según decidió en ese instante, no incumbían a nadie que no llevara sus apellidos.

Al fin y al cabo, se trataba de documentos privados de sus seres queridos y, por lo que pudiera pasar, no deseaba que quedaran fuera de la familia y mucho menos que pudieran llegar a hacerse públicos en algún momento indefinido a manos de Dios sabe qué oscuro funcionario desaprensivo.

Justo en ese instante el hombrecillo le hablaba de fijar una fecha límite para retirar todo aquello que deseara conservar de la casa antes de que el plazo acordado de entrega se hiciera efectivo. Se refería, aclaró, a objetos personales que estaba en su derecho a conservar. Si, además, pretendía retirar algún mueble u otro objeto artístico o decorativo especialmente valioso o con una considerable carga histórica, como las acuarelas, escudos o retratos, tendría que negociarlo a través de sus abogados. Esta llamada, le reiteró, y de pronto la firmeza de su voz hizo que a Camila dejara de parecerle un hombrecillo para convertirse en un hombretón, era un acto de cortesía dirigido a ella, y específicamente motivado por la importancia que su apellido tenía en la ciudad y el respeto que siempre les había merecido su familia a las instituciones del lugar.

—Y yo se lo agradezco —respondió Camila al quite—. ¿Sería tan amable de informarme de cuánto tiempo dispondría para personarme en el futuro museo y recuperar algunos documentos de valor... digamos sentimental?

—Creo que mañana a media tarde el jefe de peritos y tasadores tiene pensado acudir al lugar acompañado, claro, por un delegado de la Universidad, el arquitecto encargado de la rehabilitación, yo mismo y también algún alto mando de la Armada, ya que, como perfectamente sabe, en la casa hay infinidad de utensilios náuticos y militares como mapas, cartas antiquísimas de navegación y muchos otros objetos que nos vemos incapacitados de catalogar.

—Entonces, si les parece bien, yo me pasaré por allí mañana mismo. Iré en coche, de modo que si logro madrugar lo suficiente estaré ahí a la hora del almuerzo, tal vez incluso un poco antes.

—Huelga decir, doña Camila, que no es necesario que realice ese esfuerzo, puede tomarse su tiempo y viajar cualquier otro día, sin tantas molestias ni prisa. Usted sabe que, por el documento que ambas partes hemos firmado, se le permitirá el acceso en todo momento aunque nuestros operarios ya se encuentren allí dentro trabajando en el acondicionamiento —reaccionó con rapidez el funcionario.

—Es muy amable por su parte —cortó Camila—, pero preferiría entrar yo sola por última vez en mi casa. Espero que lo comprenda, es algo que quiero y debo hacer. Luego les entregaré mi copia de las llaves para que dispongan de ellas como consideren conveniente y les doy mi palabra de que ni yo ni nadie de mi familia volverá a interferir ni a molestarles. Como bien ha dicho antes: tenemos que dejar que los abogados hagan su trabajo.

El hombrecillo, u hombretón, aceptó sus palabras con filosofía y, haciendo gala de una encomiable capacidad de improvisación, le ofreció un plan alternativo.

—Insisto en que no necesita tomarse la molestia de realizar el viaje con tanta urgencia. Sin embargo, ya que veo que su decisión es inamovible, permítame que, en nombre del alcalde, la invite a almorzar. No es ninguna molestia para nosotros esperarla y le aseguro que comprendemos que, por la carga personal que el lugar tiene para usted, desee visitarlo por última vez en soledad.

Sí, hombre, lo que le faltaba, aguantar a los politicuchos de turno dándole palique toda una comida en el restaurante más caro de la ciudad, inflándose a comer como una gorda y estando obligada a ofrecerles su mejor sonrisa después de haberse dado la paliza de conducir siete horas. Había que fastidiarse, desde luego, ese mequetrefe le estaba proponiendo un plan ideal.

—Le doy mi palabra de que, si llego a una hora que pueda considerarse razonable para almorzar, les llamaré. Pero no les prometo nada, ya sabe cómo es la carretera, una puede toparse con tantos inconvenientes a la hora de viajar...

—Sí, claro, claro, por supuesto —se apresuró a aceptar el hombrecillo. ¿Era una sensación suya o también detectaba en el fondo de su voz un cierto alivio?—. Pues entonces, doña Camila, y si no se le ofrece nada más, espero verla mañana.

—Cuente con ello. —Y tras las despedidas y formalismos de rigor al fin consiguió colgar.

«Qué pesadez de hombre, y qué contratiempo tener mañana que madrugar.» Por suerte, el Negro casi nunca solía quedarse a dormir en su casa; esa era una de las ventajas de que fuera su amante y no su novio oficial.

Devolvió el teléfono a Julián y contrariada comprobó que su mojito ya estaba caliente, aguado e imbebible. Mientras se volvía para pedir al mayordomo que le trajera uno nuevo, organizó mentalmente sus planes y sopesó si decirle o no a su querido semental la verdad en torno a su viaje. A veces su negrito retozón llegaba a mostrarse demasiado curioso e insistente respecto a sus posesiones y negocios y todas las actividades que debía realizar en su faceta de dama respetable y ejemplar. No, decidió al fin, mejor no ponerle al tanto, ya se le ocurriría alguna excusa.

Y componiendo su postura, procurando encontrar una pose cómoda y relajada sin dejar de renunciar a mostrar lo mejor de su cuerpo al hombre que estaba por llegar, se estiró como una gata lujuriosa entrecerrando los ojos y pensando en el cajón secreto del escritorio de su padre, en la pesadez del viaje que se avecinaba, en los besos y mordiscos que en breve sentiría, incluso muy posiblemente antes de la cena, pues conocía de sobra la voracidad carnal de su amante y, también, en un maravilloso vestido exclusivo que esa misma tarde había visto en un escaparate.

OCHO

Roberto salió de su despacho mucho más tarde de lo previsto. Llegaría justo a tiempo para cenar y no quería ni pensar en la bronca que le esperaba. Pero qué se le iba a hacer, tenía que tratar con Aitor alguno de los asuntos pendientes que él, por más que lo intentara, no lograría resolver antes de iniciar su viaje y de los que debería ocuparse en su lugar. Y nunca había sabido decirle que no a su amigo.

Porque justamente eso era Aitor para él: su amigo.

Su compañero.

Su hermano.

Roberto no era dado a malgastar palabras, tampoco a exagerar ni hacer afirmaciones vanas. Era el tercero de seis hermanos, y el único varón, y si alguien le hubiera preguntado alguna vez si no había echado de menos algo más de presencia masculina en los juegos de su infancia, sin dudar habría afirmado que no, porque él ya tenía un hermano: Aitor.

Jorge también estaba ahí, por supuesto, pero de un modo diferente. Su carácter no se prestaba tanto a la camaradería, tal vez debido a su condición de hijo único y, desde muy pronto, desgraciadamente huérfano de madre. Eso y que Thomas, su padre, tuviera un trabajo tan absorbente le habían hecho inusualmente independiente y un tanto maniático. Con Aitor las cosas, desde siempre, desde que se conocieran cuando aún no tenían siquiera uso de razón —exactamente como se toma conciencia de los hermanos, que siempre han formado de un modo natural parte de nuestras vidas, que siempre han estado ahí—, fluyeron de una manera mucho más sencilla y espontánea.

Él era el contrincante en los duelos a espada de madera; el que le pasaba las chuletas en los exámenes de mates, siempre juntos en el aula por obra y gracia de la cercanía alfabética de sus apellidos, Castro y Daroca; el trasto que le ayudaba a tomar el pelo a sus hermanas pequeñas o sabotear cruelmente cualquier plan o noviazgo incipiente de las mayores, ya adolescentes; el colega de la primera borrachera y el primer porro; el que le enseñó a jugar al billar; el que se animó a acompañarle al cine después de que le pidiera una cita a una chica por primera vez en su vida y esta pusiera como condición llevar también a su feísima amiga. Sí. Ese era Aitor, que todavía le recordaba de vez en cuando entre risas el marrón que se comió aquella tarde de *En busca del arca perdida* y hamburguesería y paseíto de las dos parejas cogidas de la mano antes de llegar por fin a casa, por supuesto sin besar a la fea de turno, que bastante sacrificio había hecho ya en nombre de la amistad.

Por eso, pensó, porque todavía se sentía en deuda por ese favor y otros muchos más, valía la pena soportar los morros que seguro le aguardaban y agachar la cabeza y fregar los platos de la cena que con toda probabilidad ya estaba preparada y sacar adelante la considerable carga de trabajo extra que le había caído en desgracia.

«Por eso —le dijo una vocecita allá dentro, muy quedamente dentro de su cabeza, más o menos en la esquina perdida junto a una oreja donde sabía que tenía la conciencia—, y porque después de tanto tiempo todavía te sientes culpable.»

Suspiró y se dirigió al ascensor renqueando un poco debido a que su maletín pesaba bastante más de lo habitual, cargado con la documentación relativa a los casos pendientes de su amigo que pensaba repasar nada más cenar por si le surgía alguna nueva duda que Aitor pudiera aclararle antes de su partida. Debía, sobre todo, estar atento a las citaciones y pronunciamientos de los juzgados, ya que el procurador, que habitualmente se ocupaba de estos asuntos, también estaba desde mediados de mes de vacaciones, y había pensado elaborar un calendario con todas las fechas venideras importantes y luego consultarlo con Aitor por si se le hubiera pasado alguna.

De pronto, al pasar ante la puerta abierta de par en par de su despacho, que estaría durante casi un mes vacío, tomó una súbita decisión: se enfrentaría a cualquiera, fuera o dentro del bufete, que se atreviera a criticar la decisión de Aitor de hacerse a la mar.

Allá todos los que no comprendieran su necesidad de apartarse por un tiempo de todo, los que no entendieran sus ansias de libertad. Roberto era más que consciente de cuánto ansiaba Aitor esta escapada, y no le iba a fallar.

La separación primero y ahora, más recientemente, la sentencia que hacía efectivo el divorcio de Maika habían hecho mella en él. Hacerse cargo de los niños —pues eso era lo que realmente sucedía en el día a día por más que el acuerdo que ambos habían firmado declarase la custodia compartida— suponía una responsabilidad adicional y, para colmo, en lo profesional había soportado una excesiva presión que le había llevado a preocuparse y, últimamente, a sufrir más de lo recomendable, algo que pesaba y estresaba por mucho que, al final, hubiera logrado más éxitos en ese curso judicial que en ningún otro año.

Aitor precisaba su apoyo, comprendió, frente a todos los que cuestionaban ese viaje y, ahora que su partida era inminente, iba a hacer falta alguien que se encargase de parar los golpes en su ausencia. Roberto sabía que para su amigo el mar era sinónimo de tranquilidad y paz y creía firmemente que eso era justo lo que merecía encontrar. Bastantes disgustos había tenido ya en los últimos tiempos como para que ahora fueran a criticarle también su intención de descansar como, cuando y donde quisiera. Que si el mar era peligroso. Que por qué iba solo. Que cómo se le ocurría dejar a los niños al cuidado de Lola justo durante sus vacaciones, cuando más podía disfrutar de ellos. Que vaya una irresponsabilidad dejar el trabajo durante tanto tiempo en medio de una crisis mundial y los casos abandonados...

Tonterías egoístas y sin fundamento, ya que los niños lo pasaban genial con su abuela. No podía sucederle nada en el océano porque Aitor era extremadamente precavido y cuidadoso y, por último, los procesos que dejaba pendientes no eran tantos y entre Jimena, Jorge y él los tenían controlados.

Ahora que lo pensaba, esos intentos por frenar la partida de Aitor parecían formar parte de un complot puramente femenino. Desde Lola con sus chantajes emocionales a Jimena, con ese mal humor suyo que surgía vete tú a saber de dónde y por qué cada vez que se mencionaba la travesía, o incluso la estúpida de Merche, con esa irreverencia casi grosera que se marcaba. Nunca les había tenido demasiado respeto ni a su amigo ni a él frente a Jorge, al que veneraba, o Jimena, con la que se identificaba, pero lo de la otra tarde bordeó peligrosamente los límites de lo admisible cuando, en la reunión semanal de cada viernes, en la que todos participaban y exponían sus planes, citaciones y actividades para la semana siguiente, al sacar alguien a colación el tema de la marcha de Aitor, se atrevió a insinuar el fastidio que le suponía y solo porque, en su ausencia, tendría que ser ella quien gestionara sus llamadas y mensajes distribuyéndolos según su urgencia e importancia entre sus compañeros.

Aunque, con lo bocazas que era, tampoco le sorprendía. Lo mismo ocurría con el afán protector de Lola, más acentuado a medida que se iba haciendo mayor y, aquietada por el peso de sus propios años, olvidaba que ella misma fue independiente y viajera como la que más. Pero el encono sordo de Jimena, esa cabezonería inusual en ella, empeñada en criticar su partida, le dolía especialmente y le sorprendía. Ella no era así.

Con todo, algo le decía que lo más prudente era no inmiscuirse. Siempre que Aitor y Jimena chocaban y Roberto iniciaba el intento de hacer de mediador, terminaba escaldado, por lo que, al menos respecto a Jimena, mejor seguir al margen y callado. Máxime después de lo que había ocurrido en el pasado.

Con Lola también tendría que morderse la lengua, concluyó Roberto, por una pura cuestión de respeto.

Pero lo de Merche no lo pensaba consentir. Esa secretaria estúpida les tenía una manía especial desde el primer día y, por más que adorara a Jorge y su apostura principesca o colegueara con Jimena y compartieran cuchicheos y secretitos de novios como si de dos quinceañeras atontolinadas se tratara, o, peor aún, dos viejas cotillas, el trato que les dispensaba tanto a Aitor como a él ya empezaba a parecerle intolerable.

Iba a tener que buscar la ocasión de mantener una pequeña charla con ella, se propuso, y ya en la calle, después de las decisiones tomadas, encaró el camino hacia su casa con su tranquilidad de siempre, intentando no forzar demasiado la marcha por mucho que supiera que llegaría tarde, que su chica aguardaba su llegada y, más que probablemente, ya habría empezado a impacientarse.

La llamaría por teléfono, así se quedaría tranquila respecto a la hora de llegada, y la cena, seguramente una de sus famosas ensaladas, no se calentaría. Sacó el móvil del bolsillo interior de su chaqueta, que empezaba a sobrarle aunque hubiera remitido buena parte del sofocante calor que hiciera por la tarde, y buscó en la agenda del teléfono el contacto que rezaba: «Casa».

Comunicaba.

Reprimió un gesto de resignación y después, casi sin querer, sonrió aliviado para sus adentros: con suerte, estaría demasiado ocupada charlando como para reparar en su retraso. La imaginó de pie apoyada en la barandilla de la terraza, descalza sobre las losetas de barro todavía calientes por el sol que se había hecho dueño de ellas durante toda una sofocante tarde de verano en Madrid, contemplando el perfil de los tejados de esa parte de la ciudad mientras hablaba y hablaba sin pararse casi a respirar con cualquier amigo o familiar. Así era. Se volcaba tan intensamente en lo que hacía que, durante el tiempo que permanecía absorta en una actividad, se olvidaba de todo lo demás.

Procuró avivar el paso. A lo mejor conseguía llegar antes de que hubiera terminado. Y también, admitió, le movían las ganas de verla.

El anhelo de abrazarla, por más que fuera a reñirle amenazándole con su dedo escuálido y la punta de su naricilla respingona levemente alzada hacia él, le hizo subir la cuesta hacia su portal con bríos renovados. Quería estrecharla, apretarla fuerte, «como un abrazo de oso», diría ella sorprendida al principio por su efusividad inesperada, luego riendo alborotada, como una niña a la que hicieran cosquillas y no pudiera frenar las carcajadas; y oler su pelo seguramente mojado todavía tras el baño que se habría dado al llegar no mucho antes que él; y dejar que el aroma del champú se mezclara con el del ajo o la albahaca con que habría aderezado las rodajas de tomate con mozzarella que habría preparado para cenar y que todavía impregnaría sus manos, o el de las aceitunas que habría picoteado durante su charla telefónica en el balcón, o el de su perfume de madreselva y limón con el que se rociaba, aún desnuda y mojada, justo antes de cubrirse con su albornoz. «Me gusta más el tuyo, Roberto —le explicaría para justificar el robo con un mohín—: Es casi tan grande como tú.»

De pronto, se paró sorprendido. Llevado por las alas del amor, guiado por el deseo que provocaban sus recuerdos, casi sin darse cuenta estaba ya en su barrio, a escasos cien metros de su portal.

Saludó al pasar al quiosquero, que se quedó riendo a sus espaldas por la sonrisa de bobo que llevaba pintada en la cara; reparó en que al ciego de la esquina todavía le quedaban algunos cupones y se detuvo a comprarle uno, y, después, no pudo resistir la tentación de parar ante el puesto improvisado de la gitana que vendía flores en la calle para hacerse con un gran ramo de mil colores que le haría perdonar su retraso.

Entró tan deprisa en su portal que apenas pudo saludar al portero que barría con esmero y, ya dentro, al vecino del quinto que siempre le miraba mal, seguramente porque, a su juicio de viejo militar retirado, no se vestía con la clásica formalidad que exigía su oficio de abogado.

Se encogió de hombros. ¡Qué más le daba! Ella le esperaba arriba, con su risa y su genio y esa manera de colgarse de su cuello poniéndose de puntillas y el modo delicioso que tenía de cerrar los ojos justo antes de irle a besar.

Salió del ascensor casi corriendo y abrió la puerta temiendo quedarse sin aliento. La música sonaba alta, las notas de Billie Holiday se perdían por todos los rincones de la casa, tenuemente iluminada con alguna lámpara de pie encendida aquí y allá. Como había supuesto, la encontró acodada en la barandilla de la terraza contemplando cómo la noche terminaba de cubrir con su manto de estrellas la estatua de la Atenea del Círculo de Bellas Artes, erguida y altiva allá a lo lejos, frente a ellos. Abajo, en la calle, subían por las aceras, camino de Lavapiés, las pandillas de chavales que iban de camino a sus fiestas, cargados con el peso de las bolsas de plástico llenas de litronas y toda su fortaleza juvenil, dejando escapar a veces algunos chillidos y tacos destinados a hacerles parecer mayores frente a las chicas.

Se detuvo en silencio a admirar su perfil, solo un instante, sin avisarla de su llegada. Le gustaba estudiarla, aprendérsela casi de memoria cuando no se daba cuenta de que estaba siendo observada. Era, como algunos animales especialmente inquietos o los niños muy pequeños, mucho más hermosa cuando estaba absorta y desavisada. Ahora, simplemente, le parecía perfecta: pequeña y delicada, frágil y esbelta, de movimientos nerviosos y llenos de gracia. Tenía el pelo negro recogido con una coleta alta y el flequillo caía casi cubriendo sus ojos; sin la seria ropa de trabajo, ese peinado le hacía parecer una chiquilla pecosa y traviesa, de blanquísima piel casi sin estrenar, de miembros elegantes y delicados, de trasero respingón y larguísimas pestañas y labios jugosos y expresivos y ojos negros almendrados, tan profundamente intensos y brillantes que no se cansaba de perderse en su contemplación intentando descifrar sus muchos modos de mirarlo.

—Al fin llegas —le reprochó con un puchero disgustado al advertir su presencia.

—Te llamé por teléfono para avisarte, pero comunicabas.

—Sí, estuve hablando con Aitor. Me sentía culpable por haberme mostrado tan arisca esta tarde. —Se encogió de hombros—. Me fastidia que se vaya solo. Me parece una imprudencia por su parte. Ya sabes que no puedo evitar sentirme un poco mandona y protectora con él... ¿Qué es eso que tienes ahí?

Roberto escondía el ramo a su espalda. Ella se le acercó sonriendo con la intención de rodearle para descubrir qué era aquello que mantenía en secreto, pero él se anticipaba a sus movimientos y la esquivaba evitando que alcanzara a ver lo que ocultaba. Después, sin darse por vencida, optó por cambiar de táctica, y se puso de puntillas y hasta saltó frente a él, colgándose de su cuello, pretendiendo trepar sobre su cuerpo para mirar por encima de sus hombros. Intento fallido. O él era demasiado alto y corpulento, o ella muy pequeña.

Al final desistió, se cruzó de brazos frente a él, rendida y algo ceñuda, y esperó a que Roberto, con una mueca victoriosa, decidiera tenderle el ramo, impactante por la explosión de mil colores chillones que formaban las flores y sus hojas.

—Si te crees que con esto te voy a perdonar el retraso, ya puedes esperar sentado... —refunfuñó aceptándolo, intentando contener la sonrisa que asomaba sin querer a su rostro—. Por tu culpa la ensalada de la cena se nos habrá calentado, y ya sabes que si me voy a la cama mal cenada, ya no estoy luego para nada más...

Pero Roberto ya no le dejó hablar. Tiró el maletín de cualquier modo sobre el suelo y, sin preocuparse por quitarse la chaqueta y colgarla como era debido, la abrazó por la espalda y besó su cuello y su pelo y, gamberro y juguetón, la alzó en vilo, con ramo y todo, para llevarla al sillón y darle su merecido.

—¡Se me van a estropear las flores! —chillaba ella, y pataleaba sin llegar a lastimarle—. ¡Y no obtendrás nada de mí por esto! —amenazaba—. ¡Te vas a ir a dormir solo después de la cena! —reía ya, insolente y coqueta—. ¡Te lo digo en serio, como que me llamo Jimena!

NUEVE

Al final, acabaron en la cama.

Casi siempre que él quería, terminaba por ocurrir. No tenía fuerza de voluntad para rechazarle o Roberto encontraba un arma secreta que, inevitablemente, la vencía y doblegaba sus negativas, como esta vez el ramo de flores que hizo que, de inmediato, se le pasara el enfado.

Y es que, se propusiera lo que se propusiera con respecto a él, nunca terminaba cumpliendo sus amenazas. De hecho, no entendía cómo todavía, en muchas otras cuestiones, podía llegar a tomarla en serio.

Era, pensó, algo que iba mucho más allá del sexo de esa noche, una mera cuestión anecdótica, simplemente una frase dicha que ni siquiera ella había creído realmente en el momento en que la estaba pronunciando. Pero, en el fondo, se trataba de un tema distinto, de una diferencia de actitud tan sencilla, y a la vez tan trascendente, como controlar la situación o dejarse llevar.

Y en su relación, y ahora comprendía que debía asumirlo, era Roberto el que tiraba del carro.

Lo sospechaba desde hacía tiempo, pero no era Roberto el objeto de estudio, sino ella misma. La obsesión por averiguar quién llevaba las riendas en la relación era una preocupación exclusivamente suya. Hasta el punto de que Roberto ni siquiera parecía haberse percatado de ello, ni mucho menos se daba cuenta del análisis detallado que Jimena hacía cuando él se dormía de todo lo sucedido durante el día.

Se mordió los labios y echó de menos, en esos instantes contemplativos, poder fumar. No le apetecía levantarse a por una taza de café o un vaso de agua, quería seguir tumbada en la cama cavilando, pero qué bien le hubiera venido poder tener algo en las manos con que entretenerse sin la necesidad de moverse para buscarlo. Como un cigarro.

«Sí, estaría genial», pensó. Nada sería más adecuado que el humo de un pitillo para enmascarar su turbación y ocultar su inseguridad. Porque, aunque si lo dijera en alto a cualquiera de sus amigos todos esos pensamientos suyos podían parecer una tontería, para Jimena constituía una cuestión de primer orden saber cuál era su posición en la pareja para finalmente tener que aceptar, con dolor, que precisamente ella, adalid de la lucha femenina, era la parte pasiva.

«Menudo descubrimiento después de tanto tiempo», constató con ironía. Y se dejó llevar por una risa amarga que tuvo que amortiguar con la almohada para no despertar a su bello durmiente particular.

Y lo peor, concluyó con resignación, es que fue también Roberto quien la convenció, años atrás, tras una lucha encarnizada de más de tres meses de insinuaciones, argumentos médicos, indirectas y fotografías de pulmones destrozados pegadas con imanes en la puerta del congelador, de dejar el tabaco.

«Qué capullo.» Y se carcajeó más todavía, aguantando como pudo los hipidos y su propia turbación.

Lo miró dormido. A pesar de la recortada barba negra, tenía cara de niño.

De niño bueno y obediente, más listo que el hambre, dulce y tranquilo. Y tan seguro de sí mismo como para obtener siempre lo que quería de quien fuera de la manera más amable posible, sin presionar, sin levantar la voz ni que pareciera que imponía su criterio. Incluyéndola a ella.

Le acarició con ternura con el dorso de la mano y comenzó a recordar: llevaban ya más de diez años juntos, aunque antes de ser pareja fueron buenísimos amigos durante todo el tiempo que estudiaron la carrera. En total, quince años de conocimiento mutuo, de relación intermitente, y aún no había aprendido a decirle que no.

Daba igual lo que hiciera, pensó mientras admiraba las estrellas que se mostraban enormes ante ella y parecían enviarle guiños secretos desde el tragaluz entreabierto en el techo abuhardillado, con él desnudo roncando suavemente a su lado, y su espalda, o mejor su lomo de oso gigante, tenuemente iluminada por una claridad nocturna y estelar inusualmente acentuada. Si llegaba tarde, si se olvidaba de traer el pan, si se quedaba remoloneando toda la mañana de domingo y no bajaba a por el periódico. Si ella debía salir de viaje y a él le tocaba regar sus plantas y lo hacía, como siempre, mal, ahogándolas o dejándolas morir de sed. Si era el cumpleaños de algún familiar y se le pasaba llamarle. Si se liaba con Jorge y Aitor viendo el partido en el Sensaciones y no se acordaba de avisarla... Con ese cerebro lleno de nubes, Jimena aún no comprendía cómo podía ser tan buen abogado, siempre pendiente de los plazos y del más mínimo detalle, atento con los clientes, delicado con las situaciones que lo merecían, especialmente sagaz para valorar las pruebas y encontrar el cabo suelto en cualquiera de los muchos procesos penales que acostumbraba a llevar a la vez...

Claro que, por otra parte, también desarrollaba una singular empatía. Era extremadamente hábil para hacerse perdonar sus faltas, y para convencer a los jurados, y para engatusar a los testigos hostiles hasta hacerles declarar aquello que jamás pensaron contar, aquello que unos instantes antes de hablar con él, completamente convencidos, negaban ante Dios y el juez. Era especialmente efectivo cuando se trataba de sonsacar a jovencitas y damas, con ellas lograba una especial influencia, reconoció Jimena.

¿Por qué sería? Es probable que por su experiencia con las mujeres, elucubró. No en vano llevaba toda su vida negociando y convenciendo a sus cinco hermanas, con las que no le quedaba más remedio que llegar a un acuerdo discutiendo y hablando porque, desde que tenía más o menos cinco años y se le ocurrió levantarle la mano a una para conseguir un juguete, su padre le había dejado bien claro que no se podía usar jamás la fuerza física, y menos con sus hermanas, y menos aún con las mujeres.

Lo que estaba claro es que no se debía a su físico. No era un guapo espectacular, o no al menos al modo de Jorge, tan cuidado, tan atildado, o de Aitor, agraciado por pura genética, porque le tocó en la lotería de las combinaciones afortunadas heredar los ojos maravillosamente azules de Lola, su esqueleto largo y elegante y los rasgos morenos, pícaros y varoniles de su padre.

No, el de Roberto era un encanto discreto, nada llamativo en primera instancia, pero, posiblemente, mucho más duradero en el tiempo que el de sus compañeros. Así como el de Jorge se basaba en la pura belleza canónica cuidada y fomentada hasta el extremo de hacerle parecer el príncipe azul de un culebrón o un cuento y el de Aitor en un cierto abandono que le hacía parecer soñador y natural, el de Roberto residía en la fortaleza. Era corpulento y atlético sin haberse forjado exageradamente en el gimnasio, era grande y sus manazas parecían las de un gigante siempre dispuesto a acariciar, era serio sin amedrentar, mesurado y contenido sin parecer temeroso, silencioso no porque no tuviera de qué hablar, sino porque prefería observar, y eso le daba un aire de inteligencia soñadora irresistible, que llevaba a las mujeres a elucubrar sobre los secretos que callaría o las palabras que sentía pero no quería explicar. Su pecho grande era acogedor, su pelo negrísimo entreverado de algunas canas prematuras le hacía parecer experimentado, su sonrisa discreta y perenne no era exultante ni contagiosa, pero si la mirabas mucho rato transmitía paz; su seguridad serena, sin apabullar, su voz sosegada, en un tono inusualmente bajo para un hombre de su envergadura, grave y cadenciosa posiblemente porque de tanto oír a su madre, con un deje inconfundiblemente gallego, se le había quedado esa manera de hablar tan musical...

Definitivamente, le quería.

Y se dejaba cuidar por él, y mimar, y arrullar.

Hacía tiempo, mucho, mucho tiempo, cuando era joven e inexperta y acababan de soltarla, como quien dice, a la vida, Jimena se vio obligada a elegir entre dos hombres y dos actitudes: querer o ser querida, romperse por dar amor o dejar que el amor la recompusiera y llegara calmado, sin prisas, pausado y preocupado por ella, por hacer que se sintiera a gusto, por su bienestar.

Ese era el amor de Roberto. Un amor que construía, que ofrecía, que daba sin pedir a cambio, que cuidaba y protegía.

También tenía sus momentos ardientes, su pasión y su genio, por supuesto, pero básicamente para ella, la vida con Roberto era una relación libre, sin ataduras.

Y le gustaba.

¿O no?

Pensó por un instante cómo habría sido su vida si hubiera optado por esperar. Si hubiera logrado sobreponerse a la furia y la pasión y la desesperación que ese amor le causaba y, finalmente, hubiera decidido emprender una vida con él. Cómo viviría ahora con el otro, con ese cuyo recuerdo la marcaba, los marcaba a todos todavía. ¿Sería tan feliz como ahora? ¿Se habría casado? ¿Tendría ya hijos o, por el contrario, lo suyo se hubiera roto hace tiempo para dar lugar a nuevos novios, nuevas vidas, nuevos pasos?

«Es imposible saberlo —se dijo—. Deja de darle vueltas.»

A qué venía ahora ese análisis, ese mirar y remirar el sentido de su vida y su relación reflejado en el espejo de las decisiones propias y de los demás. Qué le faltaba, qué echaba de menos como para llevarle a comprender esa noche, estos últimos días, que no se sentía del todo a gusto, que se notaba incompleta, como si algo le faltara y todo se lo recordara sin llegar a saber qué era.

Preocupada, más por saberse preocupada e inquieta que porque hubiera algo que le hiciera estarlo en realidad, buscó motivos para su desazón. Tal vez la marcha de Aitor, deseoso de olvidarse de todo en sus vacaciones, de su familia rota, de su historia con Maika más que finiquitada; quizá ese viaje en solitario con tan pocas garantías de seguridad la obligaba a preocuparse en exceso por su amigo.

O la edad, reflexionó, que le encendía algún reloj biológico inactivo hasta entonces. Bufó. Jimena pronto cumpliría treinta y cinco, a finales de ese mismo año, y es posible que esa fecha tan señalada, tan redonda, le hiciera darle más vueltas de lo habitual al presente y el pasado.

O, por qué no, también podía deberse todo a Paloma Blázquez y su caso, y ese encono por su parte en no llamar ahora y toda la ansiedad que generaba en Jimena el querer y no poder ayudarla, el pensar que nadie estaba a salvo, que cualquier mujer, fuera cual fuera su situación, por mucho que creyera en los cuentos de hadas y el amor eterno, podía sufrir, podía llegar a verse algún día como ella.

Sí, es posible que fuera eso.

Sin querer, o más bien sin ser capaz de evitarlo, sus ojos se desviaron del tragaluz al antiguo escritorio de roble que ocupaba buena parte de la pared frontal de su dormitorio. En más de una y de dos ocasiones Roberto había insistido en cambiarlo de lugar, trasladarlo al salón o al dormitorio auxiliar que él había ocupado con sus libros y su ordenador y hacía la función de minidespacho. Había sitio de sobra para los dos, le aseguraba con ese tono suave y embriagador que casi siempre le funcionaba. Casi, porque respecto al mueble que la había acompañado desde su primera vivienda, ese armatoste antiguo y pesado heredado de uno de sus abuelos, maestro de escuela en una aldea perdida, se había mostrado inflexible.

Y ahí estaba. Lo miró con orgullo. Sobre él estudió el bachillerato y la carrera, y ahora seguía usándolo, las más de las veces como escritorio, alguna como tocador. Le gustaba verlo, y tocarlo. Le recordaba quién era.

Frente a él había un espejo y, junto a este en la pared, un pequeño corcho abarrotado de fotos personales, entradas de cine, servilletas pasadas por debajo de la mesa con mensajes de amor románticos u obscenos que Roberto solía entregarle en aquellos tiempos lejanos, tan al principio, en que se habían obligado a mantener lo suyo en secreto, notas y recordatorios y, también, un recorte de periódico atrasado y ya ligeramente envejecido.

Todavía recordaba la conversación mantenida con Roberto en el bufete el día en que se lo mostró. Llevaba un rato pensativa con el ejemplar en sus manos, se dirigió al despacho de Roberto y, nada más entrar, se lo lanzó; él, en mangas de camisa, tenía apoyados los pies sobre la mesa. El diario giró sobre sí mismo en el aire, como en las películas, y Roberto se vio obligado a echar hacia atrás el cuerpo y erguirse imperceptiblemente para lograr atraparlo. Recordó el gesto, esa demostración de agilidad agazapada, de potencia contenida.

—¿Qué es? —le preguntó tras pasar las hojas y detenerse ante una de las páginas, marcada con un post-it, en la que destacaba un artículo subrayado con un rotulador fluorescente.

—Es la información sobre una sentencia judicial —expuso Jimena—. Léela.

—Prefiero que me lo cuentes tú —solicitó con una de sus ya famosas sonrisas embaucadoras. Y, de nuevo, llevada por la prisa y el entusiasmo de explicarla con sus propias palabras, intercalando en la mera descripción periodística de los hechos sus propias conclusiones, hizo lo que le pedía.

—Habla de la orden de alejamiento que un juez acaba de dictar contra una madre que dio un bofetón a su hija.

—¿Tu nuevo caso?

—Todavía no lo sé, pero me parece interesante.

—¿Cómo han contactado contigo?

—Me llamó una íntima amiga de Paloma Blázquez, la mujer contra la que recayó la sentencia. Al parecer, pensó que yo podría entender bien el caso por mi trayectoria como abogada en asuntos de malos tratos. Me contó que Paloma está muy deprimida y absolutamente perdida, que no sabe dónde ni a quién pedir ayuda y, lo peor, tiene miedo de hacerlo. Por eso ha sido la amiga la que se ha atrevido a dar el paso. Me ha contado también que a la desesperación por la pérdida de su hija se une además un enorme sentimiento de culpabilidad, porque la niña la echa terriblemente de menos. He quedado en hablar con ella. Estoy esperando a que me llame.

—Parece un asunto raro, porque este tipo de sentencias no son habituales. Detrás ha de haber algo o alguien realmente importante, de lo contrario, ningún juez se hubiera atrevido a dictar semejante sentencia por un tortazo dado a destiempo.

—He estado indagando en la jurisprudencia. Y es la primera sentencia así de dura dictada en España contra una madre que haya propinado un tortazo de esas características a un vástago. Estoy segura de que el trabajo puede resultar trascendente, pero me da miedo que se asuste y dé marcha atrás; esperemos que su amiga logre convencerla de que venga a vernos, de que hable conmigo aunque sea al menos a título informativo.

Paloma Blázquez llamó, y tras la breve conversación telefónica llena de largos silencios y frases entrecortadas por su parte y preguntas de Jimena que intentaban por todos los medios y sin conseguirlo no resultar demasiado apremiantes o entrometidas, concertaron una cita en el bufete para el lunes siguiente.

Hasta el último instante la abogada dudó de que la madre fuera a acudir, pero Paloma lo hizo y, durante el tiempo que ocuparon las breves presentaciones, las frases reconfortantes, la presentación a los demás socios para hacerle ver que aquel era un bufete pequeño y joven, pero entregado, todo pareció ir bien. Las cosas se torcieron después, cuando tras el inicio esperanzador y ya entradas en materia, a petición de Jimena, Paloma comenzó a exponer los hechos más relevantes del caso, su relación actual con el padre de Naia, la niña, y los detalles de su separación, ocurrida un año antes de que sucedieran los hechos que dieron lugar al juicio por malos tratos. En un momento dado, Paloma comenzó a replegarse igual que un animal herido, a no contestar o preferir obviar algunas respuestas. Jimena, que por su larga especialización en asuntos de mujer, familia y violencia de género sabía detectar sin el menor margen de error el efecto de las amenazas, la ira o el miedo escondidos tras la mirada baja de su interlocutor, pudo percibir que, de una manera casi imperceptible pero inequívoca para sus ojos de abogada bregada, aquella madre mostraba un pavor indeterminado, un temor cerval a hablar y, lo peor de todo, claros síntomas de que estaba empezando a dudar.

Después de que Paloma Blázquez saliera inopinada y apresuradamente aquella tarde de su despacho, Jimena quedó casi convencida de que no volvería. Le costaba creer y aceptar que el pánico al ex marido, que la había sometido en diversas ocasiones a lo largo de su matrimonio a malos tratos nunca denunciados, pudiera primar más que el deseo de recuperar a su hija. Los días pasaban, ya habían transcurrido casi dos semanas desde su visita, y, por más que todos preguntaran, por mucho que deseara que Paloma Blázquez la llamara, lo cierto es que ni de ella ni de su caso había vuelto a saberse nada.

Le dolía, porque le hubiera gustado ayudarla, y conocer a la niña, y llegar algún día, cuando todo hubiera acabado, a verlas felices a ambas. Sin embargo, su experiencia le decía que no podía ni debía intervenir, que lo único que cabía hacer era sentarse a esperar y, quizá, en un arranque de ilusión infantil, desear con todas sus fuerzas que esa madre rota se decidiera al fin, fuera cuando fuera, a empuñar el teléfono y efectuar esa llamada que podría, tal vez, sacarla de aquel pozo negro de tristeza y soledad en el que estaba.

Jimena notó algo de frío en las piernas desnudas. Desvió la mirada hacia el despertador digital que descansaba en su mesilla: eran casi las tres de la madrugada. «Tienes que dormir —se dijo—, mañana volverás a refunfuñar, a protestar por tener que levantarte temprano y al final, como siempre, serás la última en llegar al despacho.»

Por fortuna, Roberto seguía allí, tan cálido y enorme como siempre, dispuesto a hacerle un hueco entre sus brazos y abrigarla con el calor que desprendía su cuerpo y besarla en la nuca en la feliz inconsciencia de su estado, entre medio despierto y adormilado por culpa de los ruidos que acababa de hacer ella tras ponerse de pie sobre la cama y cerrar el tragaluz para después acomodarse a su lado.

—¿Qué hora es? —murmuró, con la boca pastosa de quien llevaba ya bastantes horas roncando.

—No lo sé —mintió Jimena—. Anda, abrázame.

—Claro. —Y obediente se acercó a ella y acopló su cuerpo al suyo aquietando sus temores con el latido acompasado de su respiración, con el resoplido suave de su aliento entre su pelo.

Mientras, sobre la mesilla, el despertador seguía dejando pasar los minutos en la pantalla luminosa que, sin que ninguno de los dos durmientes se diera cuenta, parpadeaba y parecía amenazar con apagarse de vez en cuando.

DIEZ

Paloma Blázquez acertó a colgar el auricular después de aproximadamente cuatro intentos y, en ese momento, se dio cuenta de hasta qué punto estaba temblando. Las llamadas de su marido, habitualmente plenas de gritos y amenazas, la alteraban pero no la sorprendían. Su crueldad, el odio que sabía que le tenía, el rencor sin fondo y el deseo de venganza resultaban desagradables, pero no imprevistos, y de algún modo extraño, inconsciente, ya contaba con ellos cuando tomó la decisión de abandonarle y más tarde, tras un largo tiempo en que se dedicó, sobre todo, a recomponerse y hacer acopio de todo su valor, presentar la demanda de separación en el juzgado.

Pero esta vez todo fue distinto. En primer lugar, porque llamó de madrugada, poco después de las tres, y la despertó de un sueño profundo y al fin tranquilo después de muchos meses de desvelos. Y, en segundo lugar, no solo por la furia habitual en él, sino porque, llevado por ella, terminó por confirmarle que seguía sus pasos y estaba al tanto de todo lo que hacía. Se lo acababa de decir muy claramente: «Estoy encima de ti, Palomita. Mejor sería si me tuvieras un poco más de miedo».

Tembló solo con el recuerdo de estas palabras y, en una noche tan calurosa como aquella, tuvo que abrazarse a sí misma para darle algo de calor a su cuerpo. Por tener algo que hacer, por no seguir allí de pie, plantada frente al teléfono en medio del salón, se puso a observar la ciudad tras la enorme cristalera de su ático. Frente a ella, al otro lado, cantidad de tejados y edificios y luces apagadas, como era lógico a esas horas; y ventanas detrás de las cuales, de cualquiera de las cortinas y persianas entornadas que las medio tapaban, podía ocultarse uno de los hombres al que habría contratado Joaquín para espiarla y contarle después lo que había visto a través del objetivo de sus prismáticos: cómo tiritaba por más que la ciudad bullera bajo temperaturas estivales que rondaban los treinta grados. Incluso fantaseó con la posibilidad de que su teléfono estuviera pinchado. Y sintió un escalofrío y miró a su alrededor desesperada, buscando algún rincón donde esconderse en el que no pudieran observarla o fotografiarla. Mientras, corrió para apagar la luz del salón y bajar apresuradamente los estores en un vano intento por preservar su intimidad y, sin saber por qué de repente lo pensaba, también su integridad. Se preguntó qué podría haber sucedido para que Joaquín hubiera tenido conocimiento de su visita a la abogada, que era sin duda la causa de su ira sanguinaria y de la llamada intempestiva plagada de gruesos insultos y evidentes y muy variados intentos de coacción.

«Si me entero de que sigues removiendo todo esto, mando a que te rajen entera, de arriba abajo, como debí hacer mucho antes. Y aunque ya no servirá de nada porque para entonces estarás muerta, también les diré a mis chicos que te corten la lengua», le había escupido desde el otro lado del hilo, y Paloma sabía que no lo decía en vano, que era muy capaz de hacerlo.

No terminaba de asumirlo, no lograba comprender cómo la noticia de su consulta al gabinete Beltrán, Castro, Daroca y Martin había llegado a oídos de su ex marido. Juraría que había sido escrupulosamente cuidadosa. Todo se organizó a través de Carmen, su mejor amiga. Fue ella quien llamó al despacho, habló con Jimena Beltrán y concertó la cita. Y también fue ella misma quien con anterioridad se encargó de sondear entre sus conocidos, compañeros y parientes a fin de recabar la información necesaria para dar con una letrada aguerrida y capaz de llevar su caso. Paloma nunca telefoneó al bufete, ni desde su fijo ni desde su móvil, y ni siquiera se atrevió a comentar en ninguna de sus llamadas a Carmen, la única que estaba al tanto, nada relativo a la cita o a su resultado.

Acurrucada en una esquina del salón, en un rincón que creía ciego, a salvo de miradas indiscretas, no hacía más que darle vueltas a cómo se habría enterado Joaquín. Estaba segura de que la responsabilidad no partía de ninguno de los abogados, de eso estaba segura, ya que en ese caso hubiera estado al tanto de que la reunión resultó infructuosa y no por la voluntad puesta en el asunto por los abogados, sino por sus propios miedos, por el recelo que, con razón, todavía le seguía inspirando Joaquín. Por eso, solo por eso, fracasó la reunión. Ella había prometido llamarla y aún no lo había hecho pese a la mirada franca de Jimena, a su gran profesionalidad y arrojo y al gran apoyo y comprensión que le había proporcionado. Nunca hasta ahora había faltado a su palabra y sin embargo, en esta ocasión, el miedo la atenazaba.

Ajustó un poco más el chal en torno a su cuerpo que todavía sentía frío, y notó una punzada de remordimiento al recordar la ilusión, la garra y el empuje de la que hubiera podido ser su defensora. Recordaba con total nitidez la tarde soleada de dos semanas atrás en que acudió a visitarla, llena de inquietud, pero con mucha más moral que ahora.

Jimena la esperaba de pie, junto a la consola sencilla y elegante que presidía el recibidor del bufete. Le gustó de inmediato su aspecto físico, ese rostro tan juvenil, como de niña sumamente despierta, y le impresionó la experiencia que demostraba, toda la vida que había detrás del modo franco y valiente que tenía de mirar a los ojos mientras le daba primero la mano y, después, un cálido abrazo, en un arranque de solidaridad puramente femenino, como para intentar hacerle ver que, más allá de los juicios y los periódicos, estaba su apoyo no como abogada, sino como mujer.

—Perdóname —se excusó nada más hacerlo pero tuteándola, algo que también le gustó—. Sé que es del todo improcedente, pero no he podido evitarlo.

Paloma la disculpó, por supuesto, y por primera vez en mucho tiempo se sintió lo suficientemente cómoda y segura como para dedicarle una de sus escasas sonrisas a una persona desconocida. Cogidas del brazo, como dos antiguas amigas, Jimena la llevó a su despacho informándola de que luego, más tarde, le presentaría a sus compañeros del bufete, pues aunque cada uno tenía su especialización, todos eran lo suficientemente expertos y capacitados para servirse de apoyo mutuamente si era necesario en alguno de sus casos.

Nada más entrar en la habitación, amplia, sencilla y con mucha luz natural, aunque tal vez, al menos para el gusto extremadamente perfeccionista de Paloma, un tanto desordenada, Jimena la invitó amablemente a sentarse en la silla ubicada frente a ella ante una mesa redonda de cristal, situada cerca de la ventana en una esquina de la estancia. No pudo evitar pensar que cualquiera de los abogados amigotes de su marido, para hacerse el importante, la habría sentado tras el escritorio, rodeados de voluminosos libros de leyes encuadernados en piel, títulos, orlas y fotos en marcos de plata con políticos o reyes o los famosos de turno.

—Así estaremos más cerca y de igual a igual —le dijo con un

guiño de complicidad, y Paloma empezó a sentirse confortada y segura de la decisión tomada. Desde luego, aquella era la persona adecuada, no esos señorones que había conocido a través de Joaquín, mayores, crecidos, pagados de sí mismos y completamente seguros de que nunca podrían verse envueltos en cualquiera de las situaciones que preocupaban a sus clientes. Incapaces, por tanto, de comprenderles.

Mientras la abogada se levantaba un momento para pedir por el interfono a una tal Merche —supuso que se trataba de la secretaria— dos vasos de agua y «¿Qué más?», le preguntó mirándola, «¿Qué te apetece tomar? ¿Un café?», Paloma aprovechó, después de asentir y agradecerle nuevamente el detalle, para echar un vistazo al resto del despacho, que no estaba tan revuelto como le había parecido en un principio. Es verdad que su escritorio, presidido por el ordenador, con los bordes de su pantalla plana repletos de notas, estaba lleno de papeles, pero estos no estaban amontonados de cualquier modo, había allí una cierta racionalidad inherente, aunque totalmente particular, de modo que, dependiendo de quién la observara, aquella mesa podía parecer relativamente ordenada o ligeramente desordenada. Había también varios archivadores de acero modernos, elegantes y funcionales; una librería y un pequeño armario que, además de muchos más libros y carpetas, albergaba, según pudo adivinar a través de sus puertas de cristal semitransparente, una chaqueta y un bolso. De las paredes, pintadas con un color verde musgo muy pálido, pendían láminas sencillamente enmarcadas, alguna fotografía y varios folios manuscritos, como si se tratara de reproducciones de algún libro. Pero ningún título, ni mucho menos una orla acorralada por un grueso marco de madera oscura y dorado. Con todo, el detalle que más le gustó fue el de las flores frescas, muy sencillas, un jarrón transparente y barrigudo con no más de dos o tres pequeños girasoles, pero que bastaba para dar color y sensación de pureza, de una cierta familiaridad, a aquel entorno tan fríamente profesional. Gracias a ellos, una podía creer que Jimena, más que trabajar, se realizaba, vivía en cierto modo allí, y creía en lo que hacía. Y le gustaba.

La abogada al fin se sentó frente a ella, las dos con sus respectivos vasos de agua y sus cafés, algo más relajadas tras el pasatiempo banal y levemente irónico que les supuso preguntar cuánto azúcar querían.

—No, gracias, prefiero sacarina.

—Yo también, me cuesta cuidar la línea, lo que me faltaba en mi situación era, además de todo, engordar.

—Se te ve muy entera dada tu situación —la alabó Jimena para así dar comienzo a la verdadera conversación.

—Gracias, pero por dentro estoy destrozada. Lo que ocurre es que no me gusta salir de casa con los ojos enrojecidos y hundidos de tanto llorar. No va conmigo.

—Eso te honra, pero en tu caso sería lo más normal.

—Estoy desesperada —reconoció Paloma—, no lo puedo negar. Lo que ocurre es que prefiero pensar en positivo, creer que todavía me queda una salida para recuperar a Naia. A estas alturas, aún me cuesta admitir que una sentencia me haya convertido en la primera mujer de este país condenada y alejada de su hija por haberle propinado un tortazo y que por ese juicio más que dudoso vaya a tener que vivir obligada a no verla, ni poder acariciarla o darle un beso. Y lo que es peor, si cabe, privarla a ella del amor de su madre y permitir que crezca con dudas sobre el afecto que le profeso.

—Podríamos intentar lograr una revocación de la sentencia, o un indulto que termine con esta tortura —la informó Jimena—, pero todo depende de hasta qué punto estés dispuesta a implicarte, de lo que decidas, y puedas, aguantar. El proceso sería muy duro emocionalmente, y prefiero que lo sepas antes de empezar.

—Lo sé —aceptó—. Durante todo este tiempo no he tenido fuerza para enfrentarme a mi ex marido. Me ha paralizado el miedo, no solo a él, sino al poder que sé que tiene y que exhibió durante todo el proceso. Pero ahora he decidido luchar, no ya por mí, sino también por la niña. No es justo que sufra el castigo de tener que vivir sin madre y, lo peor, creyendo que soy una bruja que no la quiere, que es lo que le dice Joaquín para enfrentarla a mí —reveló con la voz a punto de quebrarse.

—Tranquila, de verdad que haremos todo lo que sea por vosotras, pero antes debemos empezar por el principio. Cuéntame con tus palabras, de la manera más sencilla que puedas, cómo habéis llegado a esta situación —solicitó Jimena, y se recostó en su silla dispuesta a escuchar con atención en tanto Paloma tomaba un sorbo de su vaso de agua y, algo más serena, se disponía a comenzar su relato.

—Tomé la decisión de abandonar a mi marido porque no podía soportar más los malos tratos físicos y psíquicos que sufría y porque, a medida que la niña crecía, comencé a temer que se diera cuenta de lo que sucedía. Estaba tan deprimida que creía que la situación no tendría jamás un final para mí, pero con una argucia logré salir del pozo: le dije a Joaquín que iba a clases de yoga cuando, en realidad, acudía a la consulta de un psicólogo. Gracias a su ayuda entendí que solo lejos de él podría salir adelante, preocuparme por mí y por mi hija y lograr que las dos viviéramos en un entorno feliz.

—Y entonces presentaste la demanda de separación.

—Sí. A pesar de que él es un hombre rico, con muchísimo patrimonio, no le pedí nada, lo único que quería era marcharme con Naia. Por supuesto, él podría verla cuando quisiera y además se quedaría con todo: la casa de La Moraleja, el chalé de Marbella, los coches, el barco, las acciones, las empresas, las cuentas bancarias... No me interesaba nada material, solo recuperar mi vida y rehacerme.

—¿Nadie te advirtió de que hombres con la personalidad de tu marido...

—Ex marido —interrumpió Paloma.

—... de tu ex marido —se corrigió Jimena— no suelen tolerar con facilidad la humillación de que su mujer los abandone?

—No pensé que lo tomaría tan a la tremenda porque yo fui de frente, con buena intención, sin querer hacerle daño e intentando que me entendiera. En cambio, él reaccionó dándome un hachazo donde más daño podía hacerme, en mi único punto débil: la niña, a la que no puedo ver porque un juez me ha prohibido acercarme a ella y porque a raíz de esa sentencia ahora él tiene su custodia.

—Hay un cierto tipo de maltratador que procura por todos los medios mostrarse como un triunfador. Son hombres con dinero, fama y poder, también con estudios en muchas ocasiones; una clase refinada de castigadores a los que lo que más les molesta es que alguien les plante cara, y mucho más si ese alguien es del entorno familiar y, al hacerlo, puede llegar a revelar a los demás sus miserias. En estas circunstancias, esos maltratadores no dudan en utilizar todas sus armas, que no son pocas, para destruir a quien le ha agraviado; y en este caso la víctima eres tú. Y Naia. Claro que, por otra parte, en algo tuvo que basarse el juez para dictar esa sentencia, porque aunque sea desproporcionada, ha de tener un origen.

—Joaquín y yo ya estábamos en trámites de separación —retomó Paloma su relato, consciente de que debía afrontar los hechos más dolorosos para ella, los que la llevaron a la separación de su hija—. La niña vivía conmigo, pero cuando él se la llevaba volvía siempre muy confusa. Tenía por aquel entonces seis años, los suficientes para entender muchas cosas, para percibir el odio en él y el temor en mí, pero demasiados pocos para aceptar los cambios con madurez. Yo la notaba insegura, nerviosa... Nunca me perdonaré no haber sido más comprensiva, tendría que haberme dado cuenta de lo mucho que ella también sufría, no pensar que yo era la única que lo pasaba mal, solo por ser adulta y entender la situación. Ahora ya es tarde...

—Todavía no —cortó Jimena con firmeza, intentando evitar que el llanto volviera a sus ojos y desviara su atención del punto fundamental de la conversación: la sentencia.

—Tienes razón. Debo ser fuerte, debo contártelo todo, solo así podrás entender lo que pasó y ayudarme. —Y tomó aire de nuevo para retomar la narración—. Era viernes por la tarde, Naia se encontraba conmigo en casa, pero ese fin de semana iba a pasarlo con su padre. Fui a la cocina a preparar algo para picar y al volver al salón noté un ambiente raro. Al fin supe que la niña había insultado sin ningún motivo a uno de mis amigos, supongo que en aquel momento me quería toda para ella y estaba celosa porque creía que yo no le prestaba la suficiente atención mientras desde su punto de vista me desvivía con las visitas. La reprendí y se encaró conmigo de muy malas formas. Se pilló una rabieta y comenzó a gritar una serie de insultos que no encajaba en su boca ni en su vocabulario. Eran frases repetidas, escuchadas a su padre.

—¿Qué te dijo concretamente?

—Que estaba loca, que había que encerrarme, que era una ladrona y que quería quedarme con todo, que mis amigos eran todos unos maricones y mis amigas unas putas, como yo...

—¿Es normal ese vocabulario en tu hija?

—¡Por supuesto que no! —se indignó Paloma—. No sé si tú tienes hijos, pero los niños de seis años, si insultan, no pasan de llamarse tontos, idiotas, malos y cosas así. Si usan otro tipo de palabras más fuertes, es porque las han oído en casa o en su entorno, porque repiten el lenguaje de los mayores. Por eso me indigné tanto. Yo tengo amigas separadas y divorciadas, otras que tienen profesiones liberales y algunas que son muy modernas, muy avanzadas en sus ideas... A Joaquín nunca le gustaron. Y tampoco algunos de mis amigos, entre ellos una pareja homosexual que siempre me ha mostrado su apoyo. Ellos fueron los que me dieron el nombre del psicólogo al que acudía...

—Entiendo. —Jimena ataba cabos con rapidez—. De ahí la manía de tu ex, y el encono al insultarlos.

—Sí, y mi indignación al ver que la niña repetía sus palabras. Para mí fue un acto reflejo el de propinarle un sopapo; no podía seguir escuchando las barbaridades que decía. Me parecía cruel y despiadado comerle la cabeza con esas ideas tan ruines y mezquinas, y hacer que las repitiera, y meterle todos esos conceptos asquerosos dentro... Solo le di una torta, para que se callara, pero ni siquiera fue fuerte o desproporcionada. Lo único que quería era que callara porque me resultaba insufrible oír en sus labios de seis años todas esas palabras que sabía salidas de la boca de su padre...

—¿Le dejaste algún tipo de marca? ¿Se cayó al suelo o llegó a perder el equilibrio? Sé que estas preguntas son duras de responder, pero tengo que hacerlas, es mi trabajo.

—Sí, lo sé. —Paloma cerró los ojos, como para recordar bien lo que pasó aquella tarde ya tan lejana. Tras unos segundos, respondió con seguridad—. No, ni siquiera llegué a dejarle la piel enrojecida... Entiéndeme —y la miró a los ojos con insistencia, como queriendo demostrarle así que le decía toda la verdad—, le pegué porque no pude controlarme, porque todo me parecía un ataque y quería que se callara, pero no para hacerle daño, porque nunca, jamás, le haría daño.

—Pero ella se lo contó a su padre...

—Sí, él vino a buscarla a la mañana siguiente y, con solo saludarla, ya se dio cuenta de que algo pasaba. Al parecer, nada más meterse los dos en el coche se lo preguntó y la niña se lo contó. Estaba muy dolida, pero no por la fuerza del golpe, sino porque hasta ese día yo jamás había recurrido a la violencia física.

—O sea, que le dolía más el orgullo que el tortazo.

—Exacto. Joaquín, mucho más dado a comprender y justificar esos arrebatos, sobre todo porque él mismo acostumbra a tenerlos, restó importancia al asunto. Se dio cuenta de que yo estaba dolida y preocupada cuando subió a devolverme a la niña la noche del domingo, y aunque apenas solíamos hablarnos por ese entonces, pues él no me perdonaba el haber tomado la iniciativa de la separación, se mostró muy comprensivo esa vez. Con una actitud totalmente inusual, al fijarse en que tenía los ojos rojos de haber estado llorando todo el fin de semana y que parecía agobiada, me dijo que no me preocupara, que a veces valía más un bofetón a tiempo que criar toda una vida a una niña maleducada. En el fondo se le veía encantado porque Naia y yo hubiéramos tenido un encontronazo, pero yo, idiota de mí, pensé que era de agradecer el gesto de mostrarme su apoyo como padre.

—Entonces, ¿cuándo se dio cuenta de que podía usar ese bofetón como arma arrojadiza?

—Cuando vio que el reparto de bienes se le hacía cuesta arriba. Ya te he dicho que yo no le pedí nada, pero sí me empeñé en solicitar una pensión para Naia. Quería que mantuviera el mismo nivel de vida al que estaba acostumbrada, porque bastantes cambios iban a aparecer en su vida. Por este motivo y porque así me lo aconsejó un psicólogo infantil, intenté que su vida y sus costumbres se resintieran lo menos posible. La llevábamos a un colegio muy caro y no estaba segura de encontrar trabajo tan pronto como para poder pagarlo yo sola.

—¿Es muy indiscreto que te pregunte por tu situación económica?

—No, en absoluto. —Paloma dirigió a la abogada una sonrisa—. Soy huérfana; mis padres, al morir, me dejaron un poco de dinero además del piso en el que ahora vivo, que está francamente bien. No tengo apuros, mi posición es cómoda, pero estoy intentando encontrar trabajo pese a que me resulta muy difícil tras el parón de más de cinco años en los que me dediqué exclusivamente a atender a Joaquín y Naia. Y ahora, después de que se ha hecho público todo lo relativo a la sentencia, me está resultando especialmente difícil. Por eso no quiero malgastar ni un solo euro. Por eso —sonrió—, y porque sé que tendré que pagar una buena defensa para recuperar a mi hija.

—No te preocupes ahora por ese aspecto —la tranquilizó Jimena—, sigue con tu historia, por favor.

—Poco más hay que contar: yo tenía un abogado que conocía a través de él, pero que, a pesar de todo, intentó hacer bien su trabajo asegurándose de que Naia y yo pudiéramos vivir en el chalé que era nuestra vivienda familiar hasta el momento de la separación y, también, que Joaquín pagara a la niña una pensión suficiente como para poder seguir en el mismo colegio. Yo no pedí ninguna pensión para mí. No quería nada de él.

—Y, a pesar de eso, le pareció excesivo.

—Sí. Y entonces, bien asesorado por sus amigos, me denunció por malos tratos. Fui lo suficientemente estúpida como para suponer que aquello no podría prosperar, de tan absurdo como sonaba. Pero ya lo dice el refrán: «Poderoso caballero es don Dinero»...

Antes de que pudiera seguir lamentándose, Jimena se levantó entonces y le propuso salir de su despacho para ir a conocer a sus otros compañeros. Pidió a la secretaria que los convocara a todos en la sala de reuniones y allí conoció a Aitor, un abogado alto y delgado con el pelo tempranamente cubierto de canas pese a su juventud; Roberto, cuya grandeza inspiraba una inmediata sensación de tranquilidad; y Jorge, guapísimo y ceñudo, que la miraba con una insistencia especial.

Tras las breves presentaciones y las muestras de apoyo que le dieron a entender que Jimena los había puesto al tanto de sus vicisitudes, todos se sentaron alrededor de la mesa de juntas. Todos tenían delante un cuaderno de notas por si era preciso apuntar algo. Jimena les explicó brevemente el caso, con los datos más importantes entresacados del relato que Paloma le había hecho y que la letrada recordaba perfectamente, sin necesidad de haber tomado ningún apunte ni nota. Fue entonces, después de que ella concluyera, cuando comenzó la lluvia de preguntas encaminadas a definir una estrategia legal.

«¿Crees que los amigos que estaban en tu casa el día que pegaste a tu hija se prestarían a declarar acerca de lo que sucedió?»

«¿Consideras que ahora, después del tiempo transcurrido, alguno de ellos podría ser considerado un testigo hostil?»

«¿Y qué nos dices respecto a tu abogado por aquel entonces? ¿Se prestaría a colaborar?»

«¿Por qué no presentó una defensa mejor cuando vio cómo se desencadenaban los acontecimientos relativos a la denuncia de malos tratos? ¿Podría ser que tu ex marido le hubiera presionado de algún modo?»

A todas respondía con sinceridad y concisión: «Sí, mis amigos declararían»; «ninguno es hostil, sigo manteniendo buenísimo trato con todos ellos, darían hasta un riñón por mí»; «mi abogado era un tipo joven y educado, amigo de mi ex, que hizo todo lo que pudo en el caso de separación hasta que la cosa se puso difícil cuando a eso se sumó la denuncia por malos tratos y Joaquín le amenazó».

Hasta que llegó la pregunta más temida, esa pregunta que le asustaba contestar:

«También tendríamos que recabar información sobre él, por supuesto. Me refiero a tu ex marido. ¿Podrías darnos más datos acerca de sus actividades, relaciones...? Me refiero no ya a su nombre completo, sino a sus empresas y negocios, a esos amigos poderosos que, por lo que he podido entender, dices que frecuenta... En fin, todo lo que se te ocurra que podamos investigar nos sería de mucha utilidad».

Paloma entendía la solicitud de Jimena, por supuesto, y no se le escapaba que esa información era fundamental. Sin embargo, algo la frenó a la hora de hablar: el miedo, un enemigo que consideraba vencido y que ahora, sin embargo, cuando menos se lo esperaba volvía a atacar.

No logró articular más que un par de palabras: Joaquín Wiren. Todo lo demás, las frases que hablaban de su origen, de su escalada vertiginosa en el mundo de los negocios, de sus relaciones con Rusia y el petróleo y varios embajadores y ministros sudamericanos..., murieron en su interior antes siquiera de que ella hubiera pensado que lo podría llegar a decir. Se paralizaron ahogadas por el pavor, anuladas por el pánico y el espanto de pensar siquiera en que él llegara a enterarse de todo lo que ella podría contar.

Ellos, los abogados, advirtieron su palidez y su nerviosismo, por supuesto. En cambio, ahora, sentada en el suelo, con los pies descalzos sobre él, el chal cubriendo sus hombros y el temblor adueñándose todavía de sus manos, Paloma no era capaz de recordar si llegaron a darse cuenta de la causa que la llevó, sin ningún aparente motivo, a comenzar a revolverse en su silla, incómoda de pronto, asustada hasta el punto de, tras pedir disculpas a Jimena de manera atolondrada, levantarse con premura y abandonar sin más la sala no sin dejar de prometer, con escasa convicción, que la llamaría en breve.

Pero habían pasado quince días y en ningún momento de esas dos semanas se le pasó por la cabeza hacerlo. Solo podía pensar en Joaquín y en si sabría lo que había hecho, si conocería ese paso que se atrevió a dar y del que se había arrepentido tanto, temerosa de que ese arranque transitorio de libertad y decisión le valiera el castigo de no ver a su hija nunca más.

«Y ahora Joaquín ya lo sabe —pensó—. Y qué.»

Acababa de pasar ese momento que ella tanto había temido y se dijo con franqueza que tampoco había sido para tanto.

Nada nuevo. Lo de siempre. Te mataré. Acabaré contigo. Te hundiré y te dejaré sin nada. Tendrás que prostituirte para comer.

¿Y estaba muerta? ¿Prostituida? ¿Muerta de hambre? ¿Acabada?

No. Solo atemorizada.

Y Naia también.

Eso fue lo que la indignó esa noche. Saber, como sabía por las madres de sus amigas del colegio, que se compadecían de la niña y que seguían llamándola para contarle cómo se encontraba, que su hija tenía miedo de su padre, con el que vivía, y que se portaba razonablemente bien solo porque él la tenía amenazada con el daño que podría hacerle a su madre si no actuaba como era debido. También le enviaban por e-mail fotos de la última función en el colegio. Estas madres conocían por sus hijas que Naia casi no se atrevía a dirigirle la palabra a su padre en las escasas ocasiones en que estaba con ella en casa, y que era mucho más feliz, o al menos estaba mucho más tranquila, cuando él se iba de viaje y sus negocios le mantenían alejado y ella se quedaba a cargo del servicio y de la tutora académica que su padre le había asignado.

Apretó los puños. Se mordió los labios con tanta fuerza que tardó en percatarse de que de ellos brotaban rojísimas gotas de sangre que teñían el chal.

«No puede ser —se dijo—, no puedo seguir así.

»No puedo consentir que mi hija sufra, que después de tanto sacrificio, de tanto valor como necesité para tomar la decisión de separarme, él siga ganando, la haya alejado de mí, y ahora estemos separadas y asustadas las dos.

»Si ya sabe que he ido a un abogado, si me tiene vigilada, si sabe dónde vivo y si sus hombres siguen mis pasos y todavía sigo aquí, solo puede significar una cosa, que me cree cobarde, que me subestima.

»Y ha tardado casi quince días en averiguar que fui a consultar a una abogada», se percató de pronto, y sonrió triunfal. Comprendió que no podía seguir encogida, atemorizada, escondida en su propia casa. Y se levantó, y encendió la luz, y con ella encendida se acercó a la terraza y salió al balcón y abrió los brazos, y casi tuvo ganas de gritar, y si se contuvo fue únicamente por no despertar a los vecinos; no por Joaquín y sus chicos, que la creerían más loca todavía por ese gesto que estaba haciendo y que sabía que tarde o temprano comentarían para reírse de ella.

«Que rían —les retó sin que ellos lo supieran, y hasta se sintió tan valiente y generosa como para dedicarles una sonrisa—. Que rían y me crean loca, porque yo volveré a luchar, plantaré cara de nuevo y ganaré. No saben que tengo fuerzas para levantarme del suelo y pelear contra él para recuperar a mi hija.

»Que se rían de mí o me maten, porque hagan lo que hagan, no tengo nada más que perder.» En ese momento se acordó de Escarlata O'Hara y sentenció: «Juro por mi libertad que no volverá a atenazarme el miedo».

ONCE

La mañana de aquel caluroso martes 27 de julio, no tan temprano como hubiera querido, Camila emprendió el camino a Cádiz. Iba algo resacosa después de una noche de fábula en la que el único contratiempo fue tener que esquivar las preguntas del Negro relativas a su partida. Como sabía que no soportaba a sus hijos, con los que —por más que todos se empeñaban en ignorarse tan civilizada como enconadamente— ya había tenido algún encontronazo, procuró mostrarse lo más despreocupada posible y echarles la culpa a ellos: «Unas gestiones, mi vida, relativas al papeleo de la expropiación del caserón que Adolfo y Rodri no entregaron a tiempo», le explicó indiferente, mientras, zalamera y juguetona, enredaba uno de sus dedos en el vello furiosamente negro e hisurto del pecho de su amor. «Ahora, como ellos ya están de vacaciones, uno en Nueva York con su novia y el otro haciendo trekking en el Tíbet, he de ser yo la que me acerque hasta allí para solucionarlo.»

El rostro de su querido se contrajo, le vio dar varias caladas rápidas y nerviosas a su cigarrillo y supo, cuando notó cómo su pecho se elevaba para tomar aire, que de inmediato iba a comenzar a despotricar contra aquellos niñatos vagos y diletantes que tantas molestias causaban a su madre. Para evitarlo, porque no quería tener que pararle los pies en lo relativo a sus niños ni recordarle que no era del todo adecuado que se refiriera a ellos así cuando no sacaba más que cuatro o cinco años al mayor de ellos, se tumbó sobre él estirándose como una gata lánguida y melosa y le besó con pasión y deleitación, no porque tuviera ganas de sexo, después de haber estado un buen rato encamados, sino porque, realmente, no le apetecía dejarle hablar.

Ahora, algunas horas después, se lamentaba de los excesos cometidos y del poco tiempo dedicado al sueño. Lo pasó muy bien, pero tras tantos kilómetros sentada en el asiento del coche, sin parar más que para tomar un café en un barucho cualquiera de carretera, le dolía todo el cuerpo, tenía agujetas, sueño... y no podía parar de nuevo porque tenía que llegar a su destino. Puso la música del coche alta y se dedicó a comer «chuches», frutos secos y toda clase de comistrajos para que no la pudiera el sueño. «Tanta liposucción, tanta gimnasia y tantos cuidados para acabar perdiendo la línea con estas porquerías», pensó.

Un bip, bip la sobresaltó. Desvió un momento la vista de la autopista y comprobó que se trataba de su teléfono móvil de ultimísima generación; al parecer, acababa de recibir un mensaje. Se fijó en el nombre de quien se lo enviaba: «Negro», rezaba la pequeña pantalla, y aun a sabiendas de que cometía una infracción, no pudo evitar rescatar el teléfono del asiento del copiloto, donde lo había dejado al lado de su bolso entreabierto. Lo cogió con una mano para poder leerlo, mientras con la otra sujetaba el volante. «Lo de anoche me encantó. Espero no haberte agotado con nuestros juegos, aunque tampoco lo lamento. Me excito con solo recordarlo.»

Logró llegar a su destino poco antes de las dos, después de todo el trayecto pisando a fondo el acelerador. Pensó ir directamente al Ventorrillo del Chato y saborear una excelente ración de lenguado relleno de carabineros antes de ponerse manos a la obra. Sabía que José Manuel, el maître, daría orden de que la atendieran incluso sin haber hecho previamente una reserva, porque allí su apellido todavía seguía abriendo muchas puertas. Pronto desechó la idea. Se había dado la paliza de ir a la ciudad para recuperar una serie de documentos y objetos de valor de la casona antes de que arrasaran con todo los del ayuntamiento y no iba a dar con sus planes al traste ahora solo por el capricho pasajero de llenarse la barriga con taquitos de ijada de atún en aceite y canutillos rellenos de chocolate. Terminada su misión, tendría tiempo de hacerlo, no se iba a morir por esperar un par de horas y pasar entretanto un poco de hambre, algo a lo que estaba más que acostumbrada. Total, casi toda su vida había transcurrido entre dieta y dieta.

El caserón del abuelo, otrora gloria de la familia, se veía desde fuera algo abandonado y mugriento. A Rodri, el más bohemio de sus hijos, un loquito empeñado en estudiar Filosofía, adepto al budismo y aficionado a todo lo antiguo, le encantaba por ser precisamente así, «decadente y onírico», como decía él. A ella, en cambio, le parecía que necesitaba un buen lavado de cara, pero ahora los presupuestos públicos asignarían una dotación para adecentarla. Estaba en contra de que el ayuntamiento lo convirtiera en parte del patrimonio nacional, aunque ella tuviera que gastar dinero y más dinero para mantenerlo.

Además, pensó, para hacer efectiva la conversión en museo no hacía falta tanta visita del arquitecto municipal, tanta rehabilitación ni tanto niño muerto. Todo eso era, estaba convencida, una simple excusa para llenarse los bolsillos a costa de una obra más. Si de verdad quisieran que el pueblo de Cádiz lo disfrutara cuanto antes, no tenían más que tapar algunas goteras, rellenar un par de agujeros, pulir los suelos de nuevo y colgar, bien visible en la puerta, un letrero que rezara: «MUSEO».

Pero si deseaban perder el tiempo, hacerse los interesantes, dar una conferencia de prensa explicando dentro de un par de años cuánto les había costado habilitar la casa y hacer que luciera prácticamente igual, iban a hacerlo. Para eso les asistían las leyes.

En cualquier caso, y con esta batalla más que perdida ya, a ella le bastaba con comprobar que su llave seguía encajando en el viejo cerrojo de la cancela de hierro que se abría al jardín delantero y que por el momento todo seguía igual, más allá de la maleza que asomaba por entre las junturas del camino de losetas y baldosas que la llevaba a la puerta principal, o el polvo posado en los cristales de las ventanas.

Sin perder el tiempo en sensiblerías inútiles sobre el esplendor pasado, la memoria de su padre y demás zarandajas, se dirigió con premura a la biblioteca guiada por el resplandor de un sol de verano que se colaba por entre las contraventanas mal cerradas. Allí, al fondo, tal y como sabía, pegado junto al ventanal cuyas persianas de madera casi no dejaban pasar más que débiles rayos de luz, estaba el escritorio, con sus cuatro cajones y, bajo el último de ellos, su doble fondo.

Se preguntó cómo nadie que no fuera de la familia podría dejar de reparar en esa oquedad pretendidamente oculta, pues su tamaño era tal, tan evidente el espacio cubierto por la madera sin cajones ni compartimentos a la vista, que lo más fácil resultaba suponer que, precisamente, había allí un doble fondo que nadie desconocía. Pero, al parecer, la evidencia destacaba solo a los ojos que estuvieran al tanto de ella, pues al ir a abrir el compartimento, debido a la fuerza que usó para tirar de la tapa que lo separaba de la parte visible del cajón, una densa nube de polvo la envolvió y la hizo estornudar.

Después de maldecir, sacudirse e intentar calmarse durante un buen rato, al fin pudo agacharse ante el viejo mueble para comprobar que, tal y como le contaran primero su padre y después su abuelo, aquella gaveta estaba llena de legajos y fajos de documentos.

Comenzó a recogerlos con prisa, como si su familia tuviera secretos deshonrosos que ocultar. No quería que los del ayuntamiento adelantaran por lo que fuera su visita y la encontraran allí, como una vulgar ladrona, con las manos en la masa de lo que, según el acuerdo firmado, todavía le pertenecía legalmente. Conforme iban pasando por sus manos los títulos, las cartas y pergaminos, algunos de ellos iban llamando su atención debido a su antigüedad, el encabezamiento de alguna misiva o lo sugerente y evocador de un lacre roto. Llamó su atención un paquete de sobres firmemente atados con un lazo rojo o una firma floreada y retorcida, con tantos bodoques que parecía elaborada por un pendolista, que inevitablemente le recordaba a esas epístolas escritas por nobles o acaso sabios monjes que revelaban, antes de morir, el lugar donde un formidable tesoro se hallaba escondido. Le dio la risa por pensar en aquella tontería, pero en las películas, se justificó, los documentos del pasado, los realmente valiosos, eran exactamente así, como esos que tenía ahora entre las manos.

La invadió el impulso de sentarse, como cuando niña, sobre el suelo de madera, con las piernas cruzadas y un buen trozo de pan con dos o tres pastillas de chocolate dentro, y ponerse a leer sin más todos aquellos papelotes. Pero sería una estupidez, se dijo: no era el lugar, ni el momento, ni lo mejor para sus maltrechas posaderas. Y, además, su estómago volvía a rugir hambriento.

Fue mucho después, sentada tranquila y bien limpia, con la melena perfecta despojada de polvo y telarañas, cuando, ante una de las mesas con impolutos manteles blancos de su restaurante gaditano favorito, se dejó llevar por la curiosidad.

«Veamos al fin los secretos de la familia —pensó mientras miraba ansiosa el maletín de cuero donde había guardado su botín—. Ya va siendo hora de que me entere de por qué tanto interés en mantener en secreto todas estas cartas. Se acabó el tiempo de las promesas que me obligó a guardar papá. Él ya está muerto y de una vez por todas nada impedirá que me entere de cuántos hijos bastardos esconden los respetables prohombres de mi linaje.»

Pero dos horas después, sentada ahora en la terraza del local y ante su cuarta taza de café, solicitada sin acertar muy bien a saber si para vencer el cansancio de las pocas horas de sueño previas al viaje o el sopor provocado por los documentos revisados, Camila todavía no había descubierto, para su mayúscula decepción, ningún trapo sucio. La mayor parte de las cartas eran, ciertamente, personales. Había un par escritas por Franco a su padre y alguna otra cuya autoría era del general Mola, también misivas de Alfonso XIII a su abuelo y en algunas de ellas —pocas—, se hablaba de mujeres. Pero para su decepción, el que más las citaba y se atrevía a aludir abiertamente a sus líos de faldas era el rey, mientras que su abuelo, por lo que podía deducir de sus respuestas, se limitaba a seguirle la corriente en cuanto a opinar si fulana o mengana eran o no las cupletistas más bellas de la capital, pero sin llegar nunca a revelar si se había acostado o no con alguna. «Qué asquerosamente decentes eran todos», farfulló para sus adentros con fastidio. Ahora lo entendía, había tardado años en comprenderlo, pero ya sabía la causa de por qué su abuelo y su padre eran tan aburridos. ¡Vaya si lo eran! No tenían ni idea de disfrutar de la vida, eso desde luego, y con un manotazo apartó hastiada el resto de papeles desperdigados sobre la mesa que corrían el peligro, después de tantos años ocultos, de que se los llevara una ráfaga traidora de viento.

«Lo que seguía sin entender —se dijo— es por qué tanto misterio con las cartas, a qué tanta insistencia de papá en que no las leyera ni revelara su contenido si en ellas no había nada que pudiera llamarse propiamente secreto.» Y dejó resbalar su vista sobre ellas, amontonadas de mala manera, hasta que sus ojos repararon, de manera completamente casual, en una mucho más amarillenta que las demás.

Se hallaba medio escondida entre dos portafolios, y no es que estuviera solo un poco envejecida, como las otras, sino que era ya casi completamente marrón.

«Debe de ser muy antigua», calculó, y dejando el resto de lado la asió con interés, deseosa de comprobar quién la firmaba: Federico Gravina, a fecha de 22 de octubre de 1805, el día posterior a una de las batallas que su padre, como si fueran cuentos de hadas, le relataba de niña antes de irse a dormir, la de Trafalgar.

Comenzó a leerla con ansia: la carta iba dirigida a Carlos IV. En ella, el duodécimo capitán general de la Armada española, Federico Gravina, al mando durante dicha batalla del buque *Príncipe de Asturias,* informaba a su majestad del hundimiento del navío francés *Achille,* a cuyo mando se hallaba, según su relato, el capitán Daméport. Este buque llevaba en su bodega todos los pagos realizados por la corona española a Napoleón, pues en aquel tiempo España estaba comprometida a ayudar a Francia en su conquista de Gran Bretaña no solo aportando su armada, sino también, según recordó de las gestas y hazañas bélicas narradas por su padre, sufragando parte de los gastos de la contienda. Gravina moriría unos días más tarde de la redacción de ese texto, si no recordaba mal, a causa de las heridas sufridas durante el combate, sin embargo, su afán por cumplir con su obligación ante su monarca fue tal que, en esas circunstancias, tuvo tiempo, como comprobó con gozo Camila, no solo de escribir esta carta, sino además de marcar en un mapa el lugar exacto del hundimiento del *Achille*.

Camila se sorprendió a sí misma riendo gozosa como una niña que acabara de abrir un regalo de Navidad. No podía creerlo, tenía en sus manos la clave para recuperar un tesoro de valor incalculable hundido hacía más de dos siglos.

Sin embargo, de pronto su risa se ahogó, aplacada por una pregunta que acababa de surgir en su cabeza: ¿cómo coño se saca un barco del fondo del océano?

DOCE

—Ha llamado Paloma Blázquez.

Jorge levantó sorprendido la mirada de los papeles que se acumulaban sobre su escritorio y observó a Jimena, que, apoyada en el marco de la puerta de su despacho, parecía inusualmente despierta a esas horas de la sobremesa en que, como él tan bien sabía, solía amodorrarse. Sin embargo ahora, probablemente a raíz de las buenas noticias, sonreía. Intentaba fingir que estaba serena, parecer contenida y precavida, pero de tanto como apretaba los labios para no gritar y reír, el color de su rostro había desaparecido y sus pecas no solo destacaban: relucían como faros de color en una niebla blanca y densa.

—¿Cuándo?

—Esta misma mañana, tempranísimo, nada más llegar Merche, pero como yo vine tarde, como siempre, no pude atenderla. Me dejó un recado en el contestador y otro a través de Merche, que como ha tenido mucho lío, no se ha acordado de decirme nada hasta ahora.

Jorge consultó su reloj y comprobó que pasaban de las cuatro.

—Bien por Merche —gruñó—. No sé ni cómo la soportamos.

—Qué hipócrita eres —se burló Jimena—. Te adora, bien que lo sabes. Y te encanta que lo haga.

—Eso no quiere decir que me parezca eficiente, ni que no me fije en cómo trata a Roberto y Aitor o a muchos de mis clientes. Tú no te das cuenta, claro, porque estás todo el día cotilleando con ella.

—¡Venga ya! Claro que me doy cuenta, pero cada vez que contemplo la posibilidad de hablarlo con vosotros, me pongo a pensar en la putada que le haríamos si la echáramos y, al final, termino callando.

—Vaya, o sea, que ninguno la soportamos, todos sabemos que es una haragana y cargamos con ella como si no tuviéramos bastante follón, con buena parte del trabajo que ella no hace y, encima, le pagamos un sueldo... Hay que joderse —reflexionó con sarcasmo—: Somos sus esclavos.

—No seas cínico.

—Solo soy realista: llevas quince días esperando esta llamada que tuvo lugar a las nueve de la mañana y ha tardado... —volvió a consultar su reloj—, nada, solo un ratito de siete horas en comunicártelo.

—Ah, venga, déjalo estar —refunfuñó Jimena entrando en el despacho, temerosa de que la secretaria hubiera oído su conversación. Con un mohín de disgusto se dejó caer en la silla frente al escritorio de Jorge y le recriminó—: Por tu culpa me va a dar un bajón, con lo contenta e ilusionada que estaba después de hablar con Paloma...

Jorge decidió dejar los temas desagradables para otro momento; tal vez uno en que se sintiera apoyado por Roberto o Aitor, y preguntar a su socia por el motivo de su alegría. Se dio cuenta de que era injusto con ella, después del tiempo que había estado esperando esa llamada de Paloma Blázquez, le chafaba la ilusión con problemas de intendencia que sabía que, además, la ponían especialmente nerviosa. Jimena, a diferencia de él y sus compañeros, era la única miembro del bufete que había costeado sus estudios con becas y, después, más adelante, pagó el resto de su educación académica en idiomas y su máster con el dinero obtenido trabajando como dependienta y pasante.

—Perdóname, soy un aguafiestas. Cuéntame lo de tu cliente, si es que se puede decir que lo sea.

—Lo será —afirmó con seguridad—. Hemos quedado en reunirnos de nuevo mañana y estoy convencida de que cuando salga de aquí podré decir que soy su abogada. Parece mucho más decidida que la otra vez. Es como si hubiera tenido una revelación. Ahora tiene un nuevo ánimo para lidiar con lo que la espera.

—Ya será menos.

—Qué escéptico eres. Me revienta.

—Hazme un favor, levántate y cierra la puerta. Tenemos que hablar.

Jimena se alarmó. La seriedad de Jorge era habitual para todos en el despacho, pero con ella tenía una relación de complicidad especial, posiblemente porque, al ser mujer, estaba exenta de ese acerbado sentido de la competitividad que, sin darse cuenta, él cultivaba respecto a Aitor y Roberto. O, simplemente, porque le gustaban tanto las mujeres que, aunque ella fuera solo amiga y nada más que buena amiga, no podía hacer con ella una excepción.

—¿Qué ocurre? Estoy empezando a ponerme nerviosa —confesó ella al volver a tomar asiento.

—He estado investigando al ex marido de Paloma Blázquez, y creo que el temor a él fue lo que hizo que se marchara tan precipitadamente del despacho y, después, haya tardado tanto tiempo en pensárselo y volver a llamar. Es un buen pájaro.

—Ya lo supongo —aceptó Jimena—, se trata de un maltratador. Está claro que no puede ser una hermanita de la caridad...

—No, es mucho, muchísimo peor —la corrigió Jorge—. Sabiendo quién es, cuáles son sus amigos y en qué consisten la mayoría de sus actividades, no es de extrañar que ella esté aterrada. Y creo que si finalmente el despacho asume su defensa, también deberíamos estarlo nosotros.

—¿Quieres que rechace su caso porque su marido es un mafioso? —saltó Jimena ofendida—. No es la primera vez que un marido vengativo nos amenaza, y no voy a dejar a esa pobre mujer tirada solo porque a ti te dé el canguelo...

—Yo no estoy diciendo eso, lo sabes perfectamente —zanjó Jorge cortante, intentando no alterarse como, por otra parte, comenzaba a hacer Jimena—, lo único que sugiero es que, si representas a Paloma Blázquez, todos nos planteemos tomar unas ciertas medidas de seguridad. Toda prudencia es poca si se trata de Wiren.

Ella cerró los ojos un instante para calmarse y reflexionar. Era consciente de la viveza de su genio, de que no hacía falta más que una pequeña chispa para que prendiera y su fuerte genio comenzara a ser evidente, y no quería discutir con Jorge. Él era habitualmente el socio que más la apoyaba en sus casos y argumentaba ante los otros la necesidad de permitirle hacerse cargo de ellos a pesar de que, en más de una ocasión, las mujeres a las que atendía no podían pagar sus servicios o, en caso de hacerlo, las minutas que les presentaba eran tan bajas que no llegaban a cubrir gastos.

No es que Aitor y Roberto no defendieran las causas perdidas ni quisieran saber nada de los más débiles y desfavorecidos, en absoluto. En el despacho, de común acuerdo, ninguno de los cuatro había abandonado jamás el turno de oficio y, sin necesidad económica de hacerlo, seguían defendiendo a delincuentes juveniles, yonquis que trapicheaban para sacar su dosis gratis, mujeres víctimas de violaciones... Es más, una buena parte de los asuntos profesionales de su bufete estaban relacionados con la defensa gratuita gestionada por el Colegio de Abogados. Además, buena parte de los clientes de Roberto pedían asistencia para asuntos penales y eran también pobres de solemnidad.

Tanto ella como sus compañeros creían firmemente en la obligatoriedad de asistir a quienes no podían pagar una defensa privada de modo que quedara garantizado el goce del amparo de un letrado para cualquiera que lo necesitara. Un derecho fundamental que en España funciona con un extraordinario nivel de calidad y eficacia y que los hacía sentirse particularmente orgullosos. Sin embargo, y aun con todo, Jorge mostraba, frente a sus amigos de la infancia, una especial sensibilidad hacia las desigualdades y sus víctimas, como demostraba su interés por la emigración y los marginados y el valor del que había hecho gala jugándose el tipo todas las veces que había aceptado representar a víctimas de la trata de blancas después de que la policía hubiera desmantelado redes de prostitución femenina e, incluso, infantil.

Jimena recordaba con total claridad cuando Jorge, contratado por un consorcio formado para la ocasión por varias ONG y asociaciones de apoyo social a las víctimas de la prostitución, aceptó llevar la acusación particular en su nombre y el de las prostitutas contra los proxenetas que las explotaban. Aquel fue un tiempo en que las amenazas, e incluso los ataques, algunos velados, otros no, contra su integridad y la del despacho no dejaron de sucederse.

Por eso, decidió darle una oportunidad y escuchar lo que tenía que decir de Joaquín Wiren. Porque él estaba más que autorizado para hablar de prudencia, y porque sabía lo que era jugarse el tipo por un caso y, también, hasta dónde eran capaces de llegar mafiosos y capos cuando se trataba de defender sus negocios y beneficios. Y es que Jorge, además, era sin duda el más hábil de todos sus compañeros a la hora de obtener información.

—Vale —aceptó Jimena—, te escucho. Cuéntame lo que sepas.

—Ese Wiren es una joya —resumió Jorge—. He tenido dos semanas para indagar sobre él, y preguntando aquí y allá y buscando en Internet, creo que puedo hacerte un mapa más o menos detallado de los hitos más importantes de su trayectoria. —Antes de iniciar su relato hizo una breve pausa para tomar aliento, reordenar sus notas y abrir un par de archivos en su ordenador. Tan pronto como acabó, con su voz levemente impostada, comenzó a leer en alto—: Nació en Chile hace cuarenta y cinco años, hijo de padres de procedencia alemana. En cuanto tuvo edad para iniciar una carrera universitaria, ellos lo mandaron a estudiar ingeniería a Europa; se licenció en la Escuela Técnica Superior de Ingenieros de Caminos, Canales y Puertos de la Universidad Politécnica de Madrid, donde destacó por su brillantez y capacidad de estudio. Logró un inmejorable currículo académico; de hecho, fue el primero de su promoción, lo que lo colocó inmediatamente en una importante multinacional, en la que rápidamente subió escalones hasta alcanzar un puesto de nivel. Allí se iniciaron sus contactos con los círculos de poder y supo ganarse el apoyo de importantes grupos nacionales y extranjeros.

»Como no deja de ser predecible en un hombre de su ambición, pronto comprendió que, para medrar de verdad, debía establecerse por su cuenta. Hace casi veinte años decidió iniciar sus propios negocios y, aprovechando el boom del ladrillo, creó una empresa constructora que ahora, como casi todas, ha presentado concurso de acreedores. Paulatinamente, su compañía fue participando en otras más importantes del sector, de ámbito internacional, hasta conseguir ser el accionista mayoritario de AISENSON, con una participación del veintiséis por ciento. Para entonces —continuó relatando Jorge—, ya había creado una maraña de empresas, con sedes en distintos países, haciendo que unas participaran de las otras. En 1996 logró hacerse con la presidencia del holding. Su patrimonio, en esa fecha, estaba estimado en torno a lo que actualmente serían unos seiscientos millones de euros.

Jimena, admirada, emitió un silbido.

—Ahora entiendo el recuento de propiedades que hizo Paloma. Que si el chalé de La Moraleja, que si dejé de trabajar para atender a mi familia, que si el colegio carísimo de la niña...

—¿Y te has fijado en la ropa de lujo que todavía usa Paloma? Está claro que se marchó de casa, pero se llevó el contenido del armario —comentó Jorge.

—Vaya, vaya, vaya. —Jimena volvió a silbar.

—¿Qué? —preguntó su socio perplejo.

—Nada, solo que no creo que Paloma tenga el cuerpo para fiestas. Debe centrarse en recuperar a su hija.

—¿Por qué lo dices? ¿Qué insinúas? —preguntó Jorge poniéndose colorado.

—Nada —zanjó su amiga mientras pensaba que, en muchos aspectos, por más que hubieran pasado los años, la relación con su amigo seguía siendo la misma que cuando, con dieciocho años, se conocieron en la Facultad de Derecho: confidencias, novios y novias, velados reproches sobre lo masculino y lo femenino y bromas, muchas bromas—. Anda, sigue hablándome de ese Wiren.

—Para abrir el horizonte de sus negocios no tardó en saltar de la construcción a otros campos empresariales e incluso financieros. —Jorge cogió carrerilla en el recuento de los logros del empresario—: Acudió en ayuda de una entidad bancaria en apuros y se encaramó a la cúspide del poder financiero, donde no fue bien recibido, pues se le consideró un advenedizo, carente de un apellido vinculado a la tradición de las grandes sagas financieras del país. Con todo, hizo buenos amigos, muchos de ellos tan arribistas como él, y pronto, a través de su afición por la caza y la vela, se codeó con la flor y nata de la sociedad española. Todos le debían favores. Las malas lenguas dicen que también era aficionado a la fotografía, y que ocultaba cámaras en las alcobas de sus fincas y, como los avaros, atesoraba instantáneas indiscretas de sus invitados durante las celebraciones de alguna de sus fiestas por si acaso, en el futuro, pudieran sacarle de un apuro.

»Para entonces ya había logrado la nacionalidad española y cometió su primer gran error: pretendió inmiscuirse en política. Fue ahí cuando surgieron las primeras complicaciones en su vida.

Jimena entendió de inmediato lo que insinuaban las palabras de Jorge. No necesitaba de ninguna red de informantes ni hacer búsquedas en Internet para saber que, en España, todo empresario de éxito con pretensiones de liderar un partido político existente o crear uno nuevo termina siempre cayendo en desgracia.

—Y fueron a por él —concluyó.

—Exacto —corroboró Jorge—. Hasta ese momento nadie había investigado sus empresas, ni su relación con Hacienda, ni hurgado en las tripas de la entidad financiera de la que era vicepresidente. Pero, de pronto, los medios empezaron a informar sobre la mala situación que atravesaba y las posibles irregularidades que había cometido hasta que esta fue intervenida por el Banco de España por un supuesto agujero patrimonial. Y empezaron sus problemas con la Justicia.

»Aunque su nombre nunca llegó a adquirir notoriedad ni mucho menos fama, ya que todos los medios se centraron básicamente en el del presidente del banco, Wiren, igual que su jefe, fue procesado y condenado a dos años de cárcel por apropiación indebida y falsedad en documento mercantil. No llegó a ingresar en prisión, pues carecía de antecedentes, pero el auto condenatorio fue toda una bofetada para él, sobre todo si se tiene en cuenta su ambición desmedida. Además, en un sumario diferente, el Supremo lo condenó por haber engañado a sus socios al negociar la venta de unos terrenos en Madrid. Aquí tienes la sentencia.

Jorge tendió las fotocopias a su amiga y esta, echando un rápido vistazo a los hechos probados, supo que Wiren hizo llegar a dos socios minoritarios de una filial de su holding una suscripción preferente sobre los solares en venta en la capital a un precio de ciento cincuenta mil pesetas por metro cuadrado cuando, en realidad, él había pactado con los vendedores un precio de trescientas mil.

—Los abogados de los accionistas presentaron una querella por falsedad y estafa un día antes de que acabase el plazo —prosiguió Jorge—. La Audiencia Provincial de Madrid declaró los hechos prescritos, con lo que daba la razón al chileno en su pretensión, mientras que el Tribunal Supremo, en un recurso posterior a la sentencia de la Audiencia, revocó esta y sumó así una nueva pena de tres años de cárcel que, esta vez sí, ya obligaba a Wiren a ingresar en prisión además de verse forzado a abonar cincuenta y ocho millones de euros a los accionistas minoritarios damnificados, lo que hizo mediante avales bancarios. Pero ahora viene lo bueno, agárrate —anunció Jorge a Jimena—: Wiren pidió amparo al Tribunal Constitucional y este entendió que la interpretación del Supremo sobre la querella lesionaba su derecho a la tutela judicial efectiva, de modo que anuló la sentencia y nuestro amigo chileno quedó exonerado de cumplir la pena, si bien, eso sí, no pudo volver a ocupar la vicepresidencia de la entidad bancaria.

—¿Solo eso? ¿El prohombre se salió de rositas? —se indignó, incrédula, Jimena.

—Sí y no. Esa jugada le salió bien, pero lo que no podía prever era que la titular del juzgado número 54 de Madrid dictaría un auto de apertura de juicio oral contra él y sus abogados, entre ellos nuestro queridísimo amigo José Luis Martínez, por una carta falsa utilizada para incriminar a los socios minoritarios estafados. Hasta ese momento ningún juez había negado la existencia de la estafa, sino que la duda estribaba en la prescripción o no del delito. Sin embargo, en este caso, la jueza consideró que existían indicios racionales de que Wiren y sus abogados incurrieron en falsedad de documento privado, denuncia falsa y estafa procesal en grado de tentativa. Los procesados habían llegado a presentar la misiva ante el Tribunal Supremo como prueba para intentar demostrar que los socios estafados habían cometido falso testimonio contra él. La magistrada trasladó la documentación a la Audiencia Provincial de Madrid y se confirmó el procesamiento de todos los imputados. Wiren resultó nuevamente condenado y curiosamente, en esa ocasión, el Tribunal Constitucional denegó el recurso de amparo que presentó.

—Quién lo iba a decir, parece que sí hay justicia en este mundo.

—Qué va, esta gente siempre tiene un as bajo la manga. Cuando parecía que ya tenía una pata en la prisión madrileña de Soto del Real, sus abogados solicitaron la no ejecución de sentencia mientras tramitaban la petición de indulto. La Fiscalía se posicionó en contra, y sin embargo Wiren ganó, porque finalmente el gobierno le indultó. Al menos, quedó maltrecho socialmente —añadió Jorge.

—Qué pena —lamentó irónicamente Jimena—. Se le acabaron las cenas de gala con el embajador ruso, los cócteles con Peter Caruana...

—Eso no lo sabía —se admiró Jorge—. ¿Dónde has encontrado la información?

—Me lo contó Paloma.

—Pues me temo que ahora su ex solo trata con dudosos ejecutivos rusos de la Costa del Sol, vinculados a la trata de blancas o al tráfico de estupefacientes. Se sabe que también conserva negocios más que turbios con países iberoamericanos y es socio de algunas empresas radicadas en Gibraltar. Parece ser que no se mueve jamás solo, que allá donde vaya le acompañan dos o tres guardaespaldas, y ya sabes lo que eso quiere decir —terminó Jorge clavando sus ojos en los de su amiga con perturbadora seriedad—. ¿Me entiendes ahora cuando hablaba de ser precavidos? Si estos son sus actuales amigos y si él se hace acompañar de hombres armados, no debería caberte la menor duda de que este tipo es un mafioso, y peligroso, por más que juegue a disfrazarse de empresario.

TRECE

—Ya sé que no es habitual en mí —comenzó Martínez casi susurrando, encogido sobre el auricular del teléfono de su despacho y, sin embargo, intentando aparentar naturalidad—, pero me he quedado solo y quisiera saber si puedes mandarme una chica para esta noche.

El breve silencio que oyó al otro lado del hilo le dio a entender que su interlocutor estaba mudo a causa de la sorpresa.

—¿Cómo es eso? ¿Qué te ha pasado, Pepe Luis? —se regodeó—. ¿Y esa novia tuya? ¿Se te ha terminado el chollo?

—Pasará unos días fuera de la ciudad —confesó lacónico, entre cabreado y abochornado por el evidente cachondeo. «Coño, mierda, joder —pensó—, no llevo ni dos segundos de conversación y ya me estoy arrepintiendo de haber llamado a este gañán.»

—Ay, qué penita, te has quedado solito y te has acordado de nosotros...

—Si es un problema... —sugirió incómodo—. Creí que mediaba una especie de pacto tácito entre nosotros por el cual, ya que los tres estamos en igualdad de condiciones y poseo similares derechos que vosotros, cada uno de nosotros teníamos a nuestra disposición a cualquiera de las chicas. Que no haya pedido ninguna hasta ahora no quiere decir que renunciara a esa prebenda —concluyó con aridez y, en efecto, arrepentido.

Para sus adentros, se prometió a sí mismo que nunca más volvería a hacer una petición semejante. De ahora en adelante, si volvía a necesitar compañía femenina, se la buscaría por su cuenta y, si era necesario, hasta la pagaría.

—Tranquilo, tranquilo, señor letrado —su camarada interrumpió el hilo de sus pensamientos—, no hace falta que saques todo tu arsenal de código y leyes y artículos, y mucho menos las actas de constitución de nuestra sociedad. Un pacto es un pacto y sabes perfectamente que, en esto como en lo demás, Cardoso y yo siempre vamos a respetarlo. ¿Acaso te hemos dado motivos para que pienses lo contrario? Solo por el hecho de que nosotros nos dediquemos a la parte sucia y tú te las des de legal sentado en tu despacho no deberías tener tan mala consideración de nosotros —le reprochó.

—Ni lo hago. Es solo que me molesta ese tonito, esa familiaridad...

—No te hagas el digno, no seas puñetero, que aquí todos nos vamos de putas. Solo porque nosotros hablemos de eso en las comidas y tú te dediques a la meditación contemplativa y a contar nuestro dinero no deberías escandalizarte ahora. A ver —Martínez detectó que su socio comenzaba a perder la paciencia—, ¿qué te gusta?

—No sé, lo que tú me recomiendes...

—Te voy a mandar una bien joven, para que varíes. —Su tono adquirió de pronto una distancia fría, práctica—. ¿Piensas sacarla a cenar? Al fin y al cabo, eres un hombre libre.

—Sí, por qué no. En ese caso, tendrá que tratarse de un material elegante y presentable. —Sin saber cómo, casi sin darse cuenta, Martínez comprendió que también estaba hablando con el desdén impersonal de un negociador profesional.

—No me ofendas, ¿por quién nos tomas? —Tras una pausa en que le oyó pasar páginas, posiblemente de su agenda, su interlocutor le facilitó un número.

—Llama de mi parte y pregunta por Sheila. Ella es la encargada y te pondrá al tanto de lo mejor que tenemos por aquí. Ya sabes que en nuestra división de Estepona, ahora que estamos en verano, tenemos más variedad, pero creo que, aun así, algo de tu categoría podremos encontrar aquí en Madrid —añadió con retintín—. Y no retrases la llamada. Si el plan es para hoy, sería preferible que lo hicieras pronto, en Madrid en verano, con tanto Rodríguez suelto, nada más caer la tarde la cosa se pone imposible.

—Haré lo que dices, y muchas gracias.

—No me las des, José Luis, tú mismo has dicho que tienes tantos derechos como nosotros, y es cierto. Aunque, por otra parte…

Martínez puso su mano sobre el auricular para que su socio no pudiera escuchar ningún sonido que proviniera de él. Solo cuando se hubo asegurado de este aspecto, suspiró ruidosamente. Conocía de sobra esa pausa dramática, como si repentinamente acabara de acordarse de algo por más que, él lo sabía, era perfectamente posible que desde el inicio mismo de la conversación, en cuanto oyó su petición, hubiera planeado qué pedirle a cambio.

—José Luis, ¿estás ahí?

—Sí, por supuesto, ¿qué se te ofrece? —respondió intentando no parecer demasiado brusco pero tampoco solícito. Él, al fin y al cabo, era su socio, no su sirviente. A veces los tipos podridos de dinero confundían la educación con el servilismo.

—Acabo de recordar ahora mismo que necesito toda la información posible sobre un bufete de abogados, seguro que tú tienes que conocerlos. Me refiero, ya sabes, a trapos sucios, dudas, asuntos pendientes, hipotecas, pufos, vicios y cualquier otra cosa que pueda joderlos. Puedo indagar por mi cuenta, por supuesto, pero supongo que tú, como profesional y colega, podrás darme datos que no encontraría yo con mis medios.

—No te prometo nada, esta ciudad es enorme y está llena de despachos de abogados, pero dime su nombre y lo intento.

—Que sí, Pepito, seguro que los conoces. Lo busco y te lo mando por e-mail, ya sabes que para este tipo de datos soy un desastre.

En cuanto le colocó el marrón, Martínez se dio perfecta cuenta de que su socio se vio acuciado por las prisas y comenzó a despedirse con la clara intención de colgar.

—Todo lo demás bien, ¿no? Pues nada, estamos en contacto. Y que te lo pases en grande, campeón.

—Claro, claro... Muchas gracias de nuevo. Adiós.

Nada más dejar el auricular sobre su soporte, Martínez levantó la vista y se sorprendió por el reflejo de su figura, que lo miraba desde el cristal del enorme ventanal que se abría frente a él y le ofrecía unas inmejorables vistas de los rascacielos de esa zona financiera de la ciudad. Se observó durante un instante más largo de lo que hubiera sido normal en un abogado activo y seguro de sí mismo como él.

¿Quién era ese hombre que le miraba con tanta intensidad?, se dijo, y ¿cómo había llegado hasta ese punto, a vender su alma por una noche con una puta solo para matar el pavor de quedarse a solas consigo mismo?

«Lo peor es que el trueque me va a salir caro, porque ahora le debo favores a estos socios que no dudarán en apuñalarme por la espalda enmascarando las cuchilladas con palmaditas cariñosas y lágrimas de cocodrilo», musitó.

Y quiénes eran ellos. ¿Cómo es que su vida se había vuelto tan triste como para decir que pájaros de esa calaña eran sus amigos?

Pero no debía equivocarse, se advirtió.

«No juegues a engañarte, a mentirte fingiéndote débil, excusándote ante tu reflejo con el argumento estúpido de que el vicio te empuja a cometer todos tus desmanes: sabes perfectamente el porqué de tus actos, y sabes que todo lo mueve el poder e, incluso por encima de él, el dinero.

»Por eso te codeas con esa gentuza, y por eso te gusta la posibilidad de tener a las putas más caras de Madrid a tu disposición. Eres un miserable y has preferido llamar y enfangarte más ante tus socios que pagarlas, porque así disfrutas del placer de saber que no necesitas hacerlo porque ellas te pertenecen.

»Y, si todo eso vale el precio de una llamada, y un favor que no te manchará, aunque tal vez signifique hundir a esos compañeros por los que te acaban de preguntar, lo harás sin compasión», seguía reprochándole el hombre del espejo. «No te hagas el idiota, no me mientas ni finjas que te arrepientes, porque no es verdad. Ni siquiera te da asco la indignidad de tus socios por más que te creas superior. En el fondo los admiras porque son más sinceros que tú, porque han sabido embrutecerse para adaptarse a tu modo de vida sin dejarse llevar por los escrúpulos estúpidos que te obligan a analizarte al toparte con tu cara en un cristal. Ellos, al menos, saben lo que son. Y son más listos que tú.»

«Imbécil», le insultaba el Martínez del otro lado del espejo que era él con una sonrisa despectiva y burlona. «Ni siquiera te queda el recurso de poder pensar que son unos analfabetos, porque no puedes ignorar que el hombre con el que acabas de hablar tiene más estudios, más clase y más nivel que tú. Y es por eso precisamente por lo que deberías ser precavido, José Luis», siguió diciéndose a sí mismo. «Porque por más que ahora sea tu socio, alguien que sabe hacerse tan bien el tonto, el hortera, el mafioso de imitación de una película de mala calidad, tiene que ser muy inteligente y peligroso para poder llegar a representar su papel tan sumamente bien.»

Otro suspiro, una nueva sonrisa y un encogimiento de hombros pusieron al fin en movimiento a aquel José Luis Martínez invertido que era él mismo en su reflejo. El mismo José Luis Martínez que, ahora mucho más seguro, erguido sobre su asiento, marcó con decisión los nueve números en el teclado de su teléfono.

—¿Sí? ¿Sheila? Soy José Luis Martínez, es un placer ponerme en contacto contigo, creo que de ahora en adelante lo haré con regularidad.

CATORCE

Al final de la tarde, Aitor pasó por los despachos de todos sus compañeros para despedirse antes de iniciar su viaje. Ya se habían visto durante la hora de la comida en un lugar algo más recoleto que el Sensaciones. Se trataba de un coqueto restaurante, Aida, situado dos calles más allá del despacho y que reservaban para las ocasiones especiales o aquellas veces en que buscaban hablar de asuntos más o menos personales. Fue un almuerzo festivo y divertido, con Jimena tan relajada y ocurrente como de costumbre, pero además muy contenta, posiblemente gracias a la llamada de Paloma Blázquez, y Roberto y Juan en su línea habitual.

Ahora, sin embargo, quería saludarlos y verlos uno a uno, de manera individual, antes de ir a cenar a casa de su madre y pasar el resto de la noche con ella y sus hijos. Luego, a la mañana siguiente, debía levantarse muy temprano para tomar un Talgo que, por la vía del AVE, le llevaría hasta el sur, al puerto de amarre de su adorado barco.

Llamó a la puerta de cristal de Jorge con delicadeza y, cuando oyó el consabido «adelante», entró sin pensárselo y con una sonrisa franca anunció:

—Me voy.

—¿Ya? —Jorge consultó su reloj, una vez más, asombrado—. Me he abstraído trabajando y se me ha pasado la tarde volando, no tenía ni idea de la hora que era...

—Deberías hacerte mirar esa costumbre tan fea, se está convirtiendo en un tic —bromeó Aitor—. Yo lo he hecho y mira lo que me han recetado.

—Ojalá, quién pudiera pillar unas vacaciones ahora... —suspiró, y levantándose se acercó a su amigo para abrazarlo con fuerza.

—Cuida de Jimena y Roberto.

—Lo haré, te lo prometo, aunque mucho me temo que saben cuidarse perfectamente ellos solos, o incluso uno del otro. —Y, nada más decir lo que era una broma inocente, se puso de pronto serio y su voz adquirió el matiz de un padre de familia especialmente preocupado—. Y cuídate tú también. Mucho ojo con las medusas y con las sirenas.

—Lo tendré, sobre todo con estas últimas. No quiero saber nada de ninguna mujer —ironizó afectuoso, tras lo cual salió sin más del despacho cerrando a sus espaldas la puerta con cuidado.

Uno menos, pensó Aitor mientras se dirigía a la otra punta del espacioso inmueble en busca del despacho de su otro compañero que, fiel a su costumbre, y de un modo totalmente opuesto al contenido Jorge, tenía la puerta del suyo abierta de par en par. En el trayecto, antes de llegar, ya pudo escuchar la música que sonaba en la minicadena de Roberto. «Bossa nova —reconoció—, y a un volumen más alto de lo razonable», pensó divertido. «Menos mal que al menos Roberto tuvo la precaución de optar por el cuarto más alejado de la zona de influencia de Jorge, pero a la que debe de tener frita seguro es a Jimena. O tal vez no», se contradijo. «Seguro que ya estará acostumbrada», seguía pensando cuando se encontró ante la puerta del habitáculo.

—¿Se puede? —preguntó llamando a la puerta para, de algún modo, avisarle de su presencia.

—¿Estás tonto? Pasa —contestó de inmediato buscando el mando a distancia de la cadena para bajar el volumen del aparato—. ¿Ya te vas?

Aitor meneó la cabeza imperceptiblemente pensando que, o bien sus amigos le querían mucho y temían echarle de menos, o, en el fondo, nunca llegaron a creerse que fuera a hacer él solo un viaje tan largo. Lo único que sabían decir cuando les anunciaba su partida era: «¿Ya?».

—Sí —respondió con resignación—. Ya.

—¿Has pasado por el despacho de Jorge?

—Sí, y ha sido como siempre: una despedida rápida e indolora. A veces creo que es autista.

—O todo lo contrario. —Los dos callaron durante una pausa quizá algo más larga de lo necesario. Ambos sabían de su aversión a las despedidas y del porqué—. Haz el favor de tener mucho cuidado —añadió finalmente Roberto.

De nuevo la advertencia, y Aitor volvió a su reflexión inicial: o bien sus colegas le querían mucho y temían por su integridad, o puede que pensaran que era un torpe incapaz de regresar de una pieza.

—Lo tendré, mamaíta. —Y al fijarse en la montaña de papeles sobre su mesa, tan caótica y desastrosa como siempre, le invadió un asomo de culpabilidad—. Te dejo una buena sobrecarga de trabajo. No sabes cómo lo siento.

—¿Sigues dándole vueltas a eso? No es nada, puedo con todo y, si no, siempre me echarán un cable los compañeros, que para eso están.

—Lo sé, lo sé, pero algunos de los temas pendientes son huesos duros de roer, como ese concurso de acreedores que...

—Hazme un favor y no te obsesiones. Además, me viene bien meterme en tu materia y desengrasar un poco de lo mío, y con la de suspensiones de pagos que llevamos desde que comenzó la crisis, ese procedimiento se ha convertido aquí en el pan nuestro de cada día.

—Quién lo diría, desde julio de 2003, cuando se aprobó la Ley de Concursos de Acreedores, ha dejado de usarse la fórmula de la ley anterior. Ya nadie habla de suspensiones de pagos, menos tú y cuatro abogados decrépitos aferrados a la ley de 1922. Buen papel vas a hacer como llegues al juzgado usando esos términos.

—Oye, que si no confías en mí... —fingió ofenderse Roberto.

—Sí, pero me da rabia que tengas que enfrentarte a Martínez. Ojalá el papeleo retrase ese asunto hasta mi vuelta, no me gustaría que tuvieras que medirte con él.

—Tampoco es tan buen abogado. Es cabrón, pero del montón.

—No se trata de ser mejor o peor abogado, sino de ser mejor o peor persona —matizó Aitor repentinamente serio, fuera ya de cachondeos y bromas—. Con que José Luis Martínez considere su enemigo a uno de nosotros, a mí mismo, es más que suficiente.

Roberto quiso hablar, decirle que no era para tanto, quitarle gravedad a la afirmación de su amigo. Pero calló. Martínez no gozaba de ningún buen concepto ni entre ellos ni en la profesión, pero era temido por muchos, y eso lo sabían los dos.

José Luis Martínez era un hombre joven todavía, tres o cuatro años mayor que ellos, de mediana estatura, moreno, con ese tipo de atractivo racial y latino que incrementaba su mirada desconfiada y unas manos redondas y cortas, siempre crispadas. Para muchos era el perfecto paradigma del tipo exitoso. Para otros, los menos, entre los que se contaban los miembros del bufete Beltrán, Castro, Daroca y Martin, se trataba en realidad de un abogado sin escrúpulos que, al igual que Aitor, se ocupaba principalmente de asuntos relacionados con fiscalidad, hacienda pública y concursos de acreedores, pero que, a diferencia de este, se enfrentaba al ejercicio de la profesión para hacerse rico y gozar de prestigio social, no para ayudar a los demás y, evidentemente, vivir de su trabajo. Eran dos maneras absolutamente contrapuestas de enfrentarse al ejercicio de la profesión, y, como no podía ser de otro modo, al final terminaron chocando.

Martínez dirigía un despacho llamado Dosaguas, S. A., en el que trabajan otros ocho letrados, aunque más bien parecía la suya una empresa de tráfico de influencias que un bufete de abogados. Los miembros que integraban la sociedad habían sido reclutados en función de sus buenas relaciones con uno u otro partido o con este o aquel ayuntamiento y sus honorarios se asignaban en proporción al dinero que ahorraran al empresario que pretendía echar el cierre a una de sus compañías, al tipo de recalificación que obtuvieran sobre los terrenos conseguidos para un promotor... En muchas ocasiones el despacho de Martínez se había prestado a llevar quiebras fraudulentas y a cobrar fortísimas comisiones por conseguir convertir en urbanizables terrenos que, a priori, resultarían imposibles de recalificar si no figurara en la ecuación la corrupción del alcalde o concejal de urbanismo de turno.

Una de sus máximas más repetidas consistía en afirmar que era inevitable tener presente que, para que alguien fuera corrupto, necesariamente debía existir otra persona susceptible de corromperlo, y esa era precisamente la ventaja comparativa con que contaba Dosaguas, S. A.: su capacidad para acceder a la tecla que era preciso tocar para conseguir lo que el cliente solicitaba.

Pero todo esto, por supuesto, Martínez lo afirmaba solo de manera teórica, pues era lo suficientemente inteligente como para percatarse de que sentencias como la suya nunca debían ser pronunciadas en público. Y era por eso, por esa especial y tan particular doble moral suya, por lo que, formalmente, no ejercía como abogado. De puertas para fuera afirmaba con empacho que ya no tenía estómago para inmiscuirse en muchos de los casos, no por el contenido de estos en sí, sino porque estaba absolutamente desencantado de la arbitrariedad y los favoritismos de la Justicia. Los que le trataban sabían, sin embargo, que esta decisión, además de formar parte de una argucia inventada para aparentar moralidad, principios y hasta ética —virtudes de las que, indudablemente, carecía—, no era más que una excusa tan válida como otra cualquiera para limitarse a dirigir el despacho desde la sombra y, alejado de las tareas procesales representativas, poder dedicar su tiempo a tomar las decisiones más importantes. De esta forma, estaba en condiciones de tratar directamente con los clientes de mayor peso, esos que solían trabajar a través de una maraña de empresas constituidas muchas veces en paraísos fiscales con las que era arduo y laborioso manejarse.

Los motivos por los que Martínez no podía ni ver a Aitor eran básicamente dos, además de los innumerables encontronazos profesionales de mayor o menor calibre. Uno afectaba a un bien tan intangible como el honor y el otro giraba en torno a asuntos mucho más materiales.

El principio de sus diferencias surgió al poco tiempo de que

Aitor, junto con sus compañeros de bufete, iniciara su andadura laboral. Martínez, que llevaba ya algunos años ejerciendo, pretendió negociar con él para que este, en un asunto que en esas fechas se llamaba «suspensión de pagos», llevara la parte de los trabajadores mientras que su despacho haría lo propio con la de la compañía. Si los dos abogados estaban de acuerdo, no solo todo les sería más fácil, sino que también podrían manejar a su antojo los intereses de ambas partes de modo que ellos, como letrados y sus representantes legales, pudieran sacar mayor tajada, tras confiarse sus propias estrategias. Esta fue la propuesta que Martínez hizo al honesto Aitor, con una sonrisa ladina ante dos tazas de café en su despacho de diseño, decorado con un minimalismo frío e impersonal. El horror incluía varias piezas enormes de arte moderno colocadas en los distintos espacios no por el amor a la pintura o a la escultura de su dueño, sino por el puro afán de impresionar.

La airada negativa de Aitor a participar en semejante componenda dio lugar a un desencuentro entre ambos que no tardó en agrandarse más y más a medida que, con los años de ejercicio, se enfrentaban en numerosos casos de suspensiones y quiebras empresariales. Martínez siempre del lado de los patrones; su oponente, como no podía ser de otro modo en él, en el de los trabajadores.

Pero la puntilla, el germen de un rencor mucho más definitivo y sordo por parte del propietario de Dosaguas, S. A., llegó tras la publicación de un artículo elegante y sutil que Aitor escribió para una publicación gremial especializada y en el cual, de manera velada, aludía a su rival. Pese a que a la mayor parte de los lectores perfectamente pudo pasarles desapercibida la alusión en la que denunciaba la hipocresía, la máscara bajo la cual se escondía su colega de profesión, este nunca le perdonó lo que él consideraba una afrenta a su honor. Mediante citas y referencias veladas, hablaba de los abogados que se hacían llamar a sí mismos defensores de la Humanidad y los desfavorecidos cuando, en el fondo, sus actividades les llevaban en una dirección justamente contraria: la del beneficio propio y el apoyo a los poderosos. Eran, en resumen, pura apariencia, y su alegato en defensa de los valores sociales y los derechos fundamentales no pasaba de una densa cortina de humo tras la cual ampararse para continuar ejerciendo sus más que dudosas y posiblemente delictivas actividades.

Martínez entendió con claridad el mensaje que contenía el texto y se dio por aludido, aunque él formaba parte de ese batallón de hipócritas poseedores de una admirable capacidad para autojustificarse y convencerse de que todo es lícito y legítimo para ser capaz de seguir así conviviendo con su absoluta falta de ética. No pudo evitar sentirse herido, y ridículo, y atacado en lo que tal vez más le dolía: su imagen pública. Vivía evitando tener que autoanalizarse, temeroso de ejercitar la autocrítica, pero ante el texto firmado por el que ya desde ese mismo instante era su enemigo no tuvo otro remedio que reconocerse a sí mismo tal como era.

Y eso era lo que no le perdonaba.

Roberto reparó en el semblante circunspecto de su amigo e hizo el intento de tranquilizarle.

—Oye, de verdad que no es necesario que te preocupes. El caso de Continente, S. A. todavía no va a salir, y, en caso de hacerlo, sabré ser lo suficientemente prudente. Después de tanto tiempo conociendo de sus malas prácticas, no voy a meter la pata, te lo garantizo. Tampoco voy a darle a Martínez la oportunidad de enzarzarse conmigo en una nueva batalla sin sentido. Seamos fríos y profesionales y hagamos de este concurso de acreedores uno más. No tiene por qué pasar nada en particular, en serio...

—Sí, por supuesto. —Aitor percibió en su voz un matiz de ansiedad inusual y, tras percatarse de que su discurso sobre Martínez había sido mucho más locuaz de lo habitual, comprendió que su amigo podría estar interpretando su preocupación como una falta de confianza en él. Decidió sacar a Roberto de su error de inmediato—. No es que dude ni por un momento de tu capacidad, es que Martínez es una serpiente, y ya que yo he sido tan imbécil como para enfrentarme a él, no quiero pasarte esta patata caliente a ti.

—Lo entiendo, chaval —contestó su viejo amigo con alivio—, pero te recuerdo que cuando teníamos quince años y había que pelearse por una chica, yo era el que se ponía delante a repartir tortas, y tú el flaco que se ocultaba detrás. Aunque al final la chica te la llevaras tú.

—No siempre. —Nada más decirlo se arrepintió. Roberto bajó los ojos, se mordió levemente el labio inferior, como le había visto hacer desde los cinco años, y ese gesto involuntario, incluso infantil, le hizo sentirse tan culpable que no le quedó más remedio que huir.

—Aitor... —comenzó Roberto.

—Tengo que irme, mira qué hora es, aún no me he despedido de Jimena y Lola ya debe de estar empezando con la cena. Como llegue tarde a mi «fiesta de despedida» con los niños, me va a capar... —Le tomó por el cuello y apresuradamente, como dos hermanos violentos porque a pesar de que son unos hombretones todavía se siguen dedicando arrumacos, le plantó un beso en la frente. Apresurado, sin volver a mirarle a los ojos, salió de su despacho como alma que lleva el diablo.

Se detuvo en el pasillo, fuera del alcance de la vista de su hermano-amigo. Paró unos segundos para recuperar el aliento y recomponer la máscara de afabilidad, desapasionada y jovial, con la que se vestía desde hacía unos meses el nuevo Aitor que pretendía ser. Ya repuesto, alzados los hombros, apartada la pena, el arrepentimiento y cualquier asomo de recuerdo de sus ojos, se encaminó hacia la última parada de ese personal viacrucis que estaba resultando su tarde de despedidas.

A por Jimena, se dijo. A por la superwoman.

—Niña —dijo para incordiar un poco.

Jimena estaba vuelta de espaldas a la puerta. Tal vez estuviera tomándose unos minutos de descanso, puede que para aliviar sus ojos de la luz inclemente de la pantalla de su ordenador, porque había alzado los brazos tras su cabeza y permanecía con la silla girada de cara a la ventana. Los estores alzados le permitían contemplar, sobre los tejados, cómo el ocaso rojo y rosado comenzaba a adueñarse de la ciudad.

—Jimena —insistió Aitor quedo y vacilante al comprobar que no respondía.

—Como tú o cualquiera de tus amiguitos vuelva a llamarme niña, se queda sin lengua, te lo advierto. —Y lentamente hizo que su silla recuperara su posición inicial hasta quedar frente a él, todavía con los brazos desnudos alzados, en una pose que, sin querer, le pareció desafiante e incitante.

Llevaba un vestido de color lavanda y finos tirantes, un modelo que parecía sacado de un patrón ampliado de ropa de niña. Era sencillísimo, solo los tirantes, el cuerpo ajustado sin resultar excesivo ni marcar el cuerpo, el corte a la cintura y la falda fruncida. Instintivamente, sin pensar en lo que hacía, sintió una necesidad perentoria por comprobar qué llevaba en los pies: sandalias planas, color cuero, que se sujetaban al empeine mediante finas tiras de piel.

Tragó saliva. No sabía si lo había hecho aposta o no, pero Jimena, vestida de esa manera tan simple, había logrado aparentar una candidez sumamente atractiva. Solo le faltaban las coletas para parecer una adolescente, una pérfida y cándida lolita en lugar de la mujer desafiante, peleona y segura que en realidad era.

—No sé por qué dices que no te gusta que te llamen niña si te vistes para parecerlo.

Ella se puso en guardia ante el matiz ronco de su voz. No era la primera vez que lo oía.

—Ya sabes lo que dicen: el problema está en los ojos del que mira.

—Y de la que se transforma... —Era su problema con Jimena. No sabía por qué, a pesar de cuánto la quería, era incapaz de callarse a tiempo por más que supiera que en caso de seguir hablando terminaría por enfadarla y ella sacaría a relucir su genio rápido y fácilmente inflamable. Quién sabe, puede que fuera precisamente eso lo que él pretendía.

—¿Has venido a despedirte? —rompió el hilo de sus pensamientos, sabedora de lo que pasaba por su mente.

—Sí, me voy. —Y entonces, también como siempre, fue con ella con quien saltaron las barreras anegando a su paso cualquier intento de contención—. ¿Alguna recomendación? ¿Que no rompa el barco? ¿Que no me rompa yo? Ah, pero ¿es que iba en serio y me voy de verdad? ¿Sabré tomar el camino de vuelta para regresar?

—Simplemente me basta con que vuelvas.

Aitor se calmó de golpe y, algo azorado por haberse dejado llevar por su arranque, por soltar siempre con ella todo el lastre de sus frustraciones y verdades que con los otros se creía obligado a callar, comenzó un asomo de disculpa.

—Hay días en que me canso de ser tan buen chico, tan serio

y responsable, el hijo mayor de la viuda que siempre se traga los sapos, ahora por el bufete y los compañeros y cuando era más pequeño, por mi madre.

—Por eso te vas, para liberarte.

—Sí, y para pensar y olvidar o asumir ya por fin muchas cosas.

—Me parece una sabia decisión, creo que lo necesitas. —Para no soportar el peso de su mirada, bajó al fin los brazos y se levantó para acercarse a Aitor y darle, también, su beso de despedida.

Él contuvo la respiración mientras Jimena se erguía sobre la punta de los pies y apoyaba una mano en cada hombro antes de depositar en su mejilla un beso casto y cálido, algo pegajoso, debido al calor.

—Jimena, yo...

Pero ella ya volvía a su sitio, a su realidad, a su lugar.

—Vete antes de que se enfade Lola. Te vas a ganar una buena colleja como la hagas esperar.

En el coche, al tiempo que intentaba maniobrar por el tráfico sorprendentemente denso, en una tarde de finales de julio como aquella, en la que se suponía que media ciudad estaba vacía, Aitor se sorprendió a sí mismo preguntándose qué demonios estaba haciendo con su vida y por qué iniciaba aquel dichoso viaje. Llevaba meses diciéndose cada día que lo necesitaba para encontrar su propio yo, la dirección a tomar tras su ruptura con Maika, el merecido descanso después de un año especialmente abrupto en lo laboral que había terminado por dejarlo exhausto y, sobre todo, por un cierto tipo de fe, de reconocimiento de la belleza y, por tanto, de la esperanza, en el fondo del mar.

Ahora, sin embargo, cuando se topaba con sus ojos fugitivos en el espejo retrovisor, no era capaz de dejar de repetirse una posible nueva verdad que acababa de descubrir, o tal vez no, y que atosigaba como una letanía.

«¿Es una huida, Aitor, quizá sea solo una huida?», se preguntó a sí mismo.

QUINCE

Saskia se sentía mal, como le ocurría todos los días antes de ponerse a trabajar. Eran las siete de la tarde y no le apetecía levantarse de la cama, pese a lo cual lo hizo, aunque con desgana.

Qué triste era su vida, pensó, y no debería ser así. Nadie tendría que despertarse sin ilusión, comenzar su día con miedo y recelo, con aprensión por lo que le podría ocurrir en vez de con ganas de sonreír y vivir y ponerse en pie con esperanza por lo que pudiera depararle el porvenir.

Aunque fueran las 7 p. m., las 19.00 en formato de 24 horas, el día debería empezar como sucedía en las películas norteamericanas que tanto le gustaba ver por televisión, con pájaros cantando, un amable chaval pasando en bicicleta y arrojando con un golpe seco el periódico ante tu puerta y algún vecino cortando el césped mientras ella tomaba una buena, humeante, enorme taza de café. Con magdalenas.

Pero en lugar de esos banales, ínfimos placeres, se arrastraba a un baño no demasiado limpio lleno de potingues y maquillajes y luego se obligaba a elegir algo sutilmente sexy que ponerse del armario que ella y sus compañeras llamaban «común»; ese que todas solían dejar, para enfado de la jefa, revuelto y descuidado. Solo entonces, medianamente presentable, al menos según los parámetros que le forzaban a seguir, se sentaba ante la mesa de la cocina para tomar lo que para ella era el desayuno a las siete de la tarde: una buena taza de cacao con galletas. De esta manera recordaba esos tiempos no tan lejanos, cuando era niña en Rumanía, y su madre todavía estaba ahí para acariciarle la cabeza y peinarle la larga melena en dos trenzas rubias. Un peinado que ya nunca usaba; como mucho, una coleta de caballo, y eso si no estaba trabajando. Debía parecer mayor para evitar problemas con algún cliente al que de repente le surgiera un arrebato de decencia y se le ocurriera denunciar ante la policía que en determinado club podía haber menores de edad ejerciendo la prostitución. Sintió que se ruborizaba llevada por los recuerdos. Qué pensaría su madre ahora si supiera lo que hacía, si la viera con su pelo rubio encima de cualquier viejo. Por eso, era por eso por lo que no se atrevía a mirarse al espejo cuando se vestía y peinaba para trabajar, mucho menos si llevaba el pelo recogido. Y por eso también ahora esquivó su propia mirada y salió del baño sin pararse a contemplar su rostro.

Todavía seguía algo sonrojada cuando llegó a la cocina, donde Noemí, según su costumbre, se servía un buen trago de ginebra para desayunar.

—No sé si te queda cola-cao, niña —le dijo sin más, sin saludarla, ni una sonrisa ni mucho menos un «buenos días, querida, ¿qué tal has dormido hoy?». De esos que, en las películas norteamericanas, las madres dedican a sus hijas, casi tan rubias como ella.

—No importa, tomaré la leche sin nada.

Noemí sonrió, pero no con una sonrisa amable, de comedia romántica norteamericana, sino como la desalmada madame que cada día escudriñaba la mercancía que tenía para vender; con la expresión de una fiera, falsamente risueña, con la misma expresión que la de los animales que aparecían en algunos documentales que a veces, si no daban ninguna película, Saskia acostumbraba a ver en la sobremesa cuando se levantaba lo suficientemente pronto como para comer a una hora normal.

—Podrías acompañarme, me siento muy sola cuando desayuno mi cóctel especial.

—No, gracias, de verdad. —Intentó no parecer demasiado esquiva al decirlo. Pero su compañera, que no amiga, se dio perfecta cuenta de la lástima que implicaba su negativa.

Dio un bufido, rabiosa, y con inusitada agilidad se levantó de un salto para salir sin despedirse de la cocina. La dejó confusa y lastimada, aunque no a punto de echarse a llorar, como le ocurría al principio de convivir con ella, aunque sí lo bastante sorprendida todavía como para encarar el desayuno con ganas o un mínimo atisbo de ilusión o, no digamos ya, de alegría.

Tras unos instantes, pensó que debía de estar empezando a acostumbrarse a sus salidas de tono, porque no tardó en encogerse de hombros y proseguir con su rutina pensando, una vez más, si no sería mejor hacer como Noemí; si no sería más fácil escapar de todo, de esto, y comenzar cada jornada con lo que ella llamaba su desayuno especial: una mezcla explosiva de alcohol y cocaína que la mantenía despierta y alerta, falsamente feliz y lo suficientemente drogada como para ver su asquerosa vida de otro color, cualquiera que fuera menos negro, qué más daría.

A lo lejos, oyó el sonido del teléfono repiqueteando incansable. Será para Noemí, pensó, y en cierto modo justificó sus más que cuestionables hábitos. Su compañera, que en realidad se llamaba Naluya y provenía de Sudán, era con toda certeza la más solicitada, la que más éxito tenía entre todas ellas. Y no era de extrañar porque su aspecto físico era impactante: alta, esbelta, musculosa y de una piel con un color similar al marrón, parecido al más oscuro chocolate con leche. Asimismo era poseedora de unos rasgos exóticos y llamativos, puede que exageradamente marcados, pero poderosos y atractivos. Por eso todos la llamaban Noemí, porque le encajaba como un guante el sobrenombre de la diosa de ébano con que la prensa había calificado a la otra Naomi, la modelo, no mucho más bella que ella, pero con mejor suerte en la vida. Eso desde luego.

—Saskia, es para ti —la reclamó una voz al final del pasillo.

Fastidiada y hastiada, apuró de un trago el fondo de su taza de leche fría y se levantó con más calma de la necesaria. Tampoco había que acelerarse, se dijo, aún está empezando el día y quien me reclama, por fortuna, no es la jefa, sino otra compañera, Eva, la más amable de todas; una buena chica.

—Sí, ¿diga? —preguntó nada más tomar el auricular.

—Saskia, soy yo —dijo la jefa. Ya le parecía raro no haber tenido hasta ahora noticias de ella—. Prepárate. Tengo un cliente especial. Pasará un coche a recogerte en una hora.

—¿Qué me pongo? —preguntó sin alterarse. Para la jefa la mayoría de los clientes eran especiales. Para ella, en cambio, todos eran iguales.

—Ropa europea y elegante. De primera. Y cuida en especial el cabello, ha recalcado que le interesa especialmente una chica rubia. Y dulce.

—¿Saldremos primero?

No era infrecuente que numerosos asistentes y jefes de protocolo solicitaran de las chicas servicios adicionales a los que por definición debían prestarse, dada la categoría a la que pertenecía el negocio. La jefa, con mucho celo, había conseguido crear, primero con su cuerpo y luego con su cerebro, una de las casas más prestigiosas de la ya de por sí selecta ciudad. En numerosas ocasiones Saskia, de una belleza serena y elegante, era solicitada como chica de compañía, como geisha destinada a acompañar y lucir hermosa junto a un varón destacado en una cena, una fiesta o cualquier otro tipo de acto social.

—Sí, primero cena de negocios y luego lo demás. Sé discreta y ya sabes, sumisión absoluta y todo lo demás. Si te portas como debes, hasta te puede caer una joyita o algo similar.

—Ya, claro. —Y como no parecía haber más instrucciones que esperar, colgó y se dirigió por segunda vez al baño. Tenía mucho por hacer.

En la cocina, a través de la ventana entreabierta, además de los chillidos de alguna gaviota perdida, comenzaron a llegar los sonidos de una ciudad que se desperezaba después de la tarde de siesta y sol en las hamacas de la playa. Ruidos de música y mesas y sillas metálicas que los camareros, diligentes, comenzaban a limpiar y colocar cuidadosamente en las terrazas y, también, alguna nota chill-out amortiguada que ya los disc jokeys comenzaban a pinchar para calentar el ambiente.

«Más fiesta —pensó Saskia mientras abría el grifo de la ducha—, más carne, más sexo, más alegría y pasión. Más marcha.

»Y también más pena, más vergüenza, más humillación y dolor.

»Más diversión para los que pueden pagarlo, para el que vaya a disfrutar de mí sin culpa ni pecado. Para mí, más desgracia.»

DIECISÉIS

Lola acababa de terminar de colocar la última vela en el comedor. Durante buena parte de la tarde había estado pensando en cenar esa noche especial, la de la despedida, fuera, en la terraza, pero la ligera brisa que se levantó al caer la tarde la hizo desistir por miedo a que los niños se enfriaran. Además, al final, la decoración había quedado mucho mejor dentro. Ahora la estancia parecía la gruta de un cuento adornada por mil luciérnagas mágicas que eran, en realidad, las velitas sobre la mesa y el aparador. A todo ello había añadido las guirnaldas de diminutas luces blancas que usaba en Navidad, colgadas sobre los marcos de los cuadros que adornaban las paredes de la habitación. Probó a apagar la lámpara principal y comprobó el efecto que transformaba el habitáculo en una especie de cueva del tesoro. Sonrió satisfecha, la cena de despedida iba a resultar genial.

Oyó el ruido de la puerta principal al abrirse. Sin necesidad de volver la cabeza supo que se trataba de su hijo. Al poco, un sonido sordo se lo confirmó. Meneó la cabeza resignada. Desde su más tierna infancia, Aitor repetía, día tras día, el mismo gesto, primero con la cartera llena de cartillas escolares y ahora con su maletín lleno de expedientes, sentencias y procesos.

—Aitor, ¿no tienes un modo mejor de deshacerte de tu maletín que tirándolo de cualquier modo contra el suelo?

—Lo siento, mamá —le llegó su respuesta amortiguada desde el cuarto de baño, donde suponía que estaría lavándose las manos.

—¡La cena ya está lista! —gritó ella por toda respuesta, bien alto, para que pudieran oírla sin dificultad sus nietos, que andaban en su cuarto compartido echándose unas partiditas a la Play Station, o la X-box, o la Wii, o comoquiera que se llamaran esos aparatos que no alcanzaba a diferenciar.

Se dirigió a la cocina a por los entrantes y la ensalada; se quitó el delantal, rescató su copa de vino abandonada sobre la encimera y, cuando regresó al comedor, sorprendió a su hijo en uno de esos instantes de contemplación en que uno cree estar a solas y muestra su cara verdadera al mundo solo porque se está seguro de que nadie le observa.

Se había sentado en una de las butacas de mimbre de la terraza, a la que se llegaba desde las enormes cristaleras del salón-comedor, ahora abiertas, y contemplaba con el ceño fruncido los tejados y las antenas del cielo ya oscuro de la ciudad. Parecía serio, y agotado. Y también, intuyó de alguna manera, derrotado.

—Hijo, ¿estás bien? —preguntó.

—Sí, únicamente algo cansado. Son duros los preparativos de un viaje como este.

—Por supuesto —aceptó Lola, haciéndose la tonta. A una madre no se la engaña, y menos a una perspicaz periodista como ella, tan habituada a entrevistar a políticos y toda suerte de embusteros profesionales. Por eso optó por cambiar de tema, para buscar un modo mejor de tirarle de la lengua—. ¿Qué tal en el despacho? ¿Dejas muchos temas pendientes?

—Pocos, pero uno me inquieta especialmente. He dejado a Roberto a cargo de él.

—Es un buen chico.

—Sí.

—Y un excelente amigo.

—El mejor.

—Y se le ve muy colgado con Jimena.

—Sí. Eso también —respondió con algo más de dureza. De pronto alzó los ojos y los clavó en los de su madre.

—¿Y ya te has despedido de todos? —se hizo la loca, como si no advirtiera el peso de su mirada.

—Sí —respondió a regañadientes, como cuando era un adolescente y esquivaba su pregunta para no tener que confesarle en qué pasaban él y sus amigos el tiempo durante tantas y tantas horas en la calle. O cuando se resistía a revelarle que había comenzado a fumar, pese a que ella le echaba en cara, primero con suavidad, después con dureza, que sus prendas olían tanto a humo que era imposible seguir haciéndose el loco porque su travesura ya no se podía ocultar.

—De Jimena también, supongo.

—Sí.

—¿Y cómo está? —preguntó intentando parecer despreocupada—. La otra tarde, cuando fui a hablar con Jorge, quise saludarla, pero salí con tanta prisa que no pude hacerlo. Me hubiera gustado verla.

—Está bien, como siempre, ilusionada con un nuevo caso.

—Y con Roberto.

—Sí, con Roberto también.

Le oyó bufar, de evidente malhumor, y temió que fuera a dedicarle algún reproche. Por fortuna, Nekane y Jon llegaron corriendo y gritando. Excitados la reclamaron para explicarle cómo durante una de sus partidas uno había machacado al otro y le dijeron qué hambre tenían y qué ganas de cenar y les preguntaron por qué no se animaban luego a jugar con ellos, después, antes de irse a acostar.

Lola, sin embargo, siguió contemplando a Aitor por el rabillo del ojo, con su atención dividida entre sus nietos, la intendencia de la cena y él. Le preocupaba su seriedad, esa sonrisa falsa que llevaba como una máscara sobre la cara y que únicamente se iluminaba de verdad al contemplar o escuchar a sus hijos, que siguieron parloteando y contándoles sus aventuras de ciencia ficción y ciberespacio durante todo el tiempo que estuvieron sentados a la mesa. Luego, al terminar, mientras se deleitaban terminando el vino que quedaba en sus copas, pudo arañar un par de minutos más, a solas los dos, para seguir estudiándolo en un plácido silencio. Los niños habían vuelto a su habitación con sus peleas domésticas sobre muertes y disparos y baños en la piscina y pelotas que no podían bajo ningún concepto ser compartidas.

—¿Hay algo que te preocupe, Aitor?

—¿Qué? —preguntó saliendo de su ensimismamiento—. No —volvió a mentir—. Solo estaba repasando mentalmente el estado de la embarcación. El motor no es nuevo, pero está en muy buen estado. No creo que me deje tirado y, si en un cúmulo de desgracias llegara a ser así, siempre podría regresar a tierra usando exclusivamente la vela.

—Por supuesto. No tendrías que darle tantas vueltas. Yo estoy muy tranquila. Confío en tu pericia —mintió Lola, así como él mentía. ¿Qué se creía, que podía engañarla con toda esa palabrería sobre barcos, velas y motores? No, concluyó. Estaba segura de que había algo más. Y también, para su desgracia, de que no iba a ser capaz de hacérselo confesar.

—Gracias.

Aitor se enfrascó de nuevo en su silencio obstinado.

—Por cierto, esta tarde llamó Maika. —Ahora sus labios se arrugaron en una mueca de desagrado—. Tendrías que telefonearla antes de partir, para despedirte, ¿no crees?

—Ya lo haré mañana, desde el tren.

—Podrías hacerlo ahora, aún no es tarde.

—Sí, lo es. —Y en el hastío de su voz adivinó todo lo que ocultaba y sugería esa frase cargada de doble sentido.

Y no pudo soportarlo. Aunque estaba acostumbrada a encarar los problemas, y las consecuencias de sus actos, esa noche se sintió desbordada, sin fuerzas, y pensó una vez más si no se habría equivocado, y una vez más le faltó valor para preguntárselo. No porque temiera la pregunta, sino la respuesta.

Podría preguntarle: «Hijo, ¿te arrepientes de algo?», y esperar que, por compasión, él se decidiera a mentirle una vez más, a asegurarle que estaba agotado y solo quería viajar para descansar y vivir nuevas experiencias, no para olvidar, para huir de un pasado desgraciado, de amores rotos, que tal vez nunca lo fueron, y de caminos equivocados.

Sí, podría hacerle esa pregunta, y creerse la previsible respuesta, y fingir que no veía en sus ojos esa desazón, ese rastro de desánimo que amenazaba con minarlo cada día un poco más. Podría, pensó Lola, volver a intentarlo, hacer la misma pregunta una noche más. Pero, en realidad, a quién quería engañar, de qué servía seguir representando el mismo teatro cuando la correcta era: «Aitor, ¿te arrepientes de haberme hecho caso?».

Regresó con la cabeza baja a la cocina con la excusa de ir a prepararse un té y, allí, sola, permaneció escondida un largo rato, haciéndose a sí misma sus propias preguntas. Estaba convencida de que había hecho lo correcto y que, de haber tenido la oportunidad ahora, volvería a dar los mismos consejos, a insistir para que tomara las mismas decisiones paso a paso.

Aitor, su hijo mayor, siempre quiso ser un «picapleitos». Lola recordó que desde muy pronto, aún casi sin llegar a la adolescencia, ya usaba ese término para referirse a lo que quería que fuera su oficio, una expresión desdeñosa que utilizaba su padre, el difunto Jon, ingeniero naval de profesión al que los abogados no le merecían ninguna consideración. El día en que su hijo, tal vez por un cierto afán contestatario, le comunicó su deseo de ser abogado, él adoptó ese término para referirse a la que ya desde bien pequeño fue la vocación de su vástago. Y es que Aitor siempre demostró, ya desde sus primeros años, ser de ese tipo de personas que se sienten dolidas por las injusticias.

«Eres un defensor de causas perdidas», le reprochaba ella, a veces con cariño y otras con un cierto sarcasmo, fruto del exacerbado escepticismo con el que la vida y los palos la habían impregnado. Pero, al margen de burlas intrascendentes, lo cierto es que siempre había admirado con irreprimible ternura los esfuerzos infinitos de su hijo por ayudar a cuanto niño se encontraba en problemas y cómo estos, con los años, fueron alcanzando cotas de compromiso mucho más grandes.

La urbanización en la que creció Aitor era una zona residencial, con mucho verde y olmos altísimos, protegida por una muralla de piedra y una entrada y una salida controlada por sendas barreras en lo que, hace más de dos décadas, eran las afueras de la capital. No lejos de aquella fortaleza existía una barriada obrera habitada, en casi su totalidad, por inmigrantes venidos de otras regiones españolas deprimidas económicamente. Esta era una zona vetada, terminantemente prohibida para la gran mayoría de los niños de la urbanización, a los que sus padres impedían no ya trasladarse a jugar allí, sino, incluso, jugar con alguno de aquellos niños a los que muchos de ellos estúpidamente consideraban «de segunda clase». Aitor, sin embargo, libre de estas restricciones, acostumbraba, al finalizar la jornada escolar en el elitista colegio privado en el que él y su hermano estaban matriculados, a correr al descampado situado en tierra de nadie, entre la zona obrera y el muro de la urbanización, a jugar al fútbol con los niños del instituto público. Decía que con ellos se lo pasaba mejor. Los otros, argumentaba, eran unos estirados.

Jon y Lola siempre fomentaron en él este afán de superación de las diferencias. Eran conscientes de que Aitor y Nacho, al igual que otros chicos de su privilegiado entorno, corrían el riesgo de crecer ajenos a la realidad, protegidos no ya por sus familias, sino por una sociedad demasiado artificial como para reconocer la crudeza de la supervivencia, la miseria que afectaba a tantas vidas, las dificultades para llegar a fin de mes o la decadencia de contar con algún ser querido hundido en el submundo de la dependencia.

Así, en ese pequeño oasis inventado en el que de vez en cuando, muy raramente, se colaba algún que otro ser desdichado, en el que los conductores o jardineros o las señoras de la limpieza venidas de tierras lejanas eran casi invisibles, en ese paraíso de disfraces, Aitor abría las puertas de la casa de sus padres a los hijos de las costureras y los mecánicos y se consideraba afortunado por poder compartir su merienda y sus juegos con los estudiantes del instituto público y, por supuesto, con Jorge y Roberto. Este último también crecía y se educaba bajo la misma influencia y con similares libertades alentado por sus progenitores, que consideraban, frente a la mayor parte de los miembros de su círculo y vecindario, que era una suerte que su hijo pudiera contar con amigos diferentes a los habituales de su entorno que le abrieran los ojos a situaciones vitales que de otra forma no hubiera podido comprender. Estaban muy lejos de considerarlos, más bien al contrario, influencias negativas para su vástago.

Con estos antecedentes, no fue raro que, al terminar el bachillerato y el COU, tanto Aitor como Roberto y Jorge, reconvertido a la causa social desde su experiencia en el campamento africano, optaran por la Facultad de Derecho. Y allí, recordó Lola, conocieron a una chica preciosa, lista y trabajadora, una estudiante becada cuya familia vivía en un lejano pueblo de Castilla, que se desenvolvía perfectamente sola en la gran ciudad y trabajaba por las tardes en unos grandes almacenes para pagar el alquiler de un piso que compartía con otras chicas.

Los tres quedaron fascinados por ella, por su arrojo, por su sinceridad, por esa valentía que nacía de la necesidad, y Jimena pasó a formar parte de su grupo. Como amiga, se decían entre ellos, pero cada uno albergaba en secreto el anhelo de llegar con ella a algo más.

Pasaron los años, se sucedieron los cursos y los cuatro, los tres amigos y ella, seguían siendo inseparables. Lola, y le constaba que Thomas y los padres de Roberto opinaban lo mismo, agradecía la buena influencia que ejercía en los chicos. Jimena les ponía los pies en la tierra, les recordaba constantemente que no todos tenían sus mismos privilegios, les hacía ver las cosas desde un punto de vista femenino, evitando que cayeran en los excesos de confianza y la cerrazón que la camaradería masculina y la amistad de tantos años podía originar en ellos. Y también les picaba, les hacía competir, les obligaba a ser mejores, a alcanzarla académicamente, pues siempre era ella la que sacaba mejores notas pese a ser la que tenía que robar horas a los estudios para trabajar, la que hacía la compra y limpiaba su piso y se pagaba sus propias facturas.

Agradecidas y también seducidas por su empuje, por su fuerza de voluntad y su empeño por sobreponerse a las condiciones adversas y labrarse solo con su esfuerzo un destino diferente al que la suerte le había designado desde su nacimiento, las familias de Jorge, Aitor y Roberto acogieron sin reservas a Jimena en su seno. Hubo invitaciones a los chalés de la playa y de la sierra, a las cenas navideñas cuando ella, por las obligaciones de su trabajo de dependienta, no podía regresar a su pueblo con su familia y se veía obligada a pasar las fiestas en Madrid; a la piscina durante el verano y, por supuesto, a los cumpleaños y las celebraciones familiares de cada uno de ellos.

Era una más, pero había un pequeño detalle, solo una mínima contrariedad, que hacía que de vez en cuando Lola y Gemma, las madres de Aitor y Roberto, fruncieran el ceño: no tenía novio.

Ella decía que no tenía tiempo, pero lo cierto es que ni se planteaba siquiera tontear con ninguno de los chicos que se le acercaban, y bien sabe Dios que tenía éxito entre ellos. No era guapísima, ni escultural, ni alta ni de facciones canónicamente bellas, pero tenía un no sé qué, un toque especial que la volvía irresistible. «Tal vez —reflexionó Lola ahora—, su encanto residía en su propia pequeñez.» Era, como Audrey Hepburn, la esencia de un perfume en un frasco frágil y diminuto. No parecía espectacular a primera vista, pero algo en su mirada, en su expresión, denotaba toda la fuerza y la pasión que llevaba dentro y lo escuálido de su cuerpo contenía. Daban ganas de cuidarla, de protegerla, pero ninguno se atrevía porque de sus palabras y sus actos se desprendía con claridad que se bastaba perfectamente sola y, además, hubiera considerado una ofensa que alguien diera a entender que necesitaba esa protección; un cuidado que sin duda merecía, como una joya valiosa, un bien preciado y admirado.

Y, sin embargo, los moscones de la facultad y el trabajo se apartaban al verla rodeada de esos tres machotes que eran, cada uno a su manera, Roberto, Aitor y Jorge. No se atrevían más que a hacer pequeños intentos, leves acercamientos que la propia Jimena o ellos mismos abortaban en cuanto alguno de los tres amigos aparecía ante su vista.

Lo curioso, recordó, es que sin embargo ellos, los chicos, sí lograban y tenían sus pequeñas conquistas. A Lola y Gemma no se lo contaban, por supuesto, pero ellas lo sabían. De cuando en cuando, se daban cuenta de que hacían su propia vida y tenían sus aventuras a través de conversaciones perdidas, en frases adivinadas, en llamadas telefónicas o en el especial cuidado por arreglarse para salir a cenas o fiestas o cines cuando los demás no aparecían. Solo Jimena parecía permanecer a salvo de las tentaciones del flirteo y la pasión, y puede que por ello se permitiera el lujo de observar las idas y venidas de sus amigos con un punto de desdén, de divertimento suficiente e, incluso, de compasión, si ellos sufrían por sus penas de amor.

Y así pasaron los años, y terminaron la carrera. Jimena, con los más altos honores, sus amigos, más que notablemente. En la cena que organizaron para celebrar sus licenciaturas todos aparecieron con una novieta más o menos reciente menos ella, que con un delicado vestido negro y su orgullo por bandera llegó sola al restaurante de lujo que los padres decidieron pagar como premio a los esfuerzos de todos. Al ser preguntada por el ligero retraso que les obligó a demorar la cena hasta que ella hizo acto de presencia, confesó con sencillez que, pese a ir vestida de fiesta, había preferido tomar el metro y este, esa noche, había sufrido una avería.

Luego llegó un verano de celebración y libertad, sin asignaturas pendientes que estudiar, sin los agobios de saber que en septiembre habría que empezar un nuevo curso. La vida se abría ante ellos y todos, poco a poco, fueron tomando sus propias decisiones. Jorge, cada día más decidido a especializarse en temas de emigración, resolvió comenzar un máster en Derechos y Relaciones Internacionales; Roberto, atraído por el Derecho Penal, comenzó a informarse sobre cursos relativos a Criminología y, también, entró en contacto con organizaciones de ayuda a presos que prestaban servicio en diversas cárceles. Aitor, en cambio, tras obtener la doble licenciatura en Derecho y Empresariales, estaba decidido a cursar un máster del Instituto de Empresa. Jimena, por su parte, dado su brillante expediente, había recibido ya varias ofertas de despachos especializados sobre todo en Derecho de Familia y Civil, que era la rama que más le interesaba, y no terminaba de decidirse por ninguna de ellas. Pero qué más daba. Tenían todo un verano por delante, y estaban dispuestos a disfrutarlo sabedores de que, cuando terminara, ya no serían estudiantes, sino adultos, enfrentados a sus propias decisiones, a la vida. Al futuro.

Fue entonces cuando ella, por fin relajada, parecía que podía permitirse un respiro y estaba ya segura de lo que sería y de que viviría mejor y podría abandonar su piso compartido y su trabajo como semiesclava; cuando todos, aguzado su instinto por saberla con la guardia baja, decidieron poner en movimiento su ejército, adelantar sus fichas, mover al fin su pieza.

Todos no. Jorge había desistido hacía tiempo y no porque no le gustara, sino porque sabía que no tenía nada que hacer. No era su tipo, era demasiado rico, demasiado perfecto.

Roberto y Aitor, en cambio, sin hablar entre ellos, sin pisarse ni picarse, parecían gatos en celo. No atacaron frontalmente, claro; no eran tontos. La conocían demasiado bien, y además se tenían un mutuo respeto, pero era más que evidente que la querían, que la deseaban, que se morían por ella.

Y Jimena, por primera vez en su vida, parecía dispuesta a dejarse querer.

Ganó Aitor.

Roberto siempre había sido mucho más tímido, más sutil, más cuidadoso y, por decirlo de algún modo, respetuoso. Era el típico chico que seducía hablando en plan tranquilo, llevando a una chica a ver un amanecer, haciendo regalos delicados que nada tenían de espectaculares, pero sí mostraban su vena sensible, detallista, poco dada a alharacas pero meditada y atenta.

Aitor, en cambio, era mucho más espectacular, sonrió Lola orgullosa. Un hombre de acción, un conquistador nato que solo necesitaba de su enorme encanto para triunfar. Tenía un don, ni siquiera necesitaba, como Jorge, preocuparse en exceso por su físico, ni hacer grandes regalos, ni maquinar planes románticos ni mostrarse zalamero o galante o cariñoso de un modo especial. Le bastaba con ser él mismo.

Hasta el propio Roberto lo comprendió y supo, cuando vio perdida la batalla, mantenerse en un discreto segundo plano mientras Jimena y su amigo comenzaban un romance tan arrollador, tan perfecto como el de las películas, pero que estaba destinado a fracasar, aunque ninguno de los tres lo supiera entonces.

Por su culpa, se dolió Lola. Y cerró los ojos y se apoyó dolorida, como si las piernas le fallaran, en la mesa de la cocina.

Tenía que hacerlo. «No pensé en las consecuencias, solo en el bien de mi hijo, en lo mejor para su carrera», se dijo. Aun así, con el aval de todos esos buenos argumentos, no encontró consuelo.

«Aitor, hijo, ¿no se te ha ocurrido que podrías hacer el máster en Estados Unidos?»

Fue una pregunta tan sencilla como bienintencionada, se repitió. Le pareció una idea genial en su momento; podría completar sus estudios y perfeccionaría el inglés, tan importante en el mercado laboral. Ella siempre había sido una firme defensora de la necesidad de aprender varios idiomas y, ya que Aitor iba a perder un año especializándose, esa era la oportunidad perfecta para practicar una lengua extranjera, obtener su MBA en una prestigiosa escuela de negocios norteamericana y adquirir, además, una cierta dosis de mundología, la experiencia de vivir un año fuera de casa, en un país diferente. Una coyuntura que, posiblemente, tras regresar y establecerse en Madrid, no tendría la opción de repetir.

—Pero ¿y Jimena? —preguntó él desarmado.

—¿No sois tan felices juntos? Acabáis de empezar, tenéis todo el tiempo del mundo por delante. Te esperará —le contestó con firmeza, rogándole con los ojos que se fiara de su experiencia de madre—. Si te quiere de verdad, ella sabrá entender que esta es una oportunidad que no puedes rechazar.

Y Aitor, el buen hijo, el hermano mayor y responsable, el hombre de la casa desde que faltaba el *aitá* (papá en euskera), atendió a razones, y antepuso la lógica a los sentimientos. En una sentida cena habló con Jimena y le expuso el cambio de planes y le prometió que la llamaría, y que la querría siempre, y que nada cambiaría y estarían juntos a su vuelta. «Solo es un año —le dijo—; solo tienes que esperar.»

Solo que las cosas no siempre salen como uno desea. A veces, qué bien lo sabía Lola, el Destino se empeña en jugar a los dados con la vida de uno, y una curva mal tomada se alía con placas de hielo en la carretera y dos niños se quedan sin padre y una mujer sola debe acostumbrarse a vivir sin marido y a sacar adelante a su familia haciendo equilibrios por no renunciar a su carrera. Del mismo modo, dos jóvenes amantes, que se quieren, que se merecen, ven cómo la distancia les puede, y las llamadas no bastan, y la pena y el dolor del alejamiento y la incomunicación termina con una historia feliz, con un amor como de cuento cuyo recuerdo no basta para mantener la ilusión en una pareja.

Ella no paraba de darle vueltas a por qué se había ido y la había dejado, y aunque lo comprendía, no terminaba de asumir cómo sin dudar él había elegido su carrera después de que al fin, tras tantos años de conocerse, de mirarse en silencio, lo suyo había florecido en un amor tan bonito. Pese a ello, él lo apartaba a un lado convencido de que lo que acababa de nacer seguiría exactamente igual a su vuelta.

Él, por su parte, no lograba encontrar tiempo para llamar, para mantener viva la llama a pesar de la distancia. Se sentía absorbido por la vorágine de Nueva York, por las mil cosas que ver, por los compañeros tan interesantes de los que tanto aprendía, por los actos que no debía perderse, por las mil posibilidades que le brindaba la gran ciudad.

Y, también, adivinó Lola ahora, tristísima y sola en su cocina, tantos años después, porque le podía la culpabilidad de haberla dejado. Por eso no llamaba, por eso buscaba mil excusas para encontrar el momento de hablar con ella, y lo retrasaba un día tras otro hasta que Jimena terminó por sentirse abandonada.

Menos mal que contaba con su amigo Jorge para que la consolara. Y también, claro, con Roberto.

Luego, cuando al cabo de un año Aitor regresó, comprendió su error, que ya era tarde y que a la larga no había vencido él, sino, para su sorpresa, su mejor amigo. Entonces, todo fueron ganas de salir, y prisas por ponerse a trabajar, por conocer a nuevas chicas con las que ligar, por encontrar él también a alguien. Y nada de rencor. Eso no, le confesó en una ocasión a Lola. «La culpa es solo mía», le dijo. Pero ella sabía que no, que no podía excluirse, que también debía asumir su parte de error, un error que no vio en un principio, con Aitor tan contento con su primer trabajo en el prestigioso bufete Durán y Asociados y tantas chicas estupendas llamándole a casa y rifándoselo, porque era un gran partido, de eso no cabía duda. Mientras tanto, Jimena y Roberto, que a pesar de todo seguía siendo su mejor amigo, comenzaban poco a poco a adquirir experiencia en sus respectivos puestos y, empeñados en lograrlo todo por sí mismos, sin ayuda de los más que pudientes familiares de Roberto, alquilaban un ático ruinoso en un edificio del centro.

Eran felices a su manera, modesta y simple, y Aitor también parecía serlo. Conoció a Maika, una estudiante de primero de Periodismo que todavía no había cumplido los dieciocho, y no fue capaz de sustraerse al hechizo de su juventud y al reflejo que ella le devolvía de él mismo, guapo y mundano, inteligente y triunfador. ¿Cómo sustraerse al encanto de esa imagen que todos percibían de ellos, a ese idilio que fomentaron sin querer cuantos les rodeaban? ¿No eran al fin y al cabo una pareja ideal? En Aitor influyó la admiración de Maika por él, su arrobamiento y entrega absoluta y las enhorabuenas de los demás, de sus compañeros y sus propias familias, encantadas de que ambos se hubieran encontrado. Al fin y al cabo, eran una pareja encantadora cuyo destino estaba abocado a terminar juntos. Sin embargo —todo sucedió antes de lo previsto y con prisas, como si quisiera huir de algo, como si se le acabara el tiempo—, Aitor propuso a Maika matrimonio.

Ella aceptó. Estaba deslumbrada ante un «señor» que había concluido una carrera universitaria de doble titulación, que tenía un máster en una prestigiosa universidad norteamericana y que no solo le llevaba siete años cronológicos, sino kilómetros interminables de experiencia. Aitor, por su parte, era consciente de que en la facultad Maika frecuentaría a muchas personas interesantes, de que todo un mundo de oportunidades aparecería ante ella y temía ser aparcado otra vez más, abandonado de nuevo.

Cuando se casaron él tenía veintiséis años y ella, dieciocho. Roberto fue el padrino. Los jóvenes esposos querían formar una gran familia, él parecía ir a comerse el mundo y ella, se comprometió con su padre a terminar la carrera, pese al casorio. Y lo cumplió, aunque al mismo tiempo trató de convertirse en la esposa ideal, siempre impecable y perfecta, como recién salida de la peluquería con su maravillosa melena. Qué duda cabe de que intentaba imitar a su suegra, aunque con escaso éxito. Para ello, le faltaban años y experiencia, y, probablemente, ese fue su error. No ser ella misma. Ahora Lola y todos los demás lo veían claro, pero en aquellos días lejanos nadie pareció darse cuenta de la presión a la que sometían a una niña de diecinueve años.

La única que se dio cuenta desde el principio, rememoró Lola, fue Jimena. Ella advirtió a los demás sobre la joven novia y nadie pareció querer hacerle caso. Jorge y Roberto la llamaron paranoica, Aitor no quiso escucharla y hubo quien, incluso, llegó a hablar de despecho.

Y poco a poco el tiempo fue pasando, y llegaron los niños, y la disparidad de intereses, y el apoyo de él a las causas perdidas, Maika fue madurando al mismo tiempo en que iba desapareciendo la ilusión y el encandilamiento de Aitor por ella, pese a que ella le apoyó cuando él decidió dejar Durán y Asociados, donde ganaba un pastón, y establecerse con sus amigos por su cuenta. El peligro y el riesgo se instalaron en medio del matrimonio desde el momento en que Aitor volvió a ver día tras día a Jimena en brazos de otro, de su mejor amigo. «Y ahora tengo un hijo que no acaba de encontrar la estabilidad emocional», concluyó Lola en esa noche de despedida. «Me temo que inicia un viaje para huir de él mismo y de nosotros, y no sé qué hacer, cómo pedir perdón por todos los consejos que le di con la mejor intención y él siguió; cómo volver atrás y dotarle de nuevo de ilusión por vivir, darle de nuevo la oportunidad de elegir entre la preparación y el amor y obligarle a elegir la segunda opción. Cómo recomponer su destrozado corazón.»

DIECISIETE

Roberto y Jimena descansaban, agotados y sudorosos, sobre el sofá del salón. Acababan de disfrutar de una sesión de amor y ella, lo comprobó mirándola de reojo, se veía exhausta y razonablemente feliz.

No solía ser habitual en él comportarse de ese modo cálido y al mismo tiempo descontrolado. Siempre había sido consciente de su físico poderoso y sabía que su presencia imponente podía llegar a intimidar, lo que hacía que algo escondido muy adentro, una prudencia cultivada desde niño, un freno que sus padres le impusieron a la hora de jugar y pelear con sus hermanas, le impidiera pasados los años descontrolarse, saltarse las normas, querer con desenfreno. Para él las mujeres eran, por definición, delicadas, valiosas y frágiles, como muñecas de porcelana que había que cuidar y por eso, desde los tiempos de sus primeras novias, optaba por la mesura, por la dulzura y la tranquilidad, temeroso de lastimar sin querer, de que un codazo involuntario diera al traste con un romance recién empezado.

Esa noche, sin embargo, Jimena había logrado hacer saltar

sus reservas y, desinhibido y osado, se dejó llevar sin reparos. Todo comenzó por obra y gracia de *Casablanca*. Los dos adoraban el cine, sobre todo las películas clásicas, y no era infrecuente que, después de cenar, si el día había sido especialmente agotador, reservaran un par de horitas para ver juntos alguna obra maestra que les relajara. Se dejaban transportar a una época diferente, quizá algo más tranquila, en blanco y negro y con ese toque mágico, mítico, que las calles y las personas, al parecer, ahora ya no tenían.

Jimena, pese al calor que sabía que transmitía su cuerpo, se agazapaba en su regazo y canturreaba *La Marsellesa* bajito, muy quedo, y él se sentía feliz. Más que a la película la miraba a ella, su perfil de niña traviesa, sus ojos brillantes que todavía se emocionaban a pesar de todas las veces que había visto el film, y entonces, de pronto, algo cambió en sus facciones y la advirtió.

Era esa mirada.

De vez en cuando ocurría, ella se quedaba demasiado callada y reflexiva y ni siquiera se daba cuenta de que él estaba ahí, y la observaba. Roberto tenía una teoría para explicar su pertinaz silencio, su expresión serena pero ida. Estaba convencido de que en esos momentos Jimena no se hallaba allí. Sostenía que su abstracción, su ausencia incluso, se debía a que ella estaba justo entonces en lo que podría haber sido su otra vida, calibrándola, viviéndola, incluso disfrutándola. Estaba convencido de que dentro de su cabeza existía la vida alternativa, radicalmente diferente a pesar de ser tan parecida a la que ahora seguía. Esa vida en la que tomó una decisión diferente: la de esperar a Aitor.

Roberto fantaseaba con que en ese preciso instante ambos vivían felices, con esa existencia tranquila y mucho más formal, tal vez con niños, una parejita, casa en la sierra para los fines de semana y, en ella, una amplia, grandísima cocina, tal y como a

Jimena le gustaba. No en un ático antiguo atestado de libros y discos, demasiado viejo y desvencijado aunque acogedor. Con toda probabilidad Aitor habría mantenido la costumbre de ir a bucear, y se la llevaría también a ella. Ahora, casi con total certeza, los niños, la parejita, se habrían quedado en casa de Lola y ellos, su amigo, su mujer, se hallarían buceando, perdidos entre peces, medusas y caracolas, bajo el mar. Sí, volvió a contemplarla de nuevo, era allí donde estaba Jimena, canturreando entre corrientes marinas y olas, meciéndose levemente, tan suavemente que hasta podía sentir cómo su cuerpo, sobre él, en el sofá, se dejaba llevar por el balanceo.

Sin ningún motivo real que justificara el dolor que sentía, se preguntó si Jimena sería tan o más feliz en esa otra vida paralela que en esta, en la que él le ofrecía. Lastimado, rencoroso por su incapacidad para luchar contra un recuerdo, que solo existía en su mente y que sin embargo se convertía en una realidad inalcanzable para él, en la que no podía entrar y en la que con toda probabilidad él ni siquiera existía más que como el amigo tranquilote al que de vez en cuando invitaban a cenar. Con ese mal rollo fruto de su imaginación decidió, de pronto, acercarla a él y arrancarla de esa vida imaginaria.

Y fue así como todo comenzó.

Primero una mano que reptaba sobre la pierna, luego un tirante que caía, luego su respiración, que, aunque ella no se moviera, aunque se fingiera indiferente, comenzó a agitarse imperceptiblemente; y sus ojos, que seguían fijos en la pantalla mientras él la besaba en el cuello pero que brillaban cada vez más.

Terminaron, como no podía ser de otra manera, amándose en el salón, alumbrados únicamente por el fulgor azulado del televisor encendido. Sin contemplaciones, directos y acelerados como dos adolescentes que acabaran de descubrir el deseo y cómo este era capaz de dominar sus cuerpos.

Jimena, todavía a su lado, la respiración al fin un poco menos agitada, se movió imperceptiblemente, buscando una mejor postura que le permitiera estirar más cómodamente las piernas cruzadas sobre las suyas. Roberto se incorporó para mirarla. Sonreía sorprendida, también con una cierta picardía.

Roberto buceó en el fondo negro de sus ojos, buscó allá abajo, detrás de su propio reflejo en las niñas de sus pupilas, y no halló la respuesta que buscaba. Por más que la conociera, por más años que pasaran, estaba convencido de que podría pasar toda la vida a su lado sin terminar de conocerla.

Rendido, acabó por ceder a sus impulsos una vez más aquella noche y, a pesar de que sabía que era una locura, vencer toda su contención y hacer bajar todas las defensas, y mostrarse abiertamente tan subyugado y dominado por su amor como estaba, como siempre había estado en realidad desde el primer día que la conociera, y postrarse ante ella y preguntar:

¿Me quieres? ¿Te arrepientes?

Su voz sonó demasiado trascendental en el silencio de la noche, con el ruido del tráfico allá abajo, en la calle, siempre tan concurrida, y la casa inundada por un resplandor azul de la pantalla sin sonido, que solo emitía un leve zumbido que les acunaba y acompañaba.

Jimena dudó un instante antes de responder. Creía entender a qué se refería la pregunta y no le había pasado desapercibida la actitud sincera que Roberto mostró esa noche. Era siempre tan contenido, tan amable y atento que al principio casi no pudo ni reaccionar. Luego decidió sumergirse en el juego y disfrutar sin pensar a qué se debía esa pasión, tan intensa como siempre pero mucho más desatada. Y ahora por fin esa pregunta, paradójicamente, le traía la respuesta. La ausencia de Aitor, el saber que estaba lejos, definitivamente fuera, al menos por unos días, lo liberaba y le rompía sus ataduras y le hacía ser mucho más él, o quizá simplemente un Roberto mucho más libre. Sin Aitor, Roberto no tenía con quién compararse, un espejo en el que reflejarse, un precedente con el que competir.

Jimena sabía, porque durante un tiempo compartió su lecho con Aitor, que este era un amante desenfrenado, mucho más desmedido que Roberto, y estaba segura de que el propio Roberto, aunque ella nunca hubiera comentado con él este asunto, también estaba al tanto. Cómo no podría estarlo, eran amigos desde la más tierna infancia y hasta es probable que hubieran compartido novias y citas. No había quien le quitara de la cabeza, precisamente a ella, tan analítica para todo lo sentimental, tan reflexiva, que el modo mesurado y tranquilo que su pareja tenía de amarla era, además de una tendencia natural, un intento de diferenciarse por todos los medios de Aitor. Nunca se lo comentó y nunca echó de menos el frenesí y las prisas, los jadeos y el ardor. Era más de suspiros y caricias, de confianza y risas y ganas de jugar. Pero de vez en cuando, como esa noche, algo de locura tampoco sentaba mal.

Solo que tras el regalo del arrebato inesperado venía ahora la pregunta temida y, en un arranque de cobardía, o tal vez de pereza, decidió no romper la magia del momento, seguir haciéndose un poco más la loca, salirse por la tangente:

—¿Que si me arrepiento? Tú estás loco, ha sido fantástico.

—No me refiero a eso.

—¿Entonces a qué?

—Lo sabes muy bien, a la horchata.

Roberto se refería a aquella tarde lejana, un otoño todavía cálido de hacía más de una década, en que recibió su llamada y percibió su voz rota, absolutamente desolada, y decidió sacarla de casa, llevarla a tomar algo.

Acabaron en una terraza del Retiro, tomando una horchata, y sin saber cómo, de una manera natural, las lágrimas dieron paso a las sonrisas y estas a un largo, eterno, sentidísimo abrazo que culminó en un beso tímido, tembloroso, al pie del Ángel Caído.

—No, no me arrepiento en absoluto.

Y entonces Roberto se alegró de los pasos dados en su vida, de la decisión de besar a Jimena aquella tarde, de haber atendido la llamada de auxilio de Aitor cuando este, atrapado en el prestigioso bufete de Durán y Asociados que tanto éxito prometía y le hacía sentir tan mal, le propuso dejarlo todo y montar un despacho entre amigos, con gente de confianza, solo ellos cuatro, y de haberlo dejado todo para empezar de cero, y de someterse a la tortura diaria de mirar a los ojos a su amigo sintiendo que le había robado la chica y, pese a todo, pese al dolor que sabía que le causaba, por ella, por una mujer tan maravillosa como Jimena, saber que volvería a hacerlo.

No podía apechugar con todo, con los amores rotos de los demás, con los casos que abandonaban, con la culpa de haber seguido su instinto y atendido por una vez en su vida a sus propios deseos: la quería, estaba sola, la curó, la merecía. Era suya.

Y estaba bien.

Sí, coño, por una maldita vez debía olvidar el dolor de los demás, los corazones que no eran el suyo, a Aitor en el mar en busca de un nuevo rumbo y pensar solo en Jimena, que le abrazaba y estaba con él, le había elegido a él y estaba ahí, entre sus brazos.

Y entonces, únicamente entonces Roberto pudo finalmente relajarse tras el bálsamo de las palabras firmes y seguras que ella le había regalado, con la tranquilidad de que no volvería a cambiar ni uno solo de los pasos dados en su vida.

DIECIOCHO

Camila, aquel lunes 2 de agosto, casi una semana después del descubrimiento de la existencia del *Achille,* seguía en Cádiz. Había pensado en regresar a Madrid, aunque fuera fugazmente, solo por darse el placer de ver y gozar de su Negro. Pero en cuanto comprendió la difícil tarea que tenía por delante, y que el tiempo tal vez jugara en su contra, y asumió en su interior que no estaba dispuesta a compartir con nadie, al menos por ahora, su descubrimiento, las ganas de retozar con su amor se esfumaron como por encanto. Debía permanecer allí y armarse, prepararse para la empresa que había decidido iniciar.

Aquella sobremesa de seis días atrás, sentada en la terraza de su restaurante favorito frente a la bahía, después de leer una carta inesperada escrita y recibida con más de doscientos años de retraso, tuvo una certeza: no sabía cuánto podía valer el contenido de «su» barco, pero sí que ella era la única persona viva que conocía fehacientemente su paradero.

Camila conducía su coche de camino al coqueto apartamento que conservaba en la ciudad; un piso acogedor y moderno, con todos los adelantos técnicos que se había empeñado en comprar por más que sus hijos insistieran en que no lo necesitaba porque con el chalé de Sotogrande le bastaba y sobraba. Durante el trayecto, ya bullían en su cabeza los planes, preguntas e imágenes fantásticas entresacadas de películas, noticias de periódicos y alguna que otra referencia onírica e infantil. Vio el fondo del mar oscuro y amenazador como se mostraba en la película *Titanic* y, por supuesto, se imaginó al barco hundido exactamente igual que como aparecía el transatlántico en la pantalla del cine. Recordó también fragmentos de noticias leídas con desinterés en los periódicos que hablaban de un buque español hundido que buzos de la empresa Odyssey sacaron a la luz. Al parecer, reflexionó tras hacer memoria, hubo problemas con las autoridades españolas respecto a la propiedad del hallazgo, juicios y sentencias que iban de acá para allá, reclamaciones del gobierno español, temas de Derecho Internacional que no lograba comprender con claridad y que dejaban, sin embargo, una única idea en su mente, perfectamente perfilada con nitidez extraordinaria: los tesoros de barcos hundidos generan problemas. No basta con bajar y sacarlos del océano y disfrutar de ellos sin declararlos.

Por eso había decidido hablar con los expertos que estuvieran a su alcance y trazar un plan. Y por eso quería saberlo todo sobre buques y naves perdidos y cómo saquear el *Achille,* su barco, y hacerlo con impunidad.

Ahora, sentada cómodamente en su salón, frente al balcón abierto de par en par y tomándose un gin tonic con la intención de que su frescor le ayudara a pensar con más nitidez, reordenó mentalmente las tareas que aún tenía pendientes y consultó de nuevo la libreta donde prolijamente había ido anotando los datos técnicos más importantes de la aventura que pensaba iniciar.

En la última semana, preguntando aquí y allá, informándose con discreción pero sin obviar ninguno de los medios a su alcance ni desfallecer o vacilar, se había convertido en toda una experta en pecios, detectores, maquinaria rastreadora y en cómo utilizarla.

Al principio estaba tan desubicada que no tuvo más remedio que acudir, buscando un modo de sortear las preguntas indiscretas de por qué de pronto se mostraba tan interesada en el tema, a la familia y sus allegados más cercanos. Al fin y al cabo, no dejaba de ser una suerte, pensó, que uno de sus hijos estuviera tan interesado por los deportes de riesgo. Si no fuera por Rodri, afortunadamente ya en una zona civilizada de vuelta de su escapada tibetana, y toda la información que durante los días pasados le había ido enviando por e-mail, no hubiera sabido ni por dónde empezar.

Sintió la tentación de llamar a su Negro para restregarle ese pequeño triunfo: sus hijos, y especialmente el cabecita loca de Rodri, servían para algo al fin y al cabo. Pero no, la expedición, el rescate del tesoro, la contratación del equipo y todos los preparativos necesarios eran solo asunto suyo, su negocio particular, una aventura privada de la que no tendría que dar cuenta a nadie, independientemente de que saliera bien o mal...

Tras un sorbito corto a su combinado, comenzó a repasar una vez más todos los documentos, planes e informes, por si se le hubiera olvidado algún detalle crucial. Comenzó por el primer correo electrónico enviado por su adorado benjamín; ella le había escrito diciéndole que estaba decidida a escribir una novela de aventuras, un modo como otro cualquiera de entretener su vida, y había decidido que se centrara en la búsqueda de un tesoro perdido en el fondo del mar, por lo cual necesitaba de toda la información que pudiera proporcionarle para ilustrarla sobre este tema. Rodri, tan extravagante y espiritual él mismo que no se mostraba en absoluto asombrado ante las veleidades artísticas más o menos absurdas de los demás, contestó de inmediato felicitándola por su iniciativa y dándole una pequeña clase teórica sobre las dificultades de la búsqueda de los objetos valiosos que permanecían bajo el mar, principalmente en el interior o las cercanías de antiguos galeones hundidos. Según él, estos solo podían ser hallados por expertos que estudiaran la ubicación exacta en su contexto histórico y procedieran a hacer incursiones con la maquinaria adecuada, que solía tener precios no ya muy elevados, sino directamente prohibitivos.

Según le explicaba Rodri, existían muy pocas empresas que se dedicaran profesionalmente a la búsqueda de tesoros marinos, y ello se debía a que las inversiones precisas en maquinaria eran tan elevadas que pocas veces llegaban a ser cubiertas por la cuantía de lo hallado. Dar con un buque hundido hace siglos no era nada fácil, y los aparatos precisos para hacerlo no resultaban, ni mucho menos, baratos. No bastaba con máquinas sencillas y ligeras como las empleadas para encontrar metales bajo tierra o arena. Para esta actividad era suficiente un detector relativamente simple, como los que usaban los buscadores de joyas que escaneaban playas y centros de esquí de alto standing al final de cada temporada. Unos rastreadores de pulsos de inducción que tenían un alcance de hasta ochenta o noventa centímetros de profundidad casi en cualquier terreno.

Camila, o los protagonistas de la historia que quería narrar, como se encargó de explicarle a su hijo, necesitaban algo mucho más potente y adecuado, por lo que Rodri, que no estaba en condiciones de facilitarle esta información porque no era demasiado ducho en buceo ni navegación pese a que desde pequeño había pasado parte de sus veranos sobre un barco, no dudó en facilitarle el teléfono de un buen amigo monitor de buceo, experto conocedor de la materia porque había trabajado como equipo de apoyo en la búsqueda arqueológica de varios yacimientos marinos. Este, un simpático italiano llamado Bruno con el que llegó a hablar varias veces por teléfono, le habló de los detectores más usuales, los de pulsos de inducción, que Camila pronto descartó dada la ambición de su búsqueda, y del Trackerhound, un instrumento que obedecía a los impulsos del subconsciente del operador y seguía unos parámetros fijados por este sin restricciones de profundidades o distancia. También la ilustró sobre todo lo relativo a los GPR o Ground Penetrating Radars, unas ecosondas que prestaban usualmente ayuda en obras civiles para chequear el espesor en la pavimentación de puentes y carreteras cuyo funcionamiento consistía en transmitir una imagen que se veía en un ordenador, y los Side Scan Sonars, radares desarrollados con electrónica analógica y monitores de televisión que fueron esenciales para la recuperación de cientos de tesoros sumergidos bajo el mar, especialmente en el Caribe, valorados en cientos de millones de dólares. Los Side Scan Sonars tenían un alcance de hasta doscientos metros de distancia desde la sonda sensora y podían mostrar la topografía de cualquier fondo marino facilitando que se pudiera dibujar claramente la silueta de, por ejemplo, un buque hundido, pero fue sin duda el descubrimiento de la existencia de un aparato llamado magnetómetro la gran revelación para Camila.

Un magnetómetro era, según le explicó Bruno y ella pudo comprender, un detector de partículas de gran penetración en el suelo pero de funcionamiento dificultoso y delicado. Se necesitaba mucha práctica para manejarlo y, también, gran pericia y experiencia a la hora de interpretar la información obtenida para lograr extraer de ella resultados válidos. Y, para colmo, era muy costoso. Con todo, se trataba del instrumento ideal para localizar grandes masas metálicas muy profundas tales como barcos, cañones o vetas, por lo que Camila, tras el intenso asesoramiento, no tuvo más remedio que asumir que necesitaría la ayuda de un operario experto o, incluso, un verdadero equipo de profesionales dispuestos a dejarse comprar o, por lo menos, alquilar.

El barco para llegar hasta el punto marcado en el mapa y transportar el equipo, al menos, no suponía un problema. Camila era desde hacía años propietaria de un velero de treinta metros de eslora, casi diez de manga y cinco de calado dotado con unos potentes motores que podían llegar a alcanzar una velocidad de crucero de doce nudos que se llamaba *Camila.* La nave tenía una tripulación habitual, de total confianza, que llevaba años con ella y se encargaba de cuidarlo y mantenerlo durante todo el año. Conocían y atendían a los amigos de Camila, a sus hijos, y no se espantaban por nada de lo que pudiera suceder a bordo. Ahora, sin embargo, necesitaba darles unas vacaciones porque no deseaba que conocieran su aventura. «Paradojas de la vida, no me importa que hayan conocido a mis novios, tampoco si un día he bebido más de la cuenta, pero de este secreto no pueden enterarse.»

«Hay que ver, la de vueltas que da la vida», sonrió y dio un sorbo prolongado y ávido a su combinado, quién le iba a decir que ahora tendría que librarse de esa pequeña cuadrilla de adeptos que a lo largo de los años había mantenido a su lado. No dudaba de su discreción y, sobre todo, de su fidelidad. Por un momento hasta llegó a pensar en no separarlos de esta nueva función, ya que estaba segura de que se limitarían a sus tareas y, como siempre, como era habitual en ellos, una vez iniciada la travesía, serían casi invisibles más allá de las zonas comunes. Ellos dormían en cabinas muy separadas de la parte del barco reservada a los invitados, que disponían de cuatro camarotes dobles que en esta ocasión estarían ocupados por los buzos y los expertos en el manejo de los aparatos de detección, con los que había contactado vía Internet gracias a Bruno. Sin embargo, prefirió no arriesgarse y que el italiano contratara una tripulación para la ocasión que fuera sorda, muda y ciega.

Camila ya había solventado los problemas que podría acarrearle Bruno ante la posibilidad de cometer algún desliz en cualquier conversación con su hijo, su buen amigo Rodri. Él era el invitado de honor, su cómplice, el único miembro del equipo que estaba enterado de todos los detalles y, a cambio de una generosa participación en la cuantía total de lo que fueran encontrando, el supervisor de la expedición, el tipo al mando.

Lo cierto es que Camila estaba encantada con el fichaje. En cuanto se puso en contacto con él por teléfono, fue más que evidente que entre ellos había surgido ese chispazo, ese *feeling*, de comprensión mutua que los convirtió en compinches de inmediato. Cuando, después de varias conversaciones, planes, datos y detalles, nombres y propuestas, él le envió un par de fotos suyas, la alianza quedó cerrada.

Sin darse cuenta de lo que hacía, o tal vez sí, entrecerró sus párpados y chupó con delectación el mezclador de vidrio con el que acostumbraba a revolver sus combinados. Estaba frío y le supo deliciosamente amargo. Se estremeció al paladearlo y, también, al recordar la imagen del torso desnudo del italiano. Su Negro estaba bien dotado, pero la vida en la oficina, por más deporte que hiciera, no favorecía a sus músculos. Bruno, en cambio, lucía unos pectorales que, sin lugar a dudas, podían llevar a cualquier mujer al desmayo. Pero hasta ella podía tener escrúpulo y Bruno era amigo de su hijo.

Definitivamente, no se arrepentía de la aventura que iba a iniciar al día siguiente, pensó satisfecha. Una tenía que buscar el modo de desentumecerse, se justificó. Había que mantenerse en movimiento, buscar nuevos retos, añadirle un poco de sal a la vida.

«Pero antes —se dijo—, todavía te quedan algunos asuntos que solventar, Camilita», y decidida tomó el teléfono móvil que permanecía inactivo ante ella, sobre la mesa, dispuesta a dejar cualquier cabo atado y bien atado antes de que llegara el alba de aquel 3 de agosto fijado para zarpar.

Tomó aire y marcó el número de un viejo amigo de su padre, Vicente Cervera, general de la Armada e historiador de reconocido prestigio. Tras unos instantes de espera, al fin alguien respondió:

—Buenas tardes, Vicente, soy Camila, ¿cómo estás?

—¡Querida! ¡Cuánto hace que no sé de ti! ¿Qué te cuentas, cómo es que te has acordado de este viejo? Seguro que necesitas algo, tú siempre has sido de las que van al grano... —Y emitió una risilla que ella ya conocía y que no era para nada la de una persona ofendida. Se tranquilizó un poco.

—El caso es que sí, tito. Verás, estoy escribiendo una novela, porque desde que mis hijos hacen su vida no sé qué hacer con mi tiempo, y me he encontrado con que necesito información sobre tesoros de barcos hundidos. Seguro que un viejo lobo de mar como tú lo sabe todo al respecto...

—Vaya, así que te has metido en una historia de aventuras —supuso el viejo amigo.

—No sabes hasta qué punto —corroboró ella—. Me he embarcado de lleno en el argumento y ahora no tengo ni idea de cómo salir de un atolladero. No sé absolutamente nada sobre a quién corresponderían los tesoros que contienen esos buques hundidos hace siglos si, por ejemplo, un cazatesoros localizara uno ahora mismo...

—¡Qué imaginación, niña! —la alabó Vicente—. Ya sabrás, supongo, que según el Derecho del Mar la definición estricta de tesoro habla de cualquier cosa que tuvo dueño, desde lingotes de oro, un cofre con monedas, un arcón con joyas valiosísimas, una veta de oro, piedras labradas de civilizaciones antiguas, brazaletes metálicos o lo que sea, que aparentemente quedó abandonado o perdido bajo el subsuelo o en el fondo del mar a través de los años. Y su dueño, normalmente, suele ser el país en el que han sido encontrados o el del pabellón que el barco llevara en el momento de la tragedia.

—¿El Estado? ¿Cómo puede ser? ¿Y entonces qué pasa con los que arriesgan dinero y vida para buscarlos, primero, y encontrarlo, después? —preguntó ella un tanto escandalizada.

—El asunto es bastante complejo. La normativa internacional respecto a barcos hundidos es muy difusa, por no decir inexistente, en muchos casos. Los países grandes tienen una normativa común, pero en los del Tercer Mundo la norma que se suele aplicar es la de maricón el último.

—Ay, esa boquita...

—Quien lo encuentre primero y soborne convenientemente a las autoridades correspondientes se lo queda —prosiguió Vicente con una risa socarrona.

—¿Y en España?

—No, en España no. Aquí, de acuerdo con nuestras leyes, el descubridor de un tesoro tiene derecho a apropiarse la mitad de lo encontrado. Aunque...

—Perfecto —zanjó Camila, sin darle opción a entrar en detalles—. Muchísimas gracias, tito, es la respuesta que necesitaba. —Y de pronto, como por encanto, se le acabaron las ganas de charla—. Sé que te debo una visita y te doy mi palabra de que en cuanto pueda te llamaré y me acercaré a tu casa, te lo juro. Ahora te dejo, que tengo un millón de cosas que hacer.

Y colgó sin dar tiempo siquiera a su queridísimo tito a despedirse. No le había mentido, aún quedaban muchísimos asuntos que resolver y la partida se produciría en menos de veinticuatro horas.

El avión de Bruno no tardaría en llegar y quería prepararse para recibirlo. La tripulación ocasional ya estaba avisada de que debían estar a bordo y con el barco absolutamente dispuesto a las siete en punto de la mañana del martes, y en cuanto al equipo de expertos contratados para la ocasión, en su mayor parte de nacionalidad holandesa, ya se encontraban cómodamente alojados en un hotel de la parte antigua de la ciudad, próximo al puerto. Ella misma en persona se había encargado de que la tarde anterior, aunque no solía hacer excepciones a su sagrada costumbre de utilizar los domingos exclusivamente para descansar, visitaran por primera vez el barco para ir familiarizándose con él.

Solo le quedaban, pues, dos o tres pequeños detalles pendientes, según comprobó con satisfacción en su libreta. Asuntos menores como despedirse de sus hijos con sendos SMS no demasiado extensos, ya que ambos estaban más que acostumbrados a sus idas y venidas y las pocas explicaciones que daba sobre ellas, y también una llamadita a su Negro, mucho más absorbente que ellos y tendente a sospechar de cualquier cosa.

«Es un paranoico», pensó, y aunque sus manías, insistentes preguntas y obsesiones le resultaban particularmente molestas, no pudo menos que sentirse complacida por despertar todavía en un hombre, y además un hombre poco menos de quince años más joven que ella, semejante interés. En el fondo, le enorgullecía que tuviera celos, aunque le molestaba que los mostrara. Siempre le habían atraído, tal vez por contraposición a la frialdad marcial de su padre y su marido, los varones apasionados y latinos, que no tenían ningún pudor para demostrar sus sentimientos. Pero lo de su Negro, tal vez, era un exceso.

Por eso, y por la ralea de los negocios que sabía que mantenía bajo su respetable apariencia de limpísimo hombre de leyes, era mejor, al menos de momento, dejarle a un lado y mantenerlo tranquilo con vagas excusas y cálidas llamadas telefónicas, en las que no dejaba de asegurarle cuánto le echaba de menos.

En ese sentido, se felicitó. Le venía de perlas el tema de la conversión de la casona familiar para el futuro museo. La enorme ojeriza que su amante tenía a sus hijos, de los que opinaba que eran un par de inútiles y diletantes, le sirvió como coartada para que Martínez creyera que necesitaba prolongar al menos quince días su estancia en Cádiz. Le explicó que Adolfo, el primogénito, había gestionado de manera desastrosa todo el procedimiento y la negociación de expropiación del caserón, por lo cual era ella quien debía ahora solucionar infinidad de gestiones si quería cobrar la cantidad pactada en un plazo razonable. La mentira no hubiera colado con cualquier otra persona que careciera de los prejuicios que el amante de Camila tenía con los «niños». Adolfo tenía un flamante cargo como miembro destacado del consejo de administración de un gran banco, al que había llegado, todo había que decirlo, gracias a los contactos de su mamá. Pero también es verdad que no lo habían echado, así que no lo haría tan mal.

Se avino a razones, claro, a regañadientes, pero lo hizo. Qué remedio. Nombrarle el dinero era como hablarle de Dios a un santo: palabras mayores en base a las cuales todo era acatado.

Y por fin, tras tanto preparativo, disponía de una semana ante sí en plena libertad, sin el control de ninguno de los hombres de su vida, para ir, y venir, y experimentar una aventura como la de las películas y de rebote, si la suerte la acompañaba, volver a casa incluso un poco más rica.

¿Qué haría?, se preguntó, ¿terminaría por decirles a los chicos y a su Negro en qué había consumido ese tiempo que ellos creerían perdido en tediosas negociaciones con el ayuntamiento?

Si la cosa salía mal, desde luego que no.

Pero ¿y si hallaban el *Achille*? ¿Y si lograba dar con el tesoro?

Camila era consciente de que la travesía que iba a emprender podía ser una de las decisiones más arriesgadas de las adoptadas a lo largo de su más de medio siglo de existencia, pero tenía ganas de reinventarse a sí misma. ¿Por qué no lanzarse a esta gesta si, excepto dinero, y de eso iba sobrada, no tenía nada que perder?

Con todo, no dejaba de darle vueltas en la cabeza a lo que le había contado Cervera. Según pudo entender, existían muchas posibilidades de que el barco, de ser hallado, fuera declarado propiedad del gobierno francés, ya que este era el pabellón del navío en el momento del hundimiento. Si se equivocaba, si finalmente la carga fuera declarada española, solo optaría a la mitad de esta, lo cual, evidentemente, era mejor que nada. Aun así, no le parecía suficiente.

Tenía que enterarse mejor, concluyó. Tenía que intentar enterarse como fuera de qué podría pasarle si se quedaba con todo el tesoro y terminaban por pillarla.

«¿A quién podría llamar?», caviló. Estaba claro que el tito

Vicente era un vejestorio desfasado que solo sabía contar batallitas, pero que ya no estaba al tanto de lo que se cocía. Tenía que buscar a alguien más adecuado.

Se encogió de hombros y apuró las últimas gotas de líquido que quedaban en su vaso. Ya se le ocurriría alguien, se dijo, al fin y al cabo, aún tenía por delante toda la mañana.

DIECINUEVE

—Entiendo tu razonamiento, de verdad —tomó la palabra Jimena—. Muchas mujeres a las que he defendido pensaban igual que tú; creían que si sus ex parejas tenían la seguridad de que ellas no hablarían ni actuarían, de que no irían contra ellos, podrían recuperar a sus hijos, o sus casas o el control sobre sus vidas... Pero eso nunca sucedía, ellos no pensaban devolverles nada por propia iniciativa y, en cambio, ellas continuaban viviendo atenazadas por las amenazas, renunciando a lo que por derecho les correspondía. En cambio, los que abusaban de ellas y las maltrataban seguían dándose la gran vida, sin ningún problema disfrutando a lo grande, sintiéndose triunfadores y poderosos.

—Sí, he pensado en eso estos días y por eso he venido. Me he dado cuenta de que puedo cambiar las reglas del juego, de que si me hiciera algún daño, podría empezar a tener dificultades. Hasta ahora pensaba que mi seguro de vida era el silencio. Que, si hablaba, podía perder mi escudo protector. Pero estoy cansada de callar, de huir, de temblar. Y quiero a Naia. Estoy dispuesta a recuperarla a cualquier precio.

—Sin embargo, de nada sirve todo tu esfuerzo si por ello te

matan —se oyó decir Jimena a sí misma casi sin poder creérselo. Y, a pesar de estar tirando piedras contra su propio tejado, de que sus palabras implicaban una renuncia al caso que tanto anhelaba, siguió hablando—. Es una decisión que debe ser muy meditada, y es solo tuya, así que tómate tu tiempo antes de dar ningún paso. Valora pros y contras y no te preocupes por nosotros, lo entenderemos. Antes de emprender cualquier acción legal debes tener clara cuál es tu prioridad y, si lo prioritario es recuperar a Naia, confesarte a ti misma qué precio estás dispuesta a pagar.

—Disculpadme un momento —se atrevió a intervenir Roberto, que desde hacía unos minutos tenía la sensación de haber perdido en algún punto del camino una buena porción de información relativa al caso que Jimena llevaba entre manos—. No quisiera parecer estúpido, pero, cuando hablamos de lo peligroso que puede llegar a ser tu ex marido, exactamente ¿a qué nos referimos?

—No te preocupes —le tranquilizó Paloma con una sonrisa desvaída—, es lo que ocurre cuando nos movemos en el terreno de los eufemismos. Hasta pareciera, cuando se trata de él, que nos da miedo citar su nombre o qué nos puede llegar a hacer. Es como si pensáramos que, por no citarlo, no existiera. Pero existe —afirmó repentinamente seria—, y si quisiera, podría llegar a matarme sin remordimientos, con total impunidad. Tiene los medios necesarios para hacerlo, y supongo que si no lo ha hecho antes, es porque no me considera una enemiga lo suficientemente grande. Cabría la posibilidad de que le diera cargo de conciencia dejar a su hija sin madre, pero en él no concibo ese tipo de sentimientos.

—Pero si... —A Roberto, como a cualquier persona en su lugar, le costaba mantener ese tipo de conversaciones, hablar tranquilamente de la posibilidad real de que alguien que estuviera sentado con él en la misma mesa en ese instante pudiera llegar a morir por órdenes dadas a sangre fría. Por más que fuera un abogado penalista reconocido y bregado. Carraspeó y volvió a retomar la frase—: Digamos que si tu ex marido *encarga* tu asesinato porque tú has puesto una demanda contra él en el juzgado, puede no salirle gratis. Todas las sospechas recaerían en él, y no puede ignorarlo. Desde este punto de vista no le resultaría tan sencillo eliminarte, y la propia demanda, por decirlo de algún modo, se convertiría en tu, como tú lo has llamado, seguro de vida.

—No necesariamente. Podría, por ejemplo, simular un accidente. No sería la primera vez que lo hace.

—Entiendo —respondió Roberto asintiendo despacio.

Y, de nuevo, una espesa capa de circunspección cayó en la sala sobre todos y cada uno de ellos, incapaces de hablar mientras Paloma meditaba el siguiente paso a dar. El ambiente era tan denso que podía cortarse con un cuchillo.

—Voy a seguir adelante —determinó Paloma al cabo de un par de minutos de reflexión.

Roberto, Jorge y Jimena la contemplaron admirados. Ninguno de ellos estaba seguro en aquel momento de cómo actuaría si estuvieran en su pellejo y la fascinación ante su valentía casi no les dejaba hablar.

—¿Estás segura? —preguntó finalmente Jimena.

—Sí. —De un modo imperceptible, se irguió sobre su asiento, alzando la cabeza, echando hacia atrás los hombros, mostrando un brillo extraño en la mirada. Como si fuera un soldado dispuesto a morir, como si de pronto estuviera a punto de entrar en una batalla y asumiera todos y cada uno de los riesgos y sus consecuencias.

—No queremos condicionarte, Paloma... —comenzó a decir Jorge.

—Ni yo a vosotros, ¿o es que no os habéis dado cuenta de que, desde el mismo momento en que vuestro despacho asuma la representación de mi caso, de que desde que presentéis la demanda como mis abogados, tampoco estaréis a salvo? Joaquín Wiren no es un enemigo pequeño, ya lo sabéis; y lo peor es que no solo es peligroso: lo malo es que no olvida. Es muy vengativo.

—Algo sabemos —admitió Jorge—. Hemos estado informándonos.

—Y no debes preocuparte por nosotros —prosiguió Jimena—. Hemos valorado el riesgo que corremos y estamos dispuestos a afrontarlo. Además —intentó tranquilizarla con una sonrisa—, no es la primera vez que nos enfrentamos a alguien peligroso. La verdad es que estamos un poco locos —dijo en un intento de destensar el ambiente.

Y buscó con complicidad la mirada de sus compañeros. La de Jorge, precisamente quien le había puesto al tanto de la calaña de Wiren como persona, era franca y hasta cierto punto risueña. Ella sabía perfectamente que esa era una de sus maneras de enfocar el trabajo, como una aventura.

Le sorprendió, en cambio, descubrir a Roberto silencioso y pensativo. Supo con certeza que su mente estaba calibrando y valorando algo. Conocía de sobra buena parte de las expresiones de su rostro y supo leer en sus ojos entrecerrados, en la mirada ausente perdida en la ventana, en los labios entreabiertos que se movían imperceptiblemente, como haciendo un recuento interno de datos, que estaba cavilando en algo. Con el ceño fruncido, intentando que Paloma no se diera cuenta, le dedicó un gesto inquisitivo, extrañada por su actitud. Era impensable que se planteara la opción de echarse atrás, de eso estaba segura. Roberto no era de los que se amilanaban a la hora de luchar y no sería aquella la primera vez que lo hacía en los años que llevaban juntos en el bufete. Pero le intrigaba su mutismo y deseaba averiguar cuanto antes qué ocupaba su pensamiento.

Puede que por ese motivo decidiera que ese era precisamente el momento de poner fin a la reunión y, sin más, se levantó. Después de felicitarla por su valor y asegurarle que pondría todos los mecanismos necesarios en marcha, se ofreció a acompañarla a la puerta para ir hablándole por el camino de temas burocráticos como la necesidad de recabar datos legales, fotocopiar su DNI y mil asuntos más que les permitieran comenzar con el papeleo.

—No será necesario —la interceptó Jorge—. Si quieres, la acompaño y atiendo yo. Tú puedes quedarte y recoger todo este desorden; hemos dejado el despacho hecho un asco y desde ahora mismo, como la abogada de Paloma, ya tienes un montón de gestiones de las que comenzar a encargarte.

—¿No te importa? —preguntó Jimena sorprendida a una no menos sorprendida Paloma.

—No, en absoluto —respondió esta, y se despidió de ella y Roberto con un beso. A continuación se dejó llevar por Jorge, que, galante, ya abría la puerta con deferencia.

En cuanto Roberto y ella se quedaron solos, se volvió hacia él inquisitiva y, con la incertidumbre pintada en los ojos, extendió las manos abiertas hacia él para que le explicara qué sucedía.

—Vuelve a cerrar la puerta —le pidió Roberto sumamente serio—. Tenemos que hablar.

—¿Qué? —casi gritó ella cuando al fin se aseguró de que estaban solos y nadie les oía.

—Hasta ahora mismo no tenía ni idea de que el ex marido

de Paloma era Joaquín Wiren —confesó Roberto trémulo—. Sabía que había un ex, por supuesto, y que era un tipo peligroso, pero aunque me has pasado copia de los documentos del caso, no me había fijado en su nombre al leer la sentencia. Ya sabes, esos son los típicos datos de la primera página que los abogados, en busca de pruebas y argumentos legales, siempre pasamos por alto.

—¿Y? —Jimena seguía sin comprender—. No entiendo, ¿a qué viene esa seriedad? No es el primer empresario mafioso y peligroso al que vamos a tocarle los huevos. ¿Qué es lo que tiene de particular? ¿Te da miedo?

—Toma, claro, como a ti o a Jorge o a Aitor —reconoció—. Si no lo tuviéramos seríamos unos imprudentes, unos temerarios y unos tontos. Pero no es eso lo que me preocupa, estoy acostumbrado a convivir con el miedo.

—¿Entonces? —Jimena se mostraba cada vez más exasperada.

—Acabo de darme cuenta de que llevamos otro caso más abierto contra Wiren. Desde que oí que lo mencionabais he estado repasando en mi memoria de qué me sonaba ese apellido en este despacho y al fin lo he relacionado: ¿te suena un concurso de acreedores de los que Aitor ha dejado pendiente sobre una empresa llamada Continental, S. A.?

—Lo cierto es que no. —De pronto pareció que una luz se encendía en su cabeza—. Dios mío, ¿hay algún problema para que tú lleves un caso contra su ex y yo otro representando a Paloma también contra él?

—No, no existen intereses contrapuestos entre los trabajadores de Wiren como acreedores y su ex mujer, que, en el tema de la custodia de la niña, no le pide un euro. El bufete puede tener como clientes tanto a los trabajadores como a su ex esposa sin que contravengamos el Código deontológico.

—Así pues, ¿qué es lo que te preocupa?

—En el concurso de acreedores el abogado de Wiren es José Luis Martínez, ya sabes de quién se trata, uno de los superenemigos de Aitor. Antes de irse, nuestro amigo estuvo advirtiéndome largo y tendido sobre sus modos y maneras de jugar sucio y lo bien relacionado que estaba en las altas y bajas esferas. Ahora, nos enfrentamos también al tal Wiren por el lado personal...

—Y Jorge —le interrumpió Jimena—, que le ha investigado, también se ha preocupado de avisarme de que es un lobo de cuidado.

—Ahí tienes los motivos de mi desasosiego —concluyó Roberto mirándola fijamente—. Aitor me advirtió muy severamente de que no echáramos más leña al fuego que le mantiene enfrentado a Martínez y no se nos ocurre nada mejor que tocarle las narices a su jefe en un asunto mucho más explosivo. Creo que acabamos de patear un avispero.

VEINTE

A Jorge le sorprendió la llamada de Camila. De entre todos los padres de compañeros que recordaba de su época de estudiante en colegios selectos y privados ella era quizá la más estúpida. «Qué mujer más estirada, en los dos sentidos de la palabra», bufó al tiempo que reía para sus adentros. Se encomendó a todos los espíritus benignos del firmamento y descolgó el teléfono maldiciendo entre dientes a Merche, que le había pasado la comunicación asegurándole a Camila que él estaba en el despacho sin tener antes la pillería de consultarle. Claro que, con el empuje de esa mujer, cualquiera se negaba a ponerse. Estaba seguro de que nada más empezar a hablar con la secretaria ya le había recitado la lista completa de sus apellidos compuestos, impresionándola y garantizándose, por tanto, que atendería su demanda de la manera más servil posible.

Y, en efecto, ahí estaba ahora él a punto de perder varios minutos de su valioso tiempo por atender a saber qué extrañas peticiones de esa señorona sin oficio ni beneficio, hija de general de cuantiosa fortuna, divorciada de un marido que no pudo aguantar sus ínfulas y madre de su antiguo compañero Adolfo, bastante normal, teniendo en cuenta cómo era su progenitora, y Rodri, su hermano pequeño, al que recordaba como un niñato un tanto alocado siempre metido en extrañas aventuras y dispuesto a dejarse una pasta indecente practicando deportes de riesgo.

Lo cierto es que nunca había congeniado con ninguno de los tres, recordó hastiado mientras pulsaba el botón del teléfono que daría paso a la llamada.

—¿Sí? ¿Diga? —preguntó, procurando que su voz cansada no hiciera adivinar a Camila lo poco que le apetecía atenderla.

—Jorge, querido, cuánto tiempo.

—Sí, Camila, lo cierto es que hace mucho que no sé de ti ni de tus hijos. —Se sintió tentado, o más bien condicionado por su esmerada educación, a preguntarle por ellos, pero en cuanto esa idea se le pasó por la cabeza, la desechó. Si la intuición no le engañaba, tanto Adolfo como Rodri estarían disfrutando de unas maravillosas y selectas vacaciones en alguna isla paradisíaca o en un resort de lujo o en otro destino igualmente exclusivo en tanto que él, maldijo, se asaba de calor en Madrid. Por eso decidió dejar la cortesía a un lado, más que nada para no rabiar, y optó por ir al grano—. ¿Qué se te ofrece?

—Ay, Jorgito, déjame antes que te diga cuánto siento molestarte en estas fechas. Seguro que estás a punto de comenzar tus vacaciones y lo que menos querrás es saber qué quiere ahora de ti esta vieja...

—Por favor, Camila —tuvo que cortarle, aunque lo cierto es que la muy arpía había acertado de lleno en el meollo de sus pensamientos—. No digas eso, estás estupenda.

—... El caso es que con quien quería realmente hablar es con Aitor, pero ya me ha dicho esa chica tan amable que se marchó justo ayer. —Camila seguía a lo suyo, parloteando y metiendo la pata, aunque pronto se dio cuenta de su error y, ya que llamaba con toda seguridad para pedir un favor, intentó arreglarlo alabándole—. Entiéndeme, querido, no es que tú no me sirvas, es que yo quería hacer una consulta sobre Derecho Marítimo, y como sé que él tiene un barco…

—Lo comprendo, no hace falta que te disculpes. —Y, una vez más, su educación le jugó una mala pasada y le obligó de nuevo a hablar—. Aun así, háblame de lo que te preocupa y te asesoraré según esté en mi mano.

—Pues verás, me preguntaba si… —dudó, pero de pronto se arrancó a hablar con una decisión inusual, o al menos en lo que él conocía de ella—, si uno encuentra un tesoro en el fondo del mar, y se lo queda, qué le puede pasar.

Jorge se demoró unos segundos más de la cuenta en responder. Estaba sorprendido por esa cuestión inesperada. Podía pensar, y probablemente predecir, muchos de los temas que preocuparían a Camila, pero jamás pensó que la soberanía sobre los bienes hallados en el fondo del mar pudiera ser uno de ellos.

—Jorgito —inquirió ella—, ¿estás ahí?

—Sí, perdona, me he quedado algo anonadado por tu interés en los tesoros, ¿es que has encontrado uno?

—¿Yo? ¡No, qué va! —respondió Camila atropelladamente—. No, es solo una consulta que me ha enviado Rodri por e-mail. Tú ya sabes que es un amante de los deportes de riesgo y al parecer a un buzo amigo suyo le han ofrecido un puesto de trabajo en una de esas empresas estadounidenses…

—Ya, ya —cortó Jorge. La explicación que Camila le estaba dando le parecía totalmente increíble y peregrina, pero el caso es que tampoco le interesaba ni le apetecía ir más allá. Lo único que quería era quitársela pronto de encima—. Verás, según la ley española, los tesoros hallados en suelo o territorio español sin dueño conocido corresponderían en partes iguales al autor del hallazgo y al Estado.

—Sí, pero ¿qué ocurre con los tesoros que se encuentran en el mar? ¿Qué pasa con los de los buques hundidos?

—Es un asunto complicado. Si el barco está hundido en territorio marítimo español, rige la misma norma. Pero si está fuera de nuestras aguas, se aplica la jurisprudencia internacional, por la cual hay que atender al pabellón, es decir, a la bandera del barco hundido para determinar qué país tiene soberanía y, por tanto, derechos sobre él.

—Vaya, cuánto sabes —exclamó ella asombrada—. Y yo, que creía que no podías ayudarme.

—Es un tema que me pilla muy de refilón, pero como últimamente han aparecido bastantes noticias en la prensa relacionadas con los litigios que enfrentan al gobierno español con empresas cazatesoros, algo se me ha refrescado.

—Sí, ya veo. Lo que no termino de entender... Quiero decir que lo que no termina de entender el amigo de mi hijo es qué pasa con estas empresas que encuentran tesoros. Si se lo queda todo el Estado, ¿qué sentido tiene que ellos hagan esos enormes gastos en maquinaria y empleados para rastrear el fondo marino? ¿Y la inversión que hacen y que nadie más haría?

—A ver cómo te lo explico, existe una sentencia del Tribunal Supremo de Estados Unidos que, si no me equivoco, es del 2000, o del 2001, que en su momento respaldó la posición del gobierno español en lo referente a sus derechos de soberanía sobre los barcos hundidos bajo pabellón español. Concretamente estableció que las fragatas *El Juno* y *La Galga* pertenecían a España junto con toda su carga, pese a que están hundidas frente a las costas de Virginia desde hace más de doscientos años con un supuesto tesoro en su interior valorado en quinientos millones de dólares. Este derecho es defendido también por otros países digamos... del Primer Mundo, como Francia, Estados Unidos, Alemania, Rusia, Japón y Reino Unido, y tiene como objetivo evitar que sin autorización las empresas cazatesoros como Odyssey, que seguro que te suena, extraigan del fondo del mar el contenido de buques hundidos. Pero esta decisión del Supremo de los Estados Unidos no es gratuita, su preocupación principal radicaba en proteger los miles de barcos, buques y aviones cuyos restos están sumergidos en los mares del mundo en los que Estados Unidos ha mantenido contiendas, lo que pasa es que al final, de rebote, al mismo tiempo que salvaguarda sus intereses, ampara a los navíos propiedad del gobierno de cualquier otro país en similares circunstancias, pero no los del resto de los países, o no los de países que bastante tienen con sus problemas como para vigilar sus aguas o si empresas cazatesoros hacen búsquedas en ellas, y de qué barcos. El océano es muy grande, Camila, y no siempre se sabe lo que se hace o extrae de él.

—¿Quieres decir que, si los pillan, declaran los tesoros y, si no, si nadie pregunta o no los descubren, se van con todo?

—Más o menos. En lugares como África, por ejemplo, los gobiernos no suelen estar pendientes de estos asuntos, o su legislación está llena de lagunas, o muchos funcionarios están dispuestos a hacer la vista gorda ante el saqueo si existe un buen soborno por el medio.

—Pero ¿y en Europa?

—En Europa todo está mucho más vigilado. Me temo que de pillar a algún particular o una empresa que hubiera obtenido un pecio y no lo hubiera declarado, las autoridades no tendrían más remedio que considerar que esa persona o entidad estaría robando.

VEINTIUNO

Había pasado una semana exacta desde su cita con Jorge y ahí tenía el resultado, se felicitó Lola. Ante ella estaba el periódico y en él, en un lugar destacado, su artículo sobre los CIE. Lo repasó y se sintió bastante satisfecha del resultado, sobre todo dado su perfeccionismo y su alto nivel de exigencia. Se sonrió levemente al pensar que sin duda iba a levantar algunas ampollas, pero ella anteponía su coherencia y su honestidad como periodista a cualquier compromiso en nombre de una antigua amistad con hombres y mujeres conocidos desde hace tiempo, incluso compañeros de facultad. Algunos de ellos, lo que son las cosas, habían terminado convirtiéndose en importantes políticos con cargos de responsabilidad e, incluso, quién se lo iba a decir, ministros.

De pronto recordó que no sabía si Jorge había tenido la oportunidad de ver el resultado final del trabajo y resolvió enviárselo. Dejó a un lado la edición impresa, abrió su portátil siempre conectado a Internet y buscó en la edición digital del periódico su propio texto. Con orgullo reparó en el detalle de los muchos comentarios que había suscitado entre los internautas y se entretuvo unos minutos en leer algunos de ellos y no precisamente los más entusiastas ni los que más apoyo mostraban a los inmigrantes presos en los CIE o a ella como valiente articulista, que mostraba una realidad social hasta ahora desconocida. Se entretuvo en revisar, justamente, aquellos que más críticos resultaban con ella y con lo escrito. Era su modo de ser y no podía evitarlo; siempre prefería el debate y el cuestionamiento a la alabanza. Creía que podía sacar más en limpio de los disidentes que de los entregados y, en cierto modo, era una manera de mantenerse a salvo, de preservar su individualidad y su criterio, de no creerse la portavoz de nada ni de nadie y no desviarse de su camino; siempre en busca de la objetividad y la información por encima de orgullos y egos.

«Pero basta ya de perder el tiempo», se dijo, y consultó en la esquina inferior de la pantalla la hora, casi las dos de la tarde. «Como no se lo envíe ya, Jorge se irá a comer sin haberlo leído», y sin más escribió unas concisas líneas de agradecimiento, adjuntó el PDF con el artículo y pulsó la tecla de «enviar».

No menos de cuatro o cinco minutos después, justo cuando iba a dirigirse a la cocina para preparar la comida de sus nietos, oyó el aviso sonoro del ordenador programado para advertir cuando un correo era recibido.

Era un mensaje de Jorge. Por lo visto, aún no había bajado al Sensaciones. Lo leyó:

> Sensacional, como siempre. Me alegra haber podido colaborar en algo, aunque sea en una mínima parte, a otro más de tus éxitos.

«Qué adulador», pensó. Lola no era de las personas que escatimaban el reconocimiento de los méritos ajenos y mucho menos de las que afirmaban haber llegado a conseguir todo lo que tenía sin ayuda, incluyendo su prestigio o sus logros profesionales. De inmediato respondió al correo de Jorge con un par de frases breves en las que reconocía que había sido indispensable a la hora de redactar el texto la claridad que demostró en su exposición de los datos. Volvió a darle a la tecla para enviar el mensaje y, como una quinceañera boba, se quedó a la espera de la respuesta, sin hacer nada más que aguardar ante la pantalla. «Estoy tonta», se dijo, y cuando ya iba a levantarse, la alerta de un nuevo mensaje la sobresaltó.

¿Qué se sabe de Aitor?

Suspiró aliviada; durante una fracción de segundo, dado lo formal y bienqueda que era Jorge, había temido que se enzarzaran ella y él en una cadena de mensajes de agradecimiento y lamida mutua de lomos sin final. Esas situaciones absurdas en las que se había visto envuelta en más de una ocasión y de las que era imposible salir sin mostrarse maleducada. Esos diálogos del tipo: «El mérito es tuyo». «No, tuyo.» «No, de verdad que tuyo, sin tus hábiles explicaciones nada habría salido bien.» «No, en realidad es que tú eres tan inteligente que lo entiendes todo a la primera.»... Por fortuna, la confianza entre ellos era tanta que no precisaba de halagos vanos y les permitía poder ir sin tonterías al meollo de las cuestiones, de modo que, en el mismo estilo directo, respondió:

Todo bien. Usa el teléfono por satélite para hablar cada dos días con los niños. Sigue sin problemas el itinerario previsto y, por lo que cuenta, está disfrutando como un loco. Sospecho que es, básicamente, porque está solo. Va a ser verdad que el muy traidor tenía ganas de librarse de nosotros...

Casi al minuto de enviarlo recibió la nueva respuesta de Jorge:

Tu hijo es un capullo, pero merece estos días de descanso. Gracias por la información, ahora se lo contaré a Roberto y Jimena, que me esperan para comer, y estoy seguro de que se quedarán, y yo también, mucho más tranquilos.

Besos a ti y a los niños.

Jorge.

Ahora sí que permitió que una amplia sonrisa iluminara de verdad su cara. Una de esas sonrisas que las madres se regalan y muestran sin pudor porque no son para ellas, sino para sus retoños; era verdad que Aitor era un capullo, pero un capullo con suerte, rodeado de amigos que se preocupaban por él y le querían.

Se acordó de que debía guardar los correos sin borrarlos, y todos aquellos mensajes que fueran llegando de sus amigos y conocidos interesándose por él. Así se convencería de que había mucha más gente que le valoraba de la que él pensaba. De que no estaba solo, de que no valía la pena huir, de que todos le apreciaban, y ansiaban su bienestar, y le esperaban.

VEINTIDÓS

El hombre que había recibido la orden de vigilar a los abogados se quedó sorprendido del encargo. Normalmente, su jefe no acostumbraba a reclamarle para trabajos tan tranquilos como parecía ese. Por un momento, se planteó si no habría caído en desgracia. Ya se sabía cómo funcionaban los curros como el suyo: si te reclaman para descerrajarle un tiro en la boca a alguien, es que eres apreciado en el escalafón. Si por el contrario te dan unos prismáticos, te sientan en una silla incómoda en un apartamento vacío y te ordenan que espíes entre los visillos a una pareja de amantes o algo por el estilo, es que has metido la gamba y, como los policías cuando los plantan ante la puerta de comisaría o los ponen a dirigir el tráfico, o la has cagado, o te has hecho viejo.

En su caso, no era así, o al menos eso le aseguraron en cuanto pilló por banda a su jefe directo y le hizo partícipe de su mosqueo. El encargo venía directamente de arriba, de la misma cúpula, del mismo puto amo en persona, y era urgente.

—Ya sé que parece un trabajillo de nada —había admitido hacía solo un día, el domingo, cuando le pidió que se vieran en un lugar tranquilo, paseando por el jardín botánico, para confesarle su confusión. Al ver que no sacaba nada en limpio, decidió acorralarlo un poquito—, pero tienes que creerme, esos tipos le importan mucho, y la chica también. El mismo jueves tomó la decisión y ya ves, no ha tardado ni dos días en colocarte sobre ellos para saber qué es lo que hacen en cada momento, quién va a su bufete, quién entra y sale... Tú ya me entiendes.

Pero no, no lo entendía en absoluto.

Se había pasado todo el fin de semana tomando datos, recabando información, apuntando nombres y horarios. Y ese mismo día, un lunes por la mañana, como un asqueroso funcionario, ahí estaba, plantado desde las nueve ante el edificio de su bufete, intentando adivinar cuáles eran sus ventanas. Ahora acababan de salir a la calle y no le quedaba más remedio que ir tras ellos, con evidente desgana mientras murmuraba de nuevo que no lo entendía, que no tenían nada de particular.

Volvió a observarlos: dos hombres jóvenes y aparentemente sanos, y la chica, pequeñita, poca cosa, del tipo delicado como las muñequitas. ¿Qué tenían de particular?

Por su propia experiencia como guardaespaldas y cancerbero bien sabía que su trabajo tendría sentido si ella fuera una de esas señoras hembras, una mujer de bandera, de rompe y rasga, tan llamativa y espectacular como las que habitualmente llevaba su jefe para lucirlas; una de esas de las que uno se siente orgulloso de enseñar y con las que el patrón acostumbraba a relacionarse. En ese caso hubiera comprendido y entendido también el porqué de la vigilancia, porque como te despistes un segundo de semejantes monumentos no tarda alguien en levantártela, y también cabía la posibilidad de que echaran a volar ellas solitas o, de tan descocadas como eran, de tan mujeres que con un solo varón no les bastaba, tal vez incluso metieran a algún otro pájaro en su jaula.

Pero la abogada, definitivamente, no parecía encajar en las

preferencias del jefe. Para nada. Era demasiado fina, poca cosa, sencilla y, en una palabra, elegante.

Además, pese al poco tiempo que llevaba encima de ella y sus compañeros, ya se había fijado en que con uno de los dos abogados, con el más corpulento, tenía algo, y no era el patrón hombre de compartir plato, desde luego que no.

Meneando la cabeza, les siguió con cierta prudencia mientras caminaban por la calle, ella en el medio de los dos hombres, cogida, o más bien colgada, del brazo de cada uno. Caminaban los tres contentos y dicharacheros como viejos camaradas. No anduvieron demasiado, entraron en uno de los restaurantes de su misma calle y se sentaron en una mesa al fondo, sin que ninguno de ellos diera la espalda a la puerta. «Quién lo diría», se asombró. Si no fuera porque estaba seguro de que eran tres lerdos, cualquiera pensaría que sabían lo que hacían, que se fingían relajados y cómodos, pero que en el fondo estaban alerta y cuidaban sus espaldas con tanto celo como si realmente estuvieran al tanto de su vigilancia, ciertamente no muy atenta, francamente despreocupada.

El «vigilante», en un intento de pasar desapercibido, se sentó en la barra y, a través del espejo frente a él, procuró no quitarles ojo. No había mucho que vigilar, parecían tranquilos y, en cuanto les sirvieron, comenzaron a comer con normalidad. Pero órdenes eran órdenes, y no quería descuidar sus funciones. Además, al menos en un par de ocasiones, captó alguna mirada sospechosa; la primera procedía del tipo grande y luego del otro, del rubio que parecía un príncipe de puro elegante. Puede ser que fuera un paranoico, tal vez se trataba de legítima curiosidad, pues, eso era cierto, él no era ni mucho menos uno de los asiduos del local, pero por si acaso se recordó que no debía pecar de desconfiado.

Era lógico que los vigilados no se levantaran al menos hasta que hubiera transcurrido media hora, por lo que optó por ocupar su tiempo en algo práctico. Tras pedir un sándwich sencillo y una caña, sacó su libreta de notas dispuesto a repasarla, pero sin dejar de comprobar de vez en cuando la situación de sus vigilados a través del espejo.

Según las indicaciones recibidas directamente a través del jefe, tenía que pasar un informe diario de las actividades de todos ellos, pero en especial de las de la chica, y también, durante el tiempo que esta estuviera en el bufete, información exhaustiva sobre los clientes con los que se reunía. Consultó el cuadro de horarios y visitas que había trazado esa misma mañana y comprobó satisfecho que no había casi recuadros en blanco. Sonrió. Había sido un trabajo minucioso, y no sabía para qué coño servía, pero lo que estaba claro es que había cumplido. En cuanto a las citas que faltaban por cotejar, sus superiores tendrían que comprender que él, un hombre solo, no podía cubrir todos los flancos a la vez y el acceso de visitantes a través del garaje, por ejemplo, estaba fuera de su control.

Sí, recordó de pronto, así es como debió de entrar al edificio la cita de las once, pues a esa hora, si la memoria no le engañaba, un taxi entró al sótano del edificio y volvió a salir no menos de cinco minutos después sin clientes y con la luz verde, sinónimo de «taxi libre», encendida.

Trató de hacer memoria cerrando los ojos para verlo mejor dentro de su cabeza. Así pudo traer a su mente el contorno apenas entrevisto del pasajero que viajaba en el asiento trasero mientras el conductor solicitaba que le alzaran la barrera desde portería y le permitieran pasar. Era una mujer, de eso estaba completamente seguro, pero por desgracia no llegó a ver mucho más; apenas un perfil en la distancia que se le hizo vagamente familiar.

—Disculpe —la voz femenina, que claramente se dirigía a él, le pilló desavisado y le asustó—, pero creo que se le ha caído esto.

Se giró lentamente sobre el taburete atornillado a los pies de la barra y, procurando disimular su asombro tan buenamente como pudo, sin mirarla a los ojos para no delatarse pero sin mostrarse tan esquivo como para que ella sospechara, negó a la chica que el papel que le tendía le perteneciera.

—No es mío —susurró, y se alegró de que sus tres vigilados, y en concreto la chica, fueran tan inocentones e ineptos como para no percatarse de con quién estaban hablando. Con él, que llevaba ya dos días detrás de ellos.

—Perdón —le sonrió, con una sonrisa deliciosa, eso había que reconocerlo—. Siento mucho haberle molestado. —Y, sin más, dio media vuelta y se alejó.

Él la contempló mientras volvía a acomodarse en su sitio, entre sus dos amigos, y se preguntó una vez más qué habrían hecho como para dar origen al encargo de seguirlos.

De pronto recordó que al sentarse había entreabierto su chaqueta y, alterado, de pronto se olvidó de los chicos para comprobar si había dejado al descubierto su pistola. Se palpó el pecho, reparó en sus ojos asustados mirándose a sí mismo en el espejo, y se calmó. No, no parecía que se pudiera ver a simple vista que iba armado, aunque tal vez ella, que se acercó lo suficiente, podría haber reparado en este hecho si se hubiera fijado.

Solo que no creía que, siquiera, le recordara ya. Y volvió a mirarla una vez más y su cara se quebró en una sonrisa involuntaria al comprobar que seguía con sus amigos y, divertida, disfrutaba y se deshacía en carcajadas con una risa francamente contagiosa.

«De verdad que no entiendo por qué los estoy vigilando, qué pérdida de tiempo», refunfuñó. Todavía le resultaba más incomprensible por qué habían insistido los que mandaban en que llevara pistola. «Por lo que pueda pasar.» Los tres estaban en Babia, no parecía que debieran dinero ni que, por tanto, merecieran algún correctivo y, en su despreocupación, ni se enteraban de la misa la media.

«Qué cojones haré yo aquí de niñera de estos tíos. Si son totalmente inofensivos.»

VEINTITRÉS

A José Luis Martínez cada vez le daba más pereza empuñar el teléfono, pero era su esclavo, tenía que hacerlo.

Buscó en su agenda personal y marcó él mismo el número del hombre con quien quería hablar. Cuando se trataba de su socio mayoritario, optaba por prescindir de las secretarias y se abstenía de ordenar a cualquiera de las dos que se pusiera en contacto y le pasara la llamada. No, eso era algo que, en este caso, prefería hacer él personalmente.

No tuvo que esperar ni dos tonos para que al otro lado del hilo respondiera alguien. Quien lo hizo actuaba igual que él, ya que quien halló al aparato no fue, tampoco, ningún empleado. Sonrió, envanecido, y se creció ligeramente al suponer que, del mismo modo, en justa reciprocidad, el otro también le tenía a él reservado el trato de «socio preferente» y, de alguna manera no necesariamente sexual, «amigo especial».

—¡Super-Pepe! —exclamó la voz al otro lado, excesivamente alegre, y Martínez temió que, dada la hora, su socio hubiera celebrado algún tipo de comida de trabajo de esas que terminan con whiskies y que ahora, en la sobremesa, estuviera excesivamente achispado como para mantener con él una conversación seria—. ¿Qué tal te fue con la compañía femenina que te proporcioné, lo pasaste bien?

—Sí, claro, muchísimas gracias otra vez —respondió sin demasiado énfasis, cansado de volver al mismo tema de nuevo. Sospechó que si el otro le sacaba el tema no era por auténtico interés, sino para restregarle de nuevo en la cara su propia debilidad—. ¿Has recibido el fax que te envié?

—Sí, claro, aquí lo tengo, sobre la mesa. —El tono serio de pronto, con leves matices metálicos, hizo comprender al abogado que había errado en su suposición inicial. Por supuesto que no estaba borracho, estaba tan sereno como siempre, con ese dominio de sí mismo difícil de emular—. Muy completo, gracias a todos los datos que aportas ya me hago una idea de quiénes son estos abogados. Ahora los tengo perfectamente controlados.

—Me extrañó mucho que te interesaras por este bufete precisamente ahora —reconoció Martínez—. Desde hace ya un cierto tiempo tenemos un caso abierto en el que uno de ellos representa a tus oponentes y no le has dado mayor importancia...

—¿Sí? No me digas...

—¿No sabías que Aitor Castro era el representante de los trabajadores en el concurso de acreedores de Continental? —Martínez se sorprendió.

—No. Con la crisis encima estamos haciendo tal encaje de bolillos con las empresas que ya no controlo esos datos. Lo dejo todo en tus manos y me despreocupo de las gestiones. Soy un hombre muy ocupado. —Martínez advirtió el desagrado que le producía a su socio tener que dar todas esas explicaciones—. Si te preguntaba por ese Castro y sus compañeros, es por un asunto totalmente diferente. Algo personal.

—Ah, bueno.

Martínez dudó, albergaba la sospecha de que el asunto al que el otro aludía era peliagudo y no quiso parecer más interesado de la cuenta en ello, ni mucho menos indiscreto. ¡Bueno era su socio cuando se trataba de su vida privada! Estaba al tanto por Cardoso de que tenía la mano un poco o, mejor dicho, tremendamente larga y en su fuero interno agradeció que en lo relativo a estos temas, a novias, amantes queridas y prostitutas magulladas o directamente apaleadas, la cosa, afortunadamente, nunca llegara a los papeles. Bien es cierto que para ese tipo de demandas, que por supuesto casi ninguna mujer en su sano juicio se atrevería a presentar en su contra, contaba con un servicio legal diferente. Él solo se ocupaba de lo financiero, de sus asuntos económicos. Su especialidad era fiscal y laboral, pero en su despacho se veían asuntos de todas las especialidades. No obstante, él tenía suficiente con las gestiones que debía hacer a fondo perdido como socio y la minuta que mensualmente le pasaba por llevar los procedimientos que generaban sus otras empresas.

—¿No se te ofrece nada más? —le oyó preguntar impaciente al otro lado. Él mismo se lo había dicho, era un hombre ocupado, y Martínez, perdido en sus propias reflexiones, había permanecido demasiado tiempo callado.

—No, únicamente quería informarte de que, en lo relativo a Continental, S. A., Aitor Castro está perfectamente controlado.

—Pero, por lo que sé, ese tal Aitor no está ahora mismo en la ciudad. Se ha ido de vacaciones a navegar, ¿no lo sabías?

—Sí, veo que estás bien informado. Ha dejado el tema en manos de uno de sus socios.

—Oye, ¿y qué sabes de la chica? ¿Es buena?

—¿Jimena Beltrán? Es la mejor. Menos mal que no le gusta laboral. Las pasaría putas si tuviera que vérmelas con ella. —Dudó antes de seguir hablando, pero supuso que el comentario le gustaría—. Y además es preciosa, aunque no sea, claro, el tipo de mujer espectacular que acostumbras a frecuentar. —«Tiene otra clase de belleza, menos llamativa, menos vulgar», pensó, pero por supuesto esto no se atrevió a decirlo.

—Sí, ya la he visto. Pequeñita y elegante. No, gracias, de mujeres refinadas ya tuve una y me originó bastante que hacer. Ahora prefiero las hembras digamos... más básicas. —Y su voz se cargó de tintes oscuros, de recuerdos negros que, dedujo Martínez, prefirió borrar de un plumazo cayendo en la frivolidad—. Oye, y ahora que hablamos de mujeres básicas, no quiero que se me olvide decirte que, ya sabes, puedes contar con el servicio de las nuestras cuando quieras, ¿eh? Pero directamente, sin necesidad de llamarme ni nada, que porque yo sea el socio mayoritario no tienes que pasar por mí, que tú levantas el teléfono y...

—Sí, gracias —cortó Martínez incómodo. Lo había entendido perfectamente—. No dudes que volveré a hacerlo, más pronto de lo que piensas.

—¿Y eso? —Tuvo que reprimir un bufido de fastidio, esa vena cotilla de su socio, siempre pendiente de las debilidades de los demás para luego poder utilizarlas, le exasperaba—. ¿Ha vuelto a dejarte tirado la novia?

—No es una novia, es...

—¿Se ha buscado otro más joven que tú?

—No, se ha ido a la costa unos días.

—Claro, como todas; aquí hace calor y los hombres están ocupados, y en la playa hay tíos cachas, musculosos y bronceados... Ni que fuera tonta. Tú lo que tienes que hacer es tomarte unos días e irte también, cuando estés allí llamas a una de nuestras chicas en la zona y te preocupas de pasársela bien por las narices. Una bien joven y bien mona... Ya verás cómo se pone. Además, tampoco está de sobra que te pases de vez en cuando a ver cómo funcionan nuestros negocios por allí...

Antes de que ese pensamiento peregrino se concretara en una orden expresa y le tocara tomar el primer avión a Málaga, Martínez se apresuró a quitarle la idea de la cabeza:

—Sí, por supuesto. —Era mejor, por prudencia, no negarle nunca nada, no fuera que saltara su genio. Pero sí resultaba conveniente poner de inmediato mil excusas que le dejaran satisfecho—. Después de que se solucione lo de Continental...

—Tú siempre tan responsable, Pepito. ¿No se te ofrece nada más?

Y antes de que fuera a impacientarse, de enrollarse en mil bromas estúpidas y ya que la pregunta clave, la que marcaba el principio del fin había sido pronunciada, Martínez se apresuró a despedirse y colgar y se mantuvo un rato absorto dándole vueltas en su mente al último tema tratado, a la quiebra de Continental, S. A.

No parecía complicado, pero había argumentos, cifras y un montón de datos con los que defender las razones por las que su jefe había presentado voluntariamente en el Juzgado de lo Mercantil un concurso de acreedores. El procedimiento se encontraba en la fase común y, en un principio, el magistrado del Juzgado de lo Mercantil al que le había caído el asunto lo había analizado aceptando el concurso. Como se hacía habitualmente, pidieron papeles y más papeles hasta que elaboraron un dictamen según el cual la empresa carecía de liquidez. Hasta aquí todo bien. Sin embargo, uno de los acreedores, en desacuerdo con este dictamen, planteó un incidente concursal. Ahora, en cuanto el juez lo resolviera, Continental, S. A. tendría que presentar un convenio con el que conseguir llegar a un acuerdo con los acreedores o, en caso contrario, plantear la fase de liquidación. En cualquier caso, quedaba por recorrer un camino complicado y Martínez, aunque sabía que no tenía a la Fiscalía en contra, no las tenía todas consigo; temía que el magistrado dictaminara al concurso de acreedores como culpable porque el propietario y administrador de la empresa, bien lo sabía él, habían realizado operaciones sin justificar, beneficiándose de los bienes de la compañía durante los últimos dos años. La Ley prohíbe expresamente este tipo de operaciones, que califica de mala gestión, y sabía que a un hacha como Aitor Castro difícilmente este punto se le podría haber pasado por alto.

VEINTICUATRO

El gorila tuvo la sensación de que esa noche de jueves, tras una jornada sumamente aburrida de vigilancia e igual de tediosa que las tres anteriores, se lo iba a pasar por fin en grande. Estaba en la buhardilla de un edificio no lejano al del ático en que vivían la pareja de abogados, el tipo grandote y la que parecía una niña pícara y pequeña, y al parecer frente a él las cosas se estaban poniendo al rojo.

Solía ocurrir con relativa frecuencia que los inquilinos o propietarios que vivían en los pisos más altos de un inmueble y también, claro, los moradores de áticos y buhardillas, no acostumbraran a echar las cortinas o bajar las persianas, y menos ahora, en verano. No tenía ni idea de a qué se debía esta costumbre, ni si era solo española o también se practicaba de fronteras para afuera. Sospechaba que todo obedecía a una sensación de impunidad por estar arriba de todo, un «quién nos va a ver, boba, si estamos más altos que los demás». El caso es que se congratuló al comprobar que la parejita que tenía enfrente, perfectamente visible desde sus prismáticos, empezaba a entregarse a su faena particular, sin acordarse de cerrar puertas o ventanas o bajar estores o, al menos, apagar la luz.

Y eran, por lo que parecía, unas fieras.

Se arrellanó como pudo en su silla plegable de lona y refunfuñó un poco por la cutrez de su jefe. Había que joderse, vale que había tenido que alquilarle a toda prisa un mal llamado loft semivacío, pero lo mínimo hubiera sido ocuparse en los cuatro días que ya llevaba allí instalado de que alguien, uno de los chicos más jóvenes de la organización a los que irónicamente llamaban becarios, se hubiera encargado de acondicionarlo mínimamente. Así, cuando él llegara, agotado tras la vigilancia frente al despacho, podría disfrutar con detalles de esos que te alegran un poco la dura tarea, como enchufar la nevera y meter un pack de seis cervezas en ella o procurarle un asiento digno, ya que iba a pasar sus buenas horas en él; algo más cómodo que esa desvencijada silla de playa, de las de tela a rayas plastificada en la que, podía predecirlo con total nitidez, al igual que en las noches anteriores, iba a dejarse la espalda.

Bueno, se consoló, al menos la cosa parecía que iba a animarse, después de un día aburrido perdido en vigilar a los tres abogados, que trabajaban como condenados y no habían salido del bufete más que para comer y, luego, regresar al hogar. Había fantaseado con que la abogada chiquita, con tanta menudencia y fragilidad, tendría que esconder una bomba dentro. Solo así podría comprender el interés del jefe en ella, aunque seguía sin entender para qué quería la vigilancia si no tenía ninguna opción, si no había nada que hacer mientras el abogado grandote, que tampoco lo hacía nada mal, estuviera cerca.

«Aunque claro —sonrió—, a veces pareces tonto», se dijo, para eso está la pistola. Y mecánicamente comprobó que seguía en su sitio, en la parte baja de su espalda, bien sujeta por el cinturón de su pantalón, perfectamente limpia, engrasada y dispuesta, y se ilusionó con la posibilidad de tener que usarla.

Ese, a fin de cuentas, sí era su trabajo; un trabajo serio y de responsabilidad y no la tontería de vigilar a los chicos mientras se acostaban, que también tenía sus alicientes, pero ni entrañaba riesgos ni peligros ni a él, personalmente, le haría medrar en lo laboral.

«Pero bueno, no le des más vueltas —se recomendó a sí mismo— y disfruta lo que puedas.» La noche parecía tranquila y sus vigilados no daban la sensación de ir a salir de casa, por lo que barajó la posibilidad de ir a una sex shop a ver una película porno. Se entretuvo en admirar la fuerza contenida de aquel abogado que por las noches dormía, y alguna cosa más, con su compañera de despacho; era enorme, y poderoso, y también potente. Parecía un tipo tranquilo, pero no quería ni pensar cómo podría ponerse en caso de estar cabreado. Tomó mentalmente nota de esta ocurrencia pensando que, si después iba a ser su trabajo enseñarle la pistola y para qué la usaba, debía ser precavido y no darle ninguna opción a defenderse, porque no parecía de los que desaprovechaban las oportunidades. Estaba seguro de que, si quería, con esas manazas, podría destrozarle.

Le llamaba la atención aquel hombre, se reconoció. Resultaba interesante observarlo. Durante el día trabajaba codo a codo con Jimena, la abogada, y no parecía que fueran más que buenos amigos de tan respetuoso como era con ella, aunque él, el vigilante, estaba seguro de que todos en el despacho estaban perfectamente al tanto de lo suyo y ellos, la pareja, al menos ahora, ya no se molestaban en ocultarlo. Volvió a contemplarlo, era un placer poder admirar a un tiarrón como aquel en acción, con ese cuerpazo que parecía lento solo porque él no quería espabilarse, que daba sensación de paz y tranquilidad cuando, en realidad, no era más que fuerza y potencia contenida, una auténtica máquina de matar o amar maravillosa en su ejecución y su potencia cuando, como ahora, se desataba.

El vigilante movió la cabeza, pesaroso y admirativo a la vez, pues su mente se dispuso a montarse una película de dos, no, de tres realidades distintas:

Una: que la esencia de la pasión de aquella pareja residía en su doble relación de amigos y compañeros que fingían ignorarse, no desearse durante el día, a saber por qué motivo. Quizá porque en su momento, el tercero en discordia, el príncipe rubio que parecía recién salido de una saga nórdica, albergó ilusiones hacia ella y ahora no querían lastimarlo.

Dos: que se querían de verdad.

Y tres: que si el puto amo de todo quería conseguir, por los motivos que fuera, a la chica, Roberto no lo permitiría. Y entonces él iba a tener que cargárselo.

Y entonces, el sonido de un teléfono lo sobresaltó, justo cuando empezaba a invadirle ese pesar extraño que a veces le asaltaba en los momentos más inesperados y que le hacía sentirse débil y cobarde y le llevaba a replantearse qué estaba haciendo con su vida, si valía realmente la pena ese trabajo. Odiaba el hecho de que, de vez en cuando, tuviera que ocuparse de gente que parecía buena y ajena a su mundo de mierda, personas que se veían honestas y por las que, como esos dos chicos, Jimena y Roberto, comenzaba a sentirse fascinado.

—¡Mierda! —exclamó para sus adentros, y con total rapidez buscó en la estancia enorme y diáfana el lugar donde estaba repiqueteando el aparato.

Cuando lo localizó se quedó ante él a la expectativa, pues aquel no era un teléfono como Dios manda, un modelo como el que la gente normal tiene en sus casas, sino un sistema de escucha conectado al teléfono fijo del ático que estaba vigilando. No suponía ningún problema para él, sabía manejar a la perfección esos trastos, pero no dejó de mostrarse intrigado una vez más ante el celo que el amo había exigido en la vigilancia de esos matados que nada tenían ni de mafiosos ni de peligrosos, que ni siquiera daban la sensación de ocultar trapos sucios con los que luego poder extorsionarlos.

Tranquilo ya de nuevo, pues sabía que esa llamada no era para él y que no tenía que descolgar el auricular, sino esperar a que lo hicieran ellos, los tortolitos pinchados, regresó a la incómoda silla y empuñó de nuevo los prismáticos, que bien ceñidos a su correa pendían ahora de su cuello. Enfocó con cuidado y apuntó con ellos al ático de Jimena y Roberto, tan sorprendidos y alterados como lo había estado él hace un rato. Incorporados y alerta, semidesnudos y aún entrelazados sobre el sofá del salón mirándose y preguntándose extrañados quién podría ser a esas horas, quién estaría llamando.

Finalmente, fue Roberto quien se levantó, brindándole una vez más al vigilante la oportunidad de admirar su corpachón ancho, que no gordo, potente pero no excesivamente musculoso, ahora sudoroso y todo ello mientras se dirigía a la mesita auxiliar donde reposaba su aparato.

—¿Sí? ¿Diga? —preguntó nada más descolgar, y el vigilante comprobó que su voz, profunda y bien modulada, acompañaba a la perfección a su físico.

—Roberto, soy Jorge.

«El príncipe nórdico», se dijo para sus adentros el vigilante, que solía poner motes a sus objetivos no porque no supiera sus nombres, sino, más que nada, para matar de algún modo el tiempo.

—Acaba de llamarme Lola, está muy alterada, se ha perdido todo rastro de Aitor, no ha llamado a los niños, como acostumbra a hacer, y tampoco responde ni al teléfono ni a la radio del barco.

—¿Qué? No puede ser... Tiene que haberle ocurrido algo, él no dejaría que su madre se preocupara tanto, es demasiado responsable... ¿Qué vamos a hacer?

—Lola dice que vayamos todos a su casa, Nacho ya está en camino. Al parecer ha avisado a las autoridades e insiste en desplazarse con ellos al lugar donde previsiblemente le buscarán. Nosotros tenemos que organizarnos para quedarnos con los niños y estar pendientes de cómo se vayan desarrollando los acontecimientos y si...

—No sigas, ya te entiendo —cortó Roberto. El vigilante dedujo que previsiblemente pensaba en un accidente fatal de ese tal Aitor y no quería ni contemplar esa posibilidad—. Ahora mismo vamos para allá. En un cuarto de hora nos vemos.

Atento al desarrollo del drama, el vigilante se aferró a sus prismáticos y siguió el deambular de Roberto, los hombros hundidos, el pecho agitado, la cabeza gacha, hasta el sofá donde ella aguardaba. Ya no había sonido, desde esa buhardilla desvencijada, de pie junto a una silla de playa sucia y oxidada, no podía oírlos, pero no le hizo falta: el grito sordo de Jimena abrazada de pronto a su desnudez, rechazando el consuelo de Roberto, llorando desolada, cruzó la calle y reptó por las paredes de ladrillo de su edificio, entró por su ventana y asoló todo a su paso. Incluso él, un hombre curtido que había matado a muchos de sus congéneres con sus propias manos, que había visto morir a su madre, que se jactaba de no tener sentimientos ni necesitarlos, sintió cómo el desgarro desesperado de Jimena le atenazaba la garganta.

SEGUNDA PARTE

VEINTICINCO

El océano se extendía hasta el infinito, más allá del horizonte. Era una masa de agua uniforme azul, pausada, que acunaba en su seno una cáscara de nuez. El vaivén de las olas, rítmico, algo agitado, hacía bailar la chalupa de madera al ritmo de la más bella samba brasileña, tal vez de esa que su mejor amigo solía escuchar con demasiada frecuencia y demasiado alto para sus compañeros de despacho: «tristeza não tem fim, felizidade sim...», susurraba el viento acompasado al respirar del inmenso Atlántico que, calmo, arrastraba lánguidamente su bote hacia ninguna parte.

La enormidad del mar condenaba el bote a la nada y, al mismo tiempo, lo elevaba, por su carácter de excepcional, de punto en el infinito, al centro de la existencia. Aunque por zonas comenzaba a parecer deteriorado, se mantenía misteriosamente a flote, desorientado e inconsciente, como toda materia inanimada, a la carga de historia y de futuro que sobrevivía en su interior.

En la base del bote, sin más ni menos mérito que el otorgado por el destino, el azar o algún Dios omnipresente, reposaba un cubo con escasos víveres; un recipiente sucio de plástico que protegía el más preciado de los bienes: agua dulce y, algo más allá, un montón informe y desvencijado que dejaba entrever las formas de un traje de neopreno. Su dueño, probablemente, era el hombre inconsciente que yacía al descubierto sin percatarse de que el fuerte sol, más que tostar, estaba quemando su piel y al que quizá el graznido de algún ave marina, el empellón de alguna ola, los rugidos del viento o la casualidad impulsaron a abrir los ojos.

Era mediodía, el sol resplandecía soberano e impenitente en lo alto y Aitor se sintió por un momento deslumbrado por su claridad. Quiso sonreír al contemplar la belleza del agua azul, de la mañana clara, pero entonces recordó su situación de náufrago solitario, de hombre perdido al que ni siquiera acompañaba, según pudo comprobar, su propia sombra, escondida y cobarde como todas.

Verificó con urgencia, casi con desesperación, que los víveres seguían en su lugar; a pesar de que no formarían parte de los manjares más codiciados en una buena mesa, le parecían ahora un lujo desmerecido. Desalentado, se preguntó cuánto tiempo más duraría esa situación. En el suelo del bote no había nada más, ni resto de remos, ni cuerdas, ni radio... Nada, absolutamente nada del equipamiento de seguridad que con tanto esmero él había preparado para una circunstancia como aquella. Lo único que vio, además de los víveres y su traje de neopreno amontonado a sus pies de cualquier manera, fue una toalla húmeda que no sabía cómo había llegado allí y que usaba para cubrir su cabeza y un salvavidas que, a diferencia del bote, no pertenecía a su embarcación y no le servía absolutamente para nada en medio de ese desastroso despropósito.

Pero no tenía sentido darle más vueltas a la realidad, y por eso, porque nada sucedía, porque el tiempo pasaba y todo seguía igual, se tumbó, exhausto, y quizá porque su cerebro estuviera desprovisto de la cantidad adecuada de oxígeno, dejó que su mente, amparada en la semiinconsciencia, comenzara alocada a divagar en una vorágine de delirios y recuerdos mezclados con sueños.

De pronto se incorporó sobresaltado. ¿Qué hacía allí? ¿Dónde estaba? El desconcierto lo invadió durante unos instantes que se convirtieron en una eternidad hasta que las primeras imágenes acudieron a su mente para sustituir el temor de lo desconocido por la angustia de lo incomprensible. ¿Dónde quedó su equipo de buceo? ¿Y su pequeña embarcación? Cerró los ojos y alcanzó a rememorar sus últimos momentos de felicidad y paz, sumergido, respirando el oxígeno de la pequeña bombona que le asistía y rodeado por la magia del mundo marino. Se dejó llevar por esa sensación de calma, sabiendo que era un espejismo, pero decidido a escapar como fuera del desánimo de su actual estado. Y así se mantuvo durante un buen rato hasta que sintió que el calor le impedía respirar.

Con sus dos manos unidas simulando un pequeño cuenco, se inclinó sobre la borda para recoger agua del mar fresca, tan salada, tan fría, tan viva, y la vertió sobre su cabello con el ánimo de hacer así huir el calor insoportable. Las primeras gotas saladas que resbalaron por sus mejillas hasta alcanzar sus labios lo trasladaron en el tiempo, a cenas felices, a besos y abrazos recibidos hace poco, tal vez un par de semanas atrás, pero que ahora le parecían tan lejanos, tan perdidos, que casi le hacían llorar. Miró otra vez a su alrededor, agua por todas partes, sol abrasador, olas y silencio. Y soledad.

Se preguntó cómo habría llegado hasta allí, y en ese estado, y se obligó, a pesar de las nieblas que empapaban su pensamiento, a centrarse y recordar. A argumentar con lógica y, con grandísimo esfuerzo, claridad.

Así se mantuvo un buen rato, con la frente sostenida por sus manos, hasta llegar a determinar con absoluta certeza que no era lógico pensar que su estado actual fuera consecuencia de un naufragio. «No —se dijo—, no puede ser.» Si hubiera ocurrido algún accidente tendrían que poder vislumbrarse restos de su embarcación desordenados, esparcidos por la enorme masa azul. Además, aunque no acertaba a calcular cuánto tiempo había permanecido inconsciente y cuántas veces había logrado despertarse, aunque fuera a medias, de sus ensoñaciones delirantes, en caso de haber sufrido una tormenta probablemente el mar debería estar agitado, bravo. «No tan impasible como ahora ante mí y mi desgracia —reflexionó—, no tan malditamente contemplativo. No tan pasivo ni yo, por tanto, tan desesperado.»

Otro día más perdido a la deriva, o al menos eso creía, pensó Aitor al despertar, aunque podía ser también que se tratara todavía de la misma jornada. El sol, el ojo del cielo, comenzaba a esconderse por el oeste y el horizonte se teñía lentamente de otoño y su propia melancolía, o fueron tal vez sus sentidos, agotados, los que le hicieron apreciar reflejos ocres en el agua del mar antes azul.

Intentó sin mucho éxito abrirse camino entre la vigilia, el sueño y la razón y comenzó a cavilar acerca de las escasas posibilidades de que disponía para salir con vida de semejante aventura. No tenía ni idea del lugar en que se hallaba, comenzó a enumerar; ni dónde estaba la costa ni, sin remos ni motor, cómo avanzar. «Pero de pequeños nos enseñaron a Nacho y a mí que el mar devuelve todo a la orilla —se dijo para consolarse—, lo que significa que tarde o temprano, muerto o vivo, apareceré.»

«Tengo que pensar en algo —se dijo—, mantenerme entretenido para no flaquear, para no perder estas ráfagas de lucidez.» Y, absurdamente, vinieron a su mente los asuntos del despacho que había dejado en manos de sus compañeros. ¿A qué día del mes estaría hoy? ¿A jueves, a viernes? Hizo cuentas: él se había hecho a la mar el miércoles 28 de julio y, si no se engañaba, la última vez que se sumergió fue el jueves día 5, muy temprano. De pronto recordó que no tenía por qué someterse a esos cálculos, para eso estaba su reloj, su maravilloso y carísimo reloj con su calendario y, lo más importante, su radio. Alzó la mano con esfuerzo y, al ver su muñeca desnuda de él, con la marca más clara en la piel que había dejado la ancha correa tras tanto tiempo expuestos sus brazos desnudos al sol durante aquella travesía, maldijo su suerte casi a gritos. Qué más daba, nadie podía oírle.

Retomó el hilo de sus pensamientos para procurar no volver a alterarse y, por hacer algo, se puso a contar con los dedos y calcular. Lo más probable es que el día que ahora veía terminar fuera el viernes 6 de agosto, concluyó, y que a estas mismas horas Roberto, Jorge y Jimena estuvieran en el Sensaciones repasando los acontecimientos más destacados de la jornada ante sendos tintos de verano. ¿Qué habría ocurrido con Paloma Blázquez? ¿Habría decidido al fin plantar cara a su marido? ¿Y con el cierre de Continental, S. A.? Esperaba que Martínez y Roberto aún no se hubieran enfrentado. A ratos se le nublaba de nuevo la mente, sentía que las fuerzas le fallaban y acariciaba la idea de dejarse ir, de no luchar ya más, de abandonarse a su suerte y, al fin, desfallecer. Pero entonces volvía a demostrarse a sí mismo el poder de su fuerza de voluntad y hacía esfuerzos sobrehumanos para ocupar su pensamiento en algo, lo que fuera, y sobreponerse al desánimo.

«Jimena —se decía para darse ánimos—, volvamos a ella»: Tendrá puesto un vestido ligero para soportar el calor del verano, y seguramente estaría sentada en el medio de sus dos amigos, contenta si al fin Paloma Blázquez le hubiera pedido que llevara su caso o refunfuñando si hubiera ocurrido lo contrario. Roberto la estará mirando, como siempre, como todos, pero procurando en vano con ese ridículo sentido suyo del pudor que no se le note demasiado; seguro que intentará tocarla por debajo de la mesa, dejar caer una mano y acariciarla sin darle demasiada importancia, como sin querer, como para decirle a ella, solo a ella y sin que los demás se den cuenta: «Te quiero». «Yo, desde luego —se dijo para sus adentros—, lo haría.»

Ella le respondería con una de sus famosas sonrisas enigmáticas y él, Aitor o Roberto, qué más daba, se derretirían por dentro. Ella reiría entonces de un modo más evidente, quizá dejando escapar una risilla que los demás acogerían con un leve sobresalto por lo inesperado; se erguiría un poco sobre el asiento y, por más que procurara no demostrarlo, por mucho que intentara parecer discreta y modosa con su cara de niña buena, por dentro se sentiría orgullosa, segura y altiva, convencida de su fuerza y de la victoria que suponía saberlos atrapados.

«Qué tontos somos los hombres», tuvo fuerzas para reírse de sí mismo en semejantes circunstancias; «qué rematadamente tontos», y rompió en carcajadas que fueron subiendo de volumen hasta adquirir el tono y la consistencia de la histeria. Después, vencido, dolorido por el hambre y el esfuerzo de su propia risa, se dejó caer de nuevo sobre la lona del bote, cada vez más sucia, y regresó, por no pensar en el presente, al pasado.

No hay nadie más aquí, se dijo de pronto, los ojos llenos de lágrimas producto de la risa de antes o, quién sabe, fruto del recuerdo. Dime: ¿te arrepientes de haber vuelto con ellos?

Con solo apretar con fuerza los párpados, volvió a caer con suma facilidad en la ensoñación de los recuerdos y se vio a sí mismo, tan seguro y convencido de su brillante futuro, nada más entrar en Durán y Asociados. Era una mañana brillante y clara, podía verla con total nitidez, y acababan de darle su primer caso de responsabilidad desde que estaba trabajando allí. Se trataba de la quiebra o, como ahora se llamaría, el concurso de acreedores de una antigua y renombrada empresa familiar de muebles, La Vieja Colonial, creada allá por 1900 y de tamaño mediano. La industria en cuestión había caído en la ruina a causa de la mala gestión del biznieto del patriarca fundador, bastante inútil, cuando este sucedió a su padre en la gerencia de la misma. El propietario había contratado a Durán y Asociados para que le ayudara a finiquitar el negocio, pero Aitor, al ver la evolución de la compañía, consideró injusto que un número considerable de trabajadores se fuera al paro porque un niñato hubiera sido incapaz de administrar aquel negocio heredado. Le salió la vena solidaria que desde siempre le había guiado, aunque fuera en el momento más inoportuno; esa que su madre llamaba la de «defensor de causas perdidas», y se preguntó qué colega estaría defendiendo a los trabajadores. Abandonó el superdespacho, en el que dada su manera de ser nunca iba a sentirse cómodo, y se puso en contacto con la otra parte. Lideró las reivindicaciones de los curritos, llegaron a un acuerdo con la patronal y terminó montándoles una Sociedad Anónima Laboral que tuteló durante el tiempo suficiente para que aquello empezara a caminar solo. Luego, sin trabajo, sin bufete y con unas ganas enormes de retener a Maika, comprendió que tenía que hacer las cosas por sí mismo, que no valía para tener jefes, y se puso en contacto con sus más queridos amigos, con Jorge, con Roberto y, también, con ella, con Jimena. Les propuso montar un despacho para todos ellos y sus respectivas especialidades.

Meneó la cabeza incrédulo, sin llegar a comprender todavía por qué le dijeron que sí. Vale que Jorge y Roberto, que como él eran unos idealistas dedicados a las causas perdidas, no se sintieran a gusto en sus respectivos trabajos y quisieran ir por libre para dedicarse a lo que de verdad les atraía, Inmigración y Penal, por más que luego todos acabaran echándose un cable y metiendo mano y opinando en los casos de los demás. Y tanto por ayudarse mutuamente como por no perder la práctica en todas las áreas posibles. Vale que Jimena les adorara a los tres, no en vano eran sus amigos del alma, y a Roberto, por supuesto, en especial, por mucho que lo suyo hubiera empezado no hacía mucho tiempo. Vale, insistió en su razonamiento, que viniendo como venía de una más que trabajadora familia, considerara un orgullo, un hito significativo en la evolución familiar establecerse por su cuenta, trabajar para sí misma, poseer la cuarta parte de un negocio, firmar en papeles timbrados que llevaban su apellido en el membrete. Vale, pero de todos ellos, la que más sacrificó sin duda, la que tenía el porvenir más brillante, a la que se rifaban los grandes despachos, era a ella.

Todos pusieron el grito en el cielo cuando iniciaron su andadura. Los familiares y amigos comunes más cercanos hicieron un análisis al uso del futuro despacho y vaticinaron su fracaso. Argumentaban con las posibles rencillas personales que se podían despertar, con Jimena en medio de tres hombres, con dos de los cuales había mantenido una relación que iba más allá de lo meramente profesional. En cambio, no tenían en cuenta su capacidad profesional y la sinceridad en los sentimientos y la honestidad entre todos ellos. Y, sin embargo, lograron salir adelante. Con Roberto conteniendo sus caricias, es cierto. Por lo menos al principio. Con miradas furtivas que él, Aitor, tenía que reconocer que dedicaba a Jimena sin poder contenerse y que ella fingía ignorar, y con Jorge revoloteando a su alrededor, persiguiendo maduritas, ajeno a esta especie de lío entre los tres. Por lo menos al principio. Pero ahí estaban. Habían triunfado, y sin perder su alma en el camino, hasta el punto de que todavía hoy, puntualísimos año tras año, los responsables de La Vieja Colonial le seguían invitando a la cena de empresa por Navidad.

Y él acudía, claro, y no por los manjares que le ofrecían porque estaba hasta el gorro de comer fuera de casa por motivos profesionales. Cuánto daría ahora por un simple mendrugo de pan, aunque estuviera reseco, pensó Aitor. Y por tomarse ese tinto de verano que sus compañeros estarían saboreando. Y, qué narices, por volver a verlos.

Era tal el esfuerzo que debía hacer para evitar languidecer que se sintió tentado a dejarse ir, a no volver a levantarse de nuevo para refrescarse con el agua salada por el dolor que le provocaba. Ni hablar de intentar rescatar algo para llevarse a la boca del fondo de ese cubo con víveres que no sabía quién había dejado a su alcance. Le podían el desánimo, el temor y el miedo de pensar que tenía que racionarlos, que no sabía cuánto más debería resistir hasta que lo rescataran, estirando la comida hasta el máximo, intentando tal vez pescar algo. «Pero no ahora, que ya oscurece, sino quizá mañana.»

Mientras masticaba trabajosamente, comenzó a repetirse un mantra destinado a darle ánimo y fuerza: «Nekane, Jon, Lola, Nacho, Roberto, Jorge, Jimena». Así una y otra vez hasta contar cien, doscientas, trescientas veces el mismo soniquete. Eran los nombres de sus personas más queridas, los que debían darle fuerzas y ánimos para aguantar y resistir. Nekane, Jon, Lola, Nacho, Roberto, Jorge, Jimena de nuevo. Nekane, Jon, Lola...

Poco a poco, casi sin darse cuenta, comenzó a sentir frío. Sin pensar, sin saber cómo, se le había pasado con impensable rapidez el tiempo y ya prácticamente era de noche, comenzaba a refrescar en el océano.

Asumió que no serían suficientes el bañador y la fina camisa de algodón que le cubrían y que, ahora que reparaba en ello, no recordaba que le pertenecieran. Miró en derredor en busca de algo con lo que abrigarse. No había mantas, por supuesto, pero sí distinguió el bulto informe de lo que, suponía, había sido o todavía era su traje de neopreno. Al parecer, sea como fuera que hubiera llegado allí, quien o quienes le habían abandonado en el propio bote que formaba parte del avituallamiento de su Taylor habían mostrado la piedad suficiente como para dejarle víveres, agua y las prendas que le cubrían en el momento de perder el sentido. En no menos de dos pasos llegó hasta el traje de neopreno, amontonado de cualquier manera, y lo alzó dispuesto a ponérselo. Al hacerlo, notó que algo caía a sus pies provocando un leve sonido metálico contra el suelo del bote. Miró con curiosidad y, al descubrir de qué se trataba, sintió que un mareo hacía que le temblaran las piernas. No podía ser verdad, tenía que tratarse de una alucinación. Nadie que hubiera intentado abandonarle allí, a su suerte, a la intemperie en medio del mar, sería tan estúpido como para dejar esa salida al alcance de su mano.

Pero no se trataba de una visión inventada, sino de algo real.

Sin duda estaba allí, el carísimo reloj Breitling Emergency dotado con radiobaliza. Rió, esta vez de alegría, incrédulo con aquel vuelco de su suerte y rápidamente se inclinó para recogerlo y ponérselo bien sujeto a su muñeca. Y entonces comprendió por qué sus atacantes, o boicoteadores, o piratas o quienquiera que fuera quien le hubiera abandonado en esa situación, no se habían percatado de que lo llevaba encima en el momento del ataque: tenía la manía de ocultarlo bajo la manga para no dañar la esfera con un golpe involuntario. Por eso, cuando le arrancaron el traje de buceo, la trabilla de la correa debió quedar enganchada al dobladillo del neopreno, de modo que se rompió la correa y el reloj permaneció oculto dentro, entre la gruesa tela. Pero ahora no le importaba en absoluto que la correa estuviera rota, le daba exactamente igual. Siguió riendo sin terminar de asumir que estuviera en su mano, en su poder, y que, pese al golpe y el enganchón de la correa, siguiera funcionando. Pudo comprobar que, por lo que indicaba el reloj, llevaba ya casi tres días y medio en esa situación, pues eran casi las diez de la noche del domingo 8 de agosto, y con un cierto rubor se riñó a sí mismo por haber errado en sus cálculos. Sus amigos, pues, no estarían ya en el Sensaciones celebrando que la semana había terminado sin incidentes, sino preparándose para la que estaba a punto de comenzar y él, en cambio, había perdido cuarenta y ocho horas completas de sus recuerdos.

Con un suspiro, casi se arrepintió en el momento en que accionaba el botón del reloj que ponía en funcionamiento el sistema de alarma mediante radiobaliza. Menudo susto iba a darles, pensó, seguro que les estropeaba el fin de semana. Pero meneó la cabeza y alejó ese pensamiento de su interior. Solo estaba bromeando consigo mismo, por supuesto, al cuerno con los sobresaltos, lo importante era que estaba vivo, que iba a sobrevivir, que pronto estaría a salvo.

Tenía la boca seca, sintió el impulso de beber de un solo trago toda el agua dulce que le quedaba, y sin embargo se contuvo. No había que adelantar acontecimientos, ya que lo más posible era que tuviera que pasar la noche al relente hasta que llegaran las patrullas de rescate. Enfundado en el neopreno, que se ajustaba a su cuerpo como una segunda piel, se acostó como pudo sobre el bote e improvisó una almohada rellenando el salvavidas con la camisa que hasta entonces había llevado.

Así, tumbado boca arriba, se entretuvo, ahora con una sonrisa en la boca, contemplando la maravilla de las estrellas sobre él, con el cielo de una noche de verano despejado tan próximo ya a la lluvia de luceros de San Lorenzo. Despacio, poco a poco, mecido por las olas fue sumiéndose en ese estado de ensoñación que le permitía a uno viajar en el espacio y en el tiempo, de regreso a su Taylor o, tal vez, más abajo, mucho más abajo. Estaba buceando, volaba con su imaginación envuelto en esa sensación de abrazo infinito que tan bien transmite el mar cuando se está sumergido en él. Se sentía acariciado sin ser tocado, a salvo de la presión en los oídos, se giró y buceó durante un rato boca arriba embargado por ese delicioso sentimiento que solo provocaba sentirse bajo el agua y observar desde allí el cielo.

Bucear para Aitor siempre había sido tener la sensación de que el mundo se había dado la vuelta y la mirada alcanzaba el vértigo del infinito. La magia submarina, en su sueño, o quizá en su delirio, hacía posible que pudiera sentir el roce de los corales aun a través de los cinco milímetros de neopreno de su traje, tan gruesos, o al menos eso sentía entonces, como para protegerlo de cualquier amenaza. Ya estaba llegando, una rica amalgama de colores anunciaba la presencia de los jardines coralígenos que se extendían ante él; numerosas gorgonias o abanicos de mar, comunidades enteras de *Corallium rubrum* explotado y esquilmado desde la antigüedad para su uso en joyería; erizos, bosques de algas, laminarias de cuatro metros paraíso y refugio de un sinfín de especies... La sensación al bucear era de libertad absoluta, como si estuviera nadando en el espacio vacío, sobrevolando el Amazonas, permitiendo que las copas de los árboles que se extendían hacia el cielo acariciaran su cuerpo desnudo.

Aitor percibió en su sueño que se acercaba a un acantilado sumergido de profundidad incalculable. Al iniciar el descenso apareció una cavidad en la roca que lanzaba destellos anaranjados. ¿Corales luminosos?, pensó. ¿Cómo podía ser? De acuerdo con las investigaciones de Lesser, tendría que encontrarse en las aguas templadas del Caribe para poder presenciar semejante maravilla natural... Con todo, siguió nadando en dirección a la fuente de los destellos y, en cuanto llegó ante ella, quedó paralizado al percatarse de que el brillo parecía provenir de un doblón de oro bruñido, tan brillante que, al incidir el agua sobre él, emitía múltiples reflejos. Se acercó, recogió la moneda de la arena y permaneció un buen rato agarrotado, doblón de oro en mano, y perplejo. Observó durante un momento eterno cómo, sobre el lugar de donde había sacado la moneda, la arena algo revuelta y los sedimentos se acomodaban para volver a posarse tratando de recobrar la armonía inicial y regresar a su serena acumulación de milenios.

Dubitativo, optó por colocarse la moneda entre uno de los bolsillos internos del traje de neopreno mientras su mano derecha, la que sostenía la lámpara, retiraba el foco de la tierra agitada para elevarlo alumbrando al frente y mostrándole una imagen más sorprendente si cabía que el propio hallazgo de la moneda que acababa de realizar. Lo que se abría ante él no era una cueva, como pudo parecerle en un principio, sino un pequeño túnel excavado en el interior de la roca. Sin detenerse a pensar, sin meditarlo ni un segundo, avanzó a través de él impulsado por el movimiento semicircular de sus piernas, ayudadas de las aletas, y paulatinamente, a medida que progresaba, comenzó a vislumbrar una luz al final que brillaba cada vez con más intensidad. Aquello no podía ser ningún fenómeno natural, pensó, y continuó hacia delante hasta llegar a una gran sala abierta, a una especie de llanura oculta en medio de la montaña submarina que estaba recorriendo y en la que numerosos buzos parecían desarrollar una gran actividad que en un primer momento le dejó confuso. Ahora, en sus sueños o recuerdos —dado su estado de debilidad, no sabía qué era lo que su mente estaba reviviendo—, creía recordar que se trataba de una mina. Sin saber por qué, tal vez por un soplo de su instinto, apagó con prontitud su lámpara y, quieto, reparó en cómo varios buzos recorrían y escudriñaban las profundidades del cañón en busca de algo irreconocible. También había muchas luces que se perdían en la distancia, movimiento de personas y cajas, incluso un considerable despliegue de maquinaria a tal punto que llegó a parecerle como si toda aquella gente trabajara para montar un huerto sumergible o, qué locura, un invernadero bajo el mar. Clavaban estacas y maderas formando pequeños rectángulos, apilaban material, se hacían señas distribuyendo y ordenando la actividad y, de pronto, la sensación de que había sido descubierto y de que se hundía, se hundía, y no podía respirar... Aitor se sacudió sobre el bote dudando, enfrentándose al pertinaz duelo entre sueño y vigilia, entre ficción y realidad, y procuró por todos los medios regresar a la fábrica submarina, volver para averiguar qué era lo que veía.

Le fue imposible. El ruido de los helicópteros sobre su cabeza alborotaba su pelo y su pensamiento. Por más que lo intentó, no logró regresar al fondo del mar.

VEINTISÉIS

De pronto el fondo del océano se había cubierto de luces blancas, y techos blancos, y paredes blancas, níveas, de un brillo nuclear, y la superficie del bote, sucia de salitre y algas, se había transformado en un lecho blanco y fragante, en una desnuda pero cómoda cama de hospital.

Aitor no estaba consciente del todo, pero algo en el fondo de su mente le decía que estaba a salvo. Notaba manos que le limpiaban, a veces le acariciaban, otras le cepillaban la piel. También acertó a sentir pinchazos, y el tintineo de botellas de cristal pendiendo sobre él y pudo oír voces, muy lejanas, que le llamaban y hablaban de él. «Abre los ojos —se decía—, y veremos entonces dónde estás. Tienes que comprobarlo todo, hay que contrastar la realidad, como haría una buena periodista, como haría mi madre. Solo entonces se verá si deliras o si como crees estás realmente en un hospital.»

Pero, por más que lo intentaba, le resultaba imposible hacerlo. No fue capaz de abrir los ojos y siguió soñando, delirando, hablándose a sí mismo y decidiendo no beber el agua que quedaba hasta estar completamente seguro de que se hallaba a salvo.

—Está fuera de peligro —decía una voz que le sonaba familiar, quizá fuera la de Dios. Lo parecía de tan profunda y comprensiva como sonaba.

En realidad, aunque eso Aitor no acertó a adivinarlo, se trataba de Thomas, el padre de Jorge, explicando a Lola los pormenores del estado del náufrago.

—¿Pero cuánto tiempo más lo vais a mantener sedado? —preguntaba ella. Por más que supiera que su hijo estaba a salvo, no podía evitar que todo lo que dijera, aun una semana después de que le hubieran encontrado, sonara roto, desconsolado.

—Como sabes, la mayoría de sus quemaduras eran de segundo grado, pero hubo alguna de tercero que podría haberle resultado extremadamente dolorosa en caso de haber permanecido despierto. En cuanto consiga curarla y no exista riesgo de que se infecte, podremos despertarlo. Hacerlo antes de tiempo sería proporcionarle un sufrimiento innecesario.

—¿Y por lo demás?

—La deshidratación era severa y, en cuanto a las contusiones en la espalda y nuca y el traumatismo en la cabeza, parece que ha ido recuperándose sin problemas, aunque no es descartable que le quede alguna secuela. Mi recomendación es que lo mantengamos al menos un par de días más en cuidados intensivos hasta ver cómo sigue reaccionando al tratamiento. Lo más lento y problemático son las quemaduras, porque la rehidratación por ahora no ha presentado complicaciones. En cuanto a la medicación, mi opinión es que por ahora, además de los calmantes, prosigamos con el tratamiento antibiótico en el suero para evitar infecciones en las quemaduras.

—Gracias, muchas gracias por mantenerme informada y estar tan pendiente de él. Estoy en deuda contigo —le dijo Lola aferrándose a sus manos con las suyas gélidas y crispadas.

—Tendrías que descansar, deberías irte a casa —insistió Thomas sabiendo lo difícil que le sería convencerla—. Él está en buenas manos, te lo garantizo, y tú tendrás a los niños y el trabajo abandonados. Aquí no puedes hacer nada, y además en la uci solo puedes estar media hora por la mañana y media por la tarde. Permanecer aquí es perder el tiempo ahora que ya no hay peligro.

—No, me quedaré —se obcecó ella—. Quiero estar a su lado, no lo dejaré solo. Tengo que estar aquí por si abre los ojos.

VEINTISIETE

—Papá, soy yo, te llamo desde el despacho. ¿Por qué no bajáis ya de una vez a Aitor a planta?

A Thomas le entró pereza solo con oír la voz de Jorge. Era su único hijo, y le adoraba, pero a veces, por mucho que fuera la persona que más quería en el mundo, seguía sin acabar de entender esas maneras suyas tan directas, tan sin rodeos que llegaban a parecerle maleducadas y que, no podía evitarlo, tanto le recordaban al carácter de su madre. Un carácter profundamente español al que, por más que lo intentara, no terminaba de amoldarse.

—No lo voy a sacar de la uci ni un minuto antes ni un minuto después de lo que su estado exija. No tengo que darte explicaciones precisamente a ti como máximo responsable de la salud de Aitor de cuál es mi decisión —respondió procurando parecer firme y sereno por más que, con tanta gente a su alrededor en el caso de Aitor, ya estuviera comenzando a perder la paciencia—. Lo trajeron la madrugada del domingo día 8 al lunes 9, y desde entonces llevas una semana entera dándome la brasa. Creo que en todos estos días te lo habré repetido mil veces y, aun así, no parece que lo hayas comprendido: lo sacaré en el momento que considere oportuno. Y punto.

—Lo entiendo perfectamente, papá, pero tú también podrías ponerte en nuestro lugar. Desde que apareció Aitor todavía no hemos podido casi ni verle, y no digamos cruzar con él ni una palabra.

—Claro, porque está sedado. En realidad sois una cuadrilla de egoístas, solo pensáis en vuestra necesidad de tranquilidad al contemplarle y comprobar que está vivo y no en el tiempo que él precisa para recuperarse.

—No, papá, no se trata de nosotros. Ni siquiera de sus hijos —argumentó Jorge serio de pronto—. En quien yo pienso es en Lola.

Ya está, lo había dicho. Había mencionado su nombre y ahora estaba indefenso. Lola era su punto débil en aquel caso, y Thomas sospechaba que Jorge se había dado cuenta, aunque, tal vez, con un poco de suerte, todavía no hubiera adivinado el porqué.

La suya era una amistad antigua, que databa de treinta años atrás, de cuando él era un feliz inglés llegado a Madrid por amor a una española de la que estaba perdidamente enamorado y con la que compartía un hijo. Ella, una periodista que trabajaba sin descanso y compaginaba a duras penas la pasión por el periodismo con el cuidado de sus dos niños, fruto de un dichoso matrimonio con Jon, un ingeniero encantador totalmente entregado a Lola y al cuidado de los niños.

Eran, comprendía ahora Thomas, que conocía mucho mejor el país y tenía la perspectiva suficiente como para valorar cómo era la gente en aquella época, dos parejas atípicas. La cerrazón en que el franquismo había sumido durante tanto tiempo a España hacía que la presencia de cualquier extranjero fuera vista como algo inusual, y no digamos ya un matrimonio mixto entre española e inglés. Que, además, él hubiera dejado su excelente puesto como cirujano en Londres para trasladarse a Madrid a cambio de estar junto a Marina, que hubiera optado voluntariamente por dejarlo todo y trabajar en un hospital mucho menos avanzado en su especialidad y en un país que, por mucha apertura que hubiera, seguía sumido en las consecuencias de la dictadura era calificado por sus amigos como poco menos que una locura.

En cuanto a Lola y su marido, no había todavía por aquel entonces muchas mujeres que trabajaran sin horario, y menos que pretendieran compaginar un oficio tan absorbente como el periodismo con una familia, un par de hijos, un marido. Es más, el traslado de la familia a Madrid estuvo motivado por Lola y debido a un triste asunto que siempre intentaban olvidar. Jon era de los que se ponían el delantal y fregaban los platos y limpiaban tantos culos como hiciera falta, mientras que él, Thomas, con sus pestañas rubias y su altura y su acento extraño, era considerado en su urbanización poco menos que un bicho raro. Por eso congeniaron tan pronto.

Se hicieron excelentes amigos, y sus mujeres también, y un día Jon murió en un accidente de coche funesto y Lola se quedó sola con dos niños pequeños que educar y alimentar. Fue un golpe durísimo. Para todos.

Con la ayuda de familiares, amigos y vecinos, ella pudo proseguir con su trabajo y ocuparse de Aitor y Nacho. En ese sentido, los padres de Roberto, que junto a Aitor y Jorge formaban ya el trío de la muerte y sembraban el pánico con sus petardos entre el vecindario, resultaron una ayuda excepcional. Y también después, cuando Marina enfermó y finalmente, después de una larga agonía, murió.

Recordó a Lola el día del entierro de su mujer. Recordó sus ojos ausentes, perdidos en el infinito bajo su paraguas y la lluvia, y que en ese momento, al verla, pensó que, además del dolor por la muerte de su amiga, estaba también el recuerdo del entierro de Jon, solo unos cuantos años atrás. Y rememoró también cómo, cuando finalizó el sepelio, todos se fueron acercando para darle el pésame y ella, en cambio, esperó sin prisas al final, a que ya casi no quedara nadie, para abrazarle con un calor especial, sin palabras, únicamente con una sonrisa triste que no podría olvidar. Porque esa misma sonrisa fue la que se instaló en su propio rostro desde entonces.

Supo aquel día lejano que a partir de ese instante serían para siempre amigos, de esos que no necesitan las palabras porque se entienden con mirarse; de los que saben lo que es sufrir de verdad, y cómo el sufrimiento cambia el carácter y te hace más duro y te cincela injusta, sabiamente tal vez, a su modo; de los condenados a «aguantarse» o disfrutarse de por vida porque seguían siendo vecinos y sus hijos, compañeros y camaradas y hasta hermanos. Y supo también que eran dos lobos solitarios volcados en su trabajo y su familia. Cobardes a la hora de volver a sentir amor, pétreos y temerosos del daño que puede este llegar a hacer, de cómo es tan fácil dejarse ir por esa dulce sensación que, a la larga, puede acabar condenándote para siempre, destrozándote la vida solo porque te atreviste a querer un día.

—¿Papá? —preguntó Jorge, extrañado ante su largo silencio—. ¿Sigues ahí?

—Está bien —dijo por toda respuesta—. Qué más da un día antes o después, le bajaré a planta. Pero lo hago por Lola, que lo sepas.

—Es una sabia decisión, sabes que se hace la fuerte, pero que está destrozada.

—Sí. Ahora mismo la llamaré para comunicárselo.

—No hace falta, papá, desde hace una semana no se mueve de ahí.

—Y que conste que no te dejaré que me pidas un favor en la vida...

—Oye, venga, no te enfades —le cortó su hijo, y como de pronto estaba contento y feliz, se permitió una burla cariñosa—. Con los años te estás volviendo un viejo gruñón.

—No me cabreo, pero dejad de darme la lata. Tengo que hacer mi trabajo en paz y...

—Sí, sí, lo que tú digas, señor doctor.

VEINTIOCHO

—¡Ya está en planta! —casi gritó Lola a pesar de la prohibición de no hacer ruido en el hospital. Se la notaba contentísima al otro lado del teléfono.

En su casa todos, al unísono, prorrumpieron en gritos alborozados y aliviados y hasta hubo quien soltó alguna lagrimilla, como Nekane y Jon, que se abrazaban y moqueaban sin ningún disimulo amparados en su condición de niños; o Jimena, que buscó la manga de Roberto para ocultarse y sollozar un poquito, solo lo justo.

De inmediato, decenas de preguntas se sucedieron ante el teléfono de su piso, conectado al manos libres, pero Lola, en el hospital, con el móvil pegado a la oreja no lograba enterarse de nada debido al barullo que oía y los ruidos propios de la planta, con enfermeras que iban y venían y los pasillos llenos de celadores con camillas o sillas de ruedas.

—Le han quitado la sedación, podría despertarse en cualquier momento —añadió, pensando que tal vez ellos sí pudieran oírla a ella—. He pensado en quedarme lo que queda del día, hasta la noche, a ver si despierta y después...

—¡Ven a casa, *amona!* —rugieron los niños sin darle opción a continuar.

—Tus nietos tienen razón —añadió Roberto—. Deberías venir, dormir en una cama como Dios manda y descansar. Ya me encargaré yo de quedarme en la habitación de Aitor toda la noche, por si tengo la suerte de que le dé por despertar en mi turno.

—Está bien —aceptó Lola a regañadientes.

En realidad se sentía agotada. Hasta ese instante y desde el mismo momento en que le comunicaron que su hijo había desaparecido, no había bajado la guardia, convencida, como presa de una extraña superstición, de que si se detenía a descansar, si desfallecía, algo malo le pasaría a Aitor. Los chicos, los amigos de Aitor, y Nacho, su hijo menor, y Jon y Nekane, sus nietos, no entendían el porqué de esa febril actividad y achacaban al shock sufrido su manía de no parar, de no salir del hospital desde el instante en que el helicóptero medicalizado lo llevó hasta allí, de no dormir pendiente de cualquiera de sus monitores y no cambiarse ni maquillarse y dejar de lado el trabajo, el resto de la familia, su higiene y su alimentación, todo...

Solo Thomas y tal vez los padres de Roberto, pendientes en todo momento a través del móvil del estado de Lola y su hijo, conocían el auténtico motivo de ese desvelo enfermizo. Pero, discretos, ninguno de ellos se atrevió a romper la intimidad de Lola revelándoselo a los chicos.

Sin embargo, ya no eran tan chicos, no en vano estaban plenamente instalados en la treintena y llevaban ya a sus espaldas una buena cantidad de historias, experiencias, buenos y malos rollos que recordar como para no darse cuenta de que los mayores, concretamente Thomas, sabían algo que ellos ignoraban y, comedidos, preferían mantenerlo en secreto.

Hay un refrán español que reza: a quien Dios no le da hijos, el diablo le da sobrinos, aunque sea postizos. Era lo que les había sucedido a Jimena, Roberto y el propio Jorge, que habían establecido por su cuenta turnos para pasar tiempo en casa de Lola con los niños, recogerlos del colegio para llevarlos a actividades extraescolares, dado que su madre no había regresado de sus vacaciones ni se había enterado de lo que le había sucedido a Aitor. Nadie había querido contárselo. Así que ellos tres ejercían de tíos, además de ocuparse de los asuntos más urgentes del bufete y, también, dejarse caer por el hospital y allí darse cuenta de que Thomas, habitualmente tan volcado en su labor médica, tan despreocupado de los demás desde que Jorge había crecido y se valía por sí mismo, se mostraba especialmente atento con Lola. Es más, lo habían llegado a comentar entre ellos, en los escasos momentos en que coincidían juntos los tres o cuando hablaban entre sí por teléfono contándose las últimas novedades, avisándose de algún cambio en el horario o recordándose temas pendientes imposibles de postergar del trabajo. A veces era una manta que le llevaba para arroparla y protegerla del aire acondicionado que asolaba la enorme sala de espera de acceso a la uci; otras, un botellín de agua fría sacado de la sala de descanso de los médicos, o la mano especialmente cariñosa en un hombro, o una caricia en el pelo cuando ella, generalmente tan poco dada a demostrar sus sentimientos y sus afectos, tan vasca, se dejaba consolar. Y, sobre todo, la orden de dejarla en paz, de respetar sus deseos, de no insistir en sacarla de allí hasta que ella se quisiera ir.

Porque Thomas callaba, pero recordaba perfectamente la tarde en que murió Jon. Había llamado a casa para avisar que saldría tarde de unas instalaciones en Toledo que, por su cargo, había tenido que ir a revisar. Contestó el teléfono Lola, algo enfurruñada porque el día anterior había salido muy tarde del periódico —le tocaba guardia— y quería tumbarse un rato.

—Si quieres te llamo más tarde, cuando ya esté a punto de entrar en Madrid. Así te aviso de que voy llegando —le propuso, tan atento y amable como acostumbraba a ser.

—No, déjalo —zanjó Lola—. Quiero echarme una pequeña siesta antes de que los niños vuelvan de sus clases. Ya nos vemos luego.

Aquella fue la última vez que hablaron.

Por eso Lola no quería irse del hospital. Por eso no quería perderse ni un segundo fuera de allí. Por eso se aferraba a los cables de su hijo con la vista fija en el goteo de suero y por eso, también, Thomas había exigido a todos que la dejaran en paz.

Pero ahora era distinto. Aitor ya estaba en planta. A salvo. Absolutamente fuera de peligro. Ahora sí podría descansar.

VEINTINUEVE

Roberto salió de la casa de Lola hacia las ocho de la tarde para, tal y como había prometido a la madre de su amigo, hacer el turno de noche junto a la cabecera de Aitor. En el enorme piso de Lola quedaban Jimena, que jugaba a la Play Station con los niños, y la propia Lola, al fin plácidamente dormida. En el despacho, Jorge, todavía trabajando ahora que ya estaba más tranquilo respecto al estado de salud del náufrago.

Después de las buenas noticias no habían tardado nada en reorganizarse y cada uno tenía para esa noche ya clara su función. Sonrió y agradeció, creía que por primera vez en su vida, esa manía de Jorge tan abominable para él, consistente en elaborar a todas horas tablitas con calendarios, fechas de vencimiento de los recursos, turnos para tomarse las vacaciones y, por supuesto, horarios. ¡Quién se lo iba a decir! Pero reconoció que, en esta ocasión, su afán organizativo les había venido muy bien, sobre todo si se tenía en cuenta que no eran demasiadas las personas con las que se podía contar, ya que muchos de sus amigos comunes estaban fuera de Madrid debido a las vacaciones; otros, como Nacho, el hermano de Aitor, intentaban como podían compaginar su apretado horario de trabajo como controlador aéreo con la asistencia a los niños y su madre; y con Nekane y Jon, claro, no se podía contar, ellos eran niños pequeños, daban alegría y ánimos, les habían obligado a disimular su preocupación en todos aquellos días especialmente intensos. Y la verdad, casi estaba agradecido por ello, pues había sido un modo tan bueno como otro cualquiera de contenerse, y, finalmente, con Maika no se podía contar por motivos obvios.

La maldijo mascullando una buena sarta de insultos. Una vez más prevalecieron los prejuicios que tenían hacia ella y ni siquiera la avisaron convencidos de que se hubiera mostrado tan egoísta, tan ajena a todo, que ni siquiera se habría molestado en fingir que, si se la necesitaba en Madrid, podía cancelar sus vacaciones. La creían tan egoísta y egocéntrica que, no ya por su ex marido, sino por sus hijos, ni siquiera se hubiera molestado en ofrecer su ayuda. «Aunque por otro lado mejor —se dijo Roberto—. Que la confunda un rayo y que se quede por esos mundos de Dios un buen tiempo. Aquí solo serviría para dar más la lata y, al final, tenernos a todos atacados.» Entró en la recién ocupada habitación 307, en la que dormía su sueño narcótico su descalabrado amigo y buscó un lugar donde acomodarse para pasar la noche junto a su lecho en una postura mínimamente soportable.

En una esquina, junto al cabecero, le esperaba un sillón que, en cuanto se sentó en él, calificó de torturador. Con todo, se arrellanó y se acomodó como pudo y, al cabo de un rato contemplando la respiración suave y pausada de su amigo, de su hermano, tomó la decisión de no encender la lamparilla que reposaba sobre la mesita metálica, entre él y la cama. No importaba que tuviera un montón de documentos atrasados del trabajo para leer allí. «Que les den morcilla», pensó, y decidió que siguieran durmiendo en su maletín. Lo mejor era dejar el cuarto en penumbra, así divisaría el perfil durmiente de su amigo sin molestarle con resplandores innecesarios.

Pero a quién quería engañar, se dijo una vez transcurridos tres o cuatro minutos contemplativos. «Lo que no quieres, cobarde, es tener que verlo en ese estado, con la piel lacerada por las quemaduras, los párpados tan hinchados todavía que no sabes, si se despierta, cómo podrá abrirlos; el rostro abotargado y macilento y los labios totalmente despellejados por el sol, un sol impenitente que lo abrasó durante varios días de verano sin que pudiera cubrirse, sin que tuviera nada con que protegerse; solo y perdido por culpa de quién sabe quién, piratas, asesinos, ladrones o narcotraficantes o, sencillamente, desalmados.»

Roberto, tan tranquilo por norma habitual, sintió que la sangre le hervía. Tenía ganas de abalanzarse sobre Aitor y despertarlo, suavemente o a bofetones si fuera necesario, solo para preguntarle quiénes y por qué le habían hecho eso. Necesitaba saberlo. Él, el fortachón de los amigos, quería vengarlo.

En ese momento, apareció providencialmente el médico de guardia que, a no ser que se presentara una urgencia, hacía como de costumbre la última ronda del día. Roberto tuvo la deferencia de salir de la habitación para que pudiera examinar al enfermo con tranquilidad. Con diez o quince minutos de espera por delante, según el doctor le había informado, decidió aprovechar ese rato para llamar a Jimena.

La echaba de menos, necesitaba hablar con ella. Con tanto ajetreo y tantas prisas no disfrutaba de su compañía, de su cercanía, de su presencia tanto como él quería. Apenas si coincidían en casa a la misma hora. Por las mañanas ambos se levantaban corriendo y cada uno se marchaba a toda prisa a cumplir con las obligaciones asignadas para ese día. Ella madrugaba ahora como el que más, se había acabado el remolonear en la cama, compartir desayuno o pelearse por el turno en la ducha. Ya ni siquiera existían las confidencias en la cama de los sábados y los domingos por la mañana, cuando ninguno de los dos tenía prisa por madrugar y podían haraganear a gusto, incluso desayunar allí, con las sábanas llenas de migas, las piernas entrelazadas y la agradable conversación de dos amantes que se conocen desde hace tanto tiempo, que actúan como un matrimonio veterano, poniéndose al día de sus novedades y de los cambios en el trabajo, en los hijos; de las vicisitudes cotidianas y los recordatorios y recados pendientes que deben hacer durante el fin de semana.

Jimena descolgó y, nada más intercambiar un par de breves frases con él, Roberto ya se dio cuenta de que estaba agotada. La puso al tanto de las pequeñas novedades acaecidas: ha venido el médico, le están examinando, no se ha despertado, pero tampoco tiene el sueño agitado..., y, cuando quiso darse cuenta, comenzaron a divagar, entre largos silencios, a hablar de nada, solo por el placer de escucharla, de sentirse juntos a pesar de las distancias y preguntarse por qué debían estar así, qué es lo que había pasado.

—Hay demasiadas lagunas que no terminan de encajar en lo que le ha ocurrido a Aitor —constató ella—. No termino de entender qué ha pasado...

—Ni tú ni nadie. Solo sabemos que desapareció, no hubo señales de él durante varios días, Lola se alarmó y nos llamó y, tras poner la denuncia pertinente, comenzó la búsqueda, totalmente infructuosa a pesar de que Lola tenía copia del itinerario que pensaba seguir en su travesía.

—Menos mal que pudo activar la alerta de su radiobaliza.

—Sí, porque los dispositivos de búsqueda hubieran tardado demasiado tiempo en localizarlo. Cuando llegó la alarma con la situación del bote de Aitor, se pudo comprobar que estaba muy alejado del punto en el que, supuestamente, se le debía encontrar. Había ido a la deriva demasiado tiempo, con el rumbo totalmente perdido. Y le estaban buscando en el lugar equivocado —le explicó Roberto.

Este había mantenido un estrecho contacto con las autoridades responsables de la búsqueda de Aitor en representación de Lola, ausente siempre, siempre en el hospital. Por eso estaba al tanto de todos los datos mientras Jimena se ocupaba de los niños, de dar las indicaciones necesarias a la interna de Lola para que aquel hogar siguiera funcionando y proporcionara la cobertura necesaria en ropa y comida a todos ellos. La mayoría de los días ella se acababa quedando a dormir en esa casa o hacían de ella un punto de encuentro en el que cada uno comía a su deshora particular, cuando podía o sus mil actividades y tareas pendientes, del trabajo a la casa, de esta al hospital, les permitían parar.

—Ya, pero... ¿No ha aparecido nada? ¿El traje? ¿Las botellas? ¿La consola?

—Nada. Aitor estaba en el interior del *txintxorro* (bote) de su Taylor, sin ningún utensilio ni instrumento de navegación ni nada. El traje de neopreno estaba medio puesto medio tirado de cualquier modo sobre el suelo de la embarcación y había también un salvavidas que no pertenecía a su barco, un cubo con víveres y otro con agua y una toalla húmeda para que este pudiera refrescarse y cubrirse la cabeza.

—No soporto que estemos así, sin hacer nada, cuando él ha estado a punto de morir... —se exasperó Jimena.

—No tendríamos ni idea de por dónde empezar a investigar, pero tampoco hubiéramos podido —razonó pausado Roberto por más que en un millar de ocasiones, a solas, él se hubiera sentido reconcomido por la misma incertidumbre, por los mismos motivos—. Desde que tuvimos constancia de su desaparición ninguno hemos parado. Estamos agotados, y todavía nos queda una buena temporada de visitas al hospital.

—Nada de eso es obstáculo para hacer algo productivo que nos alivie de esa incertidumbre. Tenemos que averiguar qué pasó en alta mar y por qué. Debería ser primordial para nosotros saber si Aitor es un daño colateral de lo que sea que ocurriera o si, por el contrario, estaba en el punto de mira y era él el principal objetivo. Estamos obligados a averiguar si nuestro socio se juega el tipo por el motivo que sea y cubrirlo como es debido. Puede que todo esto tenga que ver con el bufete y, sin saberlo, nos la estemos jugando por culpa de algún cliente vengativo al que le pudimos llevar el caso en el pasado...

—O no, qué más da —resolvió Roberto—. Lo importante es que debemos averiguarlo por su bien, y por su integridad.

—Si fuéramos capaces de encontrar el cabo del que tirar y desenmarañar la madeja...

—Tengo que dejarte, el médico acaba de salir de la habitación y me reclama la enfermera.

—Llámame si pasa algo, lo que sea; o si se despierta —suplicó Jimena.

—Tranquila, lo haré.

Roberto entró en la habitación despacio, procurando no hacer ruido pese a lo improbable que era que, en su primera noche sin sedación, su amigo se despertara. Se quedó un rato al pie de la cama contemplándolo y pensando. Ahí estaba, ese era el hombre al que le había arrebatado a Jimena, pero ella no podía dormir a causa de la preocupación que sentía por él, le podía la ansiedad de saber si se encontraba bien o mal, casi ni reía desde que todo había ocurrido.

Y, en cuanto a él mismo, ahí estaba, velando su sueño. El de su hermano. Su rival. Su amigo.

¿Qué estaría pasando ahora en la otra vida?, se preguntó.

¿Habría sucedido el mismo accidente en esa vida paralela que vívian Aitor y Jimena dentro de su cabeza?

No, se respondió, seguro que estarían pasando el verano en su chalecito de la costa, con los niños y hasta con Lola. A Aitor jamás se le ocurriría ir a bucear solo teniéndola a ella. Y, de algún modo extraño, Roberto se sintió culpable por existir, por ocupar su lugar, ese que desde el primer día en que la conocieron le estaba destinado.

«Si yo no estuviera con Jimena, Aitor no se habría echado a la mar», pensó. Y se mordió los labios llevado por el remordimiento, con tanta fuerza que llegó a provocar que sangraran sin reparar en lo que estaba haciendo.

—Estás... sangrando...

Roberto pareció oír una voz en sueños, entre la bruma de sus pensamientos. Miró hacia la cabecera de la cama y allí estaba, observándole con los ojos abiertos como platos.

—¡Coño, qué susto! —exclamó atolondrado, alegre y nervioso, sin pensar en lo que decía—. Thomas dice que estés tranquilo, que necesitas reposo, pero estás bien; tú tranquilo, en unos cuantos días te repones del todo. Tu madre está durmiendo en su casa, lleva una semana aquí, sin moverse de tu vera y hoy por fin, como te han bajado a planta, ha aceptado ducharse y comer como es debido y descansar y... Mierda, qué frenético estoy, me perdonas, ¿verdad? Es que es una impresión del copón verte despierto, perdóname —volvió a decir—, con este atolondramiento seguro que te estoy liando y... —De pronto cayó en la cuenta—. ¿Estás bien? ¿Necesitas algo? ¿Dónde narices estará Thomas? ¿Y la enfermera? ¡Enfermera! —Y riendo y temblando se puso a gritar como un loco hasta que se dio cuenta de que no eran necesarias las voces, de que bastaba con pulsar el timbre junto a la cama.

No tardó en llegar una enfermera que se acercó a Aitor, que ahora balbuceaba expresiones sin sentido o ininteligibles para

Roberto, para la enfermera y para cualquiera. Quizá porque tras tanto tiempo entubado no podía vocalizar con claridad, quizá porque estaba desorientado.

La enfermera midió su tensión, la temperatura corporal, las pulsaciones...

—Está bien —informó a Roberto, visiblemente alterado—. Pasaré cada media hora a controlarlo para ir viendo cómo reacciona. No le hable, no reclame su atención. Lo más probable es que esté agotado.

Efectivamente, en cuando ella se marchó, Roberto se acercó a Aitor y comprobó que seguía ofuscado y le costaba articular cualquier sonido o palabra. Casi no era capaz de mantener los ojos abiertos. Los párpados, muy inflamados, le pesaban y los ojos se le cerraban sin querer.

—Duerme, amigo —le susurró dulcemente con una sonrisa alentadora, y le acarició con cuidado la cabeza, despeinándolo con los dedos como si fuera un niño—. Duerme tranquilo, yo estaré aquí, no me iré de tu lado. Me quedaré contigo todo el tiempo que haga falta.

Tal vez Aitor le entendió, cómo saberlo. Gesticuló ligeramente en lo que parecía un intento de sonreír y se dejó absorber poco a poco por la calidez de las sábanas blancas. Su cabeza y sus hombros reposaban sobre confortables almohadas y en escasos cinco minutos su respiración se hizo regular y se estabilizó.

Roberto, entonces, decidió aprovechar lo que quedaba de noche. Regresó al típico y odioso sillón de hospital y, despotricando de nuevo contra él, se acomodó como pudo hasta dar con una posición aceptable para echar una cabezada.

No tenía ni idea de qué hora sería, tal vez las tres o cuatro de la madrugada, cuando Roberto, en ese sueño inquieto, entre la vigilia y la duermevela, oyó un extraño sonido. Era Aitor, se había incorporado y de su garganta salía algo parecido a un quejido. Lo conocía tan bien que fue capaz de entenderlo incluso sin palabras. Roberto pudo intuir con total claridad que su amigo le pedía una explicación. Se irguió de su asiento y reprimió un leve gesto de fastidio al intuir el dolor en su cuello, fruto de una mala postura. Aun así, frotándoselo con una mano, intentando pasarse la otra por el pelo alborotado, sintiendo las legañas acumuladas en los lagrimales, se acercó a su amigo para calmarle:

—Bienvenido. No me preguntes qué te ha pasado porque no lo sé. Estás en el hospital desde hace ocho días y te atiende Thomas, que no duda de que tu recuperación será completa.

Como sus ojos seguían clavados en él, continuó hablándole:

—Tu madre está en casa, descansando. Ha estado toda la semana aquí, sin moverse, cerca de ti, cuidándote. No tienes nada grave, no estés preocupado...

Aitor alzó levemente la mano y giró la cabeza para mirar en dirección a la mesilla junto a la cama.

—¿Qué quieres? —preguntó Roberto, y ante su insistencia y sus gestos al fin lo comprendió—. ¿Agua?

Dudó un instante, no sabía si era conveniente dársela, pero pronto dedujo que era evidente que si las enfermeras la habían dejado allí, y claramente Aitor era el único paciente de la habitación, sería porque ya le estaría permitido beber. Vertió una pequeña cantidad en un vaso de plástico y lo sostuvo con cuidado mientras su amigo se inclinaba para beber.

—Despacio, con cuidado, no te vayas a ahogar precisamente ahora —bromeó. Roberto se hallaba profundamente enternecido, y también conmocionado, por su debilidad.

En cuanto hubo terminado de beber, Aitor comenzó a respirar con más tranquilidad y, al poco, algo después de que Roberto encendiera la luz y se sentara expectante a su vera, en el borde de la cama, a carraspear para recuperar el dominio de sus cuerdas vocales.

—Quiero... —comenzó a decir con voz vacilante.

—Déjalo —le interrumpió Roberto—. No te fuerces, no hables, cualquier cosa que quieras decirme puede esperar a que estés mejor.

—No... —insistió con firmeza—. Debo hacerlo... Cuando acabas de despertarte es cuando recuerdas mejor tus sueños... Por eso quiero contarte todo lo que he memorizado desde que salí de puerto hasta que alguien me hizo... —volvió a carraspear y a toser ligeramente— perder el conocimiento.

Roberto comprendió que los deseos de su amigo no eran tal, sino una necesidad, un desahogo que le venía de dentro; una confesión de lo vivido para purgarlo, una crónica que debía revelar cuando Aitor quisiera y que él solo debía procurar escuchar con todo el respeto y la atención que merecía el drama vivido, de cuyo relato él iba a ser un honrado receptor.

—Vale —aceptó—, cuéntame lo que quieras, pero prométeme que te detendrás si comienzas a sentirte mal.

Y como su amigo hizo un gesto de asentimiento, después de darle un poco más de agua se acomodó algo mejor a su lado y, acercando su oído a su boca, para que no tuviera que forzarse demasiado, prestó atención a los susurros de Aitor, que acababa de comenzar su narración:

—Tú sabes que soy muy riguroso, incluso en exceso, por eso desde el mismo momento en que salí del puerto extremé las medidas de seguridad. Era consciente de que iba solo y estaría a más de cien millas de la costa. En el barco no faltaba comida, ni combustible, ni piezas de repuesto...

—No tienes que justificarte —le interrumpió Roberto—. Nadie podía predecir lo que iba a pasar, pero ninguno de nosotros, te lo garantizo, ha dudado jamás de tu prudencia y responsabilidad y...

Aitor levantó la mano para exigirle silencio. Llevó un dedo tembloroso a los labios de su amigo y le pidió con los ojos que callara y detuviera su retahíla de justificaciones; no hacían falta.

Luego, en cuanto Roberto se calló, tras tragar saliva y aclararse la garganta nuevamente, siguió contando su historia:

—Dentro de la cordillera Gorringe mi destino concreto era, el día de mi naufragio, la montaña submarina de Gettysburg, a unos treinta o cuarenta metros de la superficie. Navegué todo el día anterior acompañado en la travesía por unas cuantas aves y, finalmente, con las coordenadas de las cartas marinas y con la sonda del barco, encontré un lugar que me pareció adecuado para fondear. Merecía un descanso, de modo que me tumbé en la colchoneta y contemplé el vuelo de los paíños sobre mi cabeza. Ya sabes... —sonrió—, son esos pájaros marinos pequeños y negros que tienen una mancha blanca en el obispillo de la cola, pasan toda su vida en alta mar y anidan en las rocas...

Tosió, se estaba explayando demasiado con los recuerdos felices antes de llegar a los desgraciados, pensó Roberto. Tal vez el propio Aitor se dio cuenta de que estaba eludiendo inconscientemente hablar del momento del accidente o lo que fuera que dio lugar a su situación actual, porque movió impaciente la cabeza a la espera de que se calmara su tos y, cuando recuperó el habla, retomó, sin divagaciones, el hilo de su relato.

—Amanecía cuando desperté. Tomé un poco de café que quedaba en el termo y comencé a preparar el equipo. Estaba emocionado, cargado de adrenalina, iba a *pasear* al fin sobre esas míticas montañas. Para mayor seguridad me tiré al agua con un cabo sujeto al de fondeo y ahí me llevé el primer susto: la corriente era muy fuerte y la visibilidad casi nula por culpa de las algas verdes, las más abundantes en el lugar. Sin embargo, a medida que continué descendiendo, superado este primer nivel, pude observar numerosos peces ballesta, limón, sampedros, doncellas... Entonces alcancé la punta de Gettysburg y comprobé que se trataba de una montaña repleta de grietas, recovecos e irregularidades... El Gran Cañón del Colorado es una birria comparado con las profundidades de esa montaña... De pronto, cuando estaba sumido en esos pensamientos, observé algo brillante en el fondo de uno de los valles, me acerqué y lo cogí extrañado. Era una moneda que coloqué en uno de los bolsillos interiores del traje de neopreno y continué mi recorrido. Mi asombro fue mayúsculo cuando me topé con lo que parecía la boca de un túnel excavado en la roca que terminaba en una especie de explotación minera submarina en la que se desarrollaba una gran actividad. Vi buzos trabajando y algo parecido a un antiguo galeón... Estaba cavilando acerca del modo de adentrarme en ella sin ser visto cuando sentí un golpe por detrás y cómo alguien me quitaba la botella de oxígeno impidiéndome respirar. Lo siguiente que recuerdo es que desperté sobre el bote de mi Taylor, sin remos ni motor ni radio...

—Seguro que tus atacantes debían de tener un barco en la superficie para responder si se presentaba un problema bajo el mar...

—... Y probablemente estaría dotado de una cámara hiperbárica... Es necesaria para inmersiones por debajo de los cuarenta metros. Si no fuera así, yo debería estar muerto.

—Lo que no entiendo —volvió a interrumpirle Roberto— es por qué no te dejaron morir allí mismo y que te comieran los peces. Por qué te tiraron en tu bote y dejaron a tu alcance víveres y agua y hasta un salvavidas...

—Supongo que no serían unos asesinos... —elucubró Aitor—. Tengo que pensar, tengo que acordarme de más detalles, si lo pienso con detenimiento, si me concentro, podré atar todos los cabos...

—No te alteres —le interrumpió Roberto—. Has de descansar. Tienes que estar más recuperado, no vas a ganar nada dándole vueltas en la cabeza ahora. Lo que debes hacer es fortalecerte y dejarte querer. Hay un montón de gente que está deseando verte.

—¿Y mis hijos? —inquirió de pronto el convaleciente, como si, una vez que se hubiera quitado sus recuerdos de encima, ya pudiera ocuparse del resto de sus obsesiones y afectos—, ¿cómo están?, ¿cuándo podré verlos?

—Tranquilo, tranquilo —repitió Roberto—. Quizá sea un poco pronto, estás francamente horrible con todas esas quemaduras y podrías impresionarlos. Vas a tener que maquillarte para no asustarlos.

—Me muero de ganas de abrazarlos... Siento tanto el susto que les habré dado... Que os he dado a todos...

—Deja ya de sentirte culpable —le reprendió Roberto con firmeza—. No voy a negarte que todos estábamos algo intranquilos y preocupados desde el mismo momento en que comenzaste a planear tu viaje. Tu madre nos ha confesado que todos los días rogaba para que apareciera en el último momento un nuevo concurso de acreedores de esos tan importantes que no pueden ser pospuestos ni rechazados para que te vieras obligado a quedarte y dejar para otra ocasión ese viaje, preferiblemente un momento en que pudieras hacerlo acompañado. La suerte, ya se ve, no estuvo de su lado. Aun así, y como eres un padre responsable que casi todos los días te comunicabas con tus hijos, estábamos medianamente tranquilos, y nos habituamos a recibir las llamadas de Lola en las que nos aseguraba que todo iba bien... Hasta que un día no hubo forma de contactar contigo. Esperamos un tiempo razonable, y al ver que transcurrían las horas sin saber nada de ti se activaron nuestras alarmas.

—Pero no tenéis ni idea de navegación, ni sabéis cómo contactar con la radio ni...

—No somos tan torpes como crees. Durante meses estuviste dando tanto la brasa con tu viaje que al final nos dimos cuenta de que lo sabíamos todo sobre él. Conocíamos el itinerario, el lugar de fondeo... Lo más duro fue esperar el tiempo preceptivo antes de hacer la denuncia, pero te juro que una vez rebasado no más de un minuto el plazo de espera, ya estábamos comunicando lo sucedido a la Comandancia de Marina de Cádiz, que se puso en contacto con la del sur de Portugal y comenzó tu búsqueda... Pero no dábamos contigo. Menos mal que disparaste la baliza que llevaba tu reloj, porque gracias a él pudimos encontrarte, a la información tan ajustada que proporcionó de tu situación. Las coordenadas del punto donde te encontraron al final no tenían nada que ver con las del itinerario de tu viaje. Menos mal que ese aparatejo es tan preciso, si no...

—No recuerdo nada de todo eso, ni el momento del rescate... Solo el ruido de unos helicópteros... —Suspiró cerrando los ojos—. Tengo pequeños retazos de información, evocaciones inconexas e interrumpidas de lo que pasó esos días.

—Pero no erradas. En efecto, te localizó un helicóptero que facilitó tu situación a un buque de la marina portuguesa. Este te recogió y te trasladó al hospital más cercano, donde te sedaron para que no tuvieras dolores, te hicieron las primeras curas y te pusieron una vía con suero. Después, por carretera, una uvi medicalizada te trajo a Madrid. A nosotros.

Roberto, tan parco, tan comedido, sintió cómo se emocionaba al reconstruir para su amigo lo sucedido, los dramáticos momentos que todos sus seres queridos habían vivido y sufrido durante los días que permaneció desaparecido. Apretó su mano, casi con lágrimas en los ojos, y comprendió que tantas emociones y recuerdos no eran buenos para Aitor, que debía descansar y que él era el encargado de que lo hiciera, pues para eso estaba allí.

—Tienes que dormir, has de descansar. Y yo también —exclamó al consultar su reloj—. Mañana va a ser un día movidito para los dos. Duerme. No tengas miedo. No me moveré de aquí y en cuanto sea una hora razonable avisaré a todos de que estás bien. Me alegro mucho de verte. De verdad.

—Yo también —reconoció Aitor. Y, como los niños pequeños que quieren mantenerse despiertos hasta el final del cuento sin llegar a lograrlo, terminó por cerrar los ojos, aun a su pesar, y abandonarse al sueño.

Entonces, solo entonces, Roberto volvió a su lugar en el sillón.

TREINTA

Al fin parecía que la cosa se animaba, y ya iba siendo hora, sonrió el vigilante antes de cerrar la puerta y marchar en dirección a su nueva misión, a su nuevo destino.

Al amanecer del miércoles día 18, cuando todavía dormitaba en la buhardilla destartalada, cuando aún no se había acicalado ni vestido para salir en dirección al despacho de los abogados que todavía seguía vigilando, sonó su móvil, siempre encendido.

—Hay un hombre que no debería estar vivo. Ocúpate de él cuanto antes. Ahora mismo te envío un SMS con la dirección y todos los detalles. No te olvides de llamar cuando acabes.

Y nada más. El jefe colgó porque no había nada más que decir, sin dar las gracias ni recordarle que la empresa estaba en deuda con él por sus esfuerzos, sin darle recuerdos del máximo capo ni parabienes ni memeces por el estilo. Pero sí paga extra. Aquello, su negocio, funcionaba más o menos como las películas del antiguo Oeste, se daban recompensas, como las que prometían a los sheriffs si cazaban a más o menos forajidos. Y muchas de estas se pagaban en base al número de cabezas cortadas, más o menos como solían hacer los indios.

Contento, convencido de que ya iba por fin a dejar el secano, de que pronto volvería a estar en lo suyo, en lo que de verdad le gustaba, en medio del sonido de las balas, se dispuso a componerse la ropa mal que bien, sin pararse a ducharse, para salir cuanto antes a cumplir su cometido. Iba cargado de ilusión, sonriente como un niño, feliz por dejar atrás la vigilancia de los abogados que desde hacía más de una semana, concretamente desde que recibieron aquella llamada que les informaba del naufragio de su amigo, apenas pasaban por su casa o el despacho. Permanecían todo el día en el hospital y apenas le daban trabajo y mucho menos alegrías en forma de cuerpos desnudos que contemplar. A él le gustaba más el de Roberto, porque a él le gustaban los hombres mucho más que las mujeres.

Cuando estaba a punto de salir y cerrar la puerta a sus espaldas sonó en su teléfono móvil la alarma que daba cuenta de un mensaje recibido. Abrió el aparato y leyó con atención los datos que su jefe le enviaba. Tomó nota mentalmente del nombre y apellido de su futura víctima y del lugar donde se encontraba y emitió por lo bajo una risilla cínica y un tanto sorprendida: nunca dejaría de asombrarse de cómo la vida le descolocaba, o no, con sus coincidencias.

Al fin cerró la puerta y despacio, canturreando, bajó sin prisa por las escaleras.

Mientras, en el ático que le habían encomendado vigilar, al otro lado de la calle, una pareja al fin descansaba más o menos tranquila y ahora, aunque todavía era miércoles, aunque faltaba mucho para el fin de semana, se permitía, por primera vez en mucho tiempo, remolonear en la cama.

TREINTA Y UNO

Se podía escuchar música de fondo, algo de bossa nova. Dos altavoces viejos, robustos, de madera, de los antiguos, reposaban sobre el parqué. El volumen al que sonaban casi lograba silenciar el sonido como lluvia del agua de la ducha. El ático, como siempre, estaba desordenado. Los discos y los libros se apilaban por todas partes; había, incluso, librerías abarrotadas de volúmenes a todo lo largo del pasillo. Y, detrás de las puertas, muchas de las cuales ya no se podían abrir completamente, decenas de estanterías modulares llenas de CD que conformaban una pared artificial de colores poblada por una amplísima colección de todo tipo de géneros y estilos musicales.

El olor a café trazaba un recorrido que llevaba desde la cocina al dormitorio. En la cama Roberto, con el torso desnudo, acababa de abandonar una taza vacía sobre una bandeja que reposaba en precario equilibrio a un lado del lecho. Recostado sobre su almohada doblada, leía en su ordenador portátil las noticias de los diarios de la mañana mientras saboreaba una magdalena; desde los pies del mueble, un rastro de miguitas a lo Hansel y Gretel recorría el suelo del dormitorio, descendía el escalón de unos treinta y cinco centímetros que salvaba la elevación que guardaba la alcoba respecto al resto de la casa y terminaba en el cuarto de baño. Dentro de la ducha, se oía canturrear a Jimena.

Roberto dejó caer la magdalena sobre las sábanas, hechas un asco ya, petrificado por lo que acababa de leer. El titular, en enormes letras negras, ocupaba buena parte de la portada de aquel diario digital: «Aparece el barco del abogado español rescatado en extrañas circunstancias en el Atlántico, cerca de la costa portuguesa». Comprobó que ese no era el único diario que daba cuenta del accidente de Aitor y de la aparición de su barco. La mayoría señalaba que se barajaban varias hipótesis para justificar lo ocurrido, citaba una breve reseña biográfica y laboral de Aitor, aludía a su parentesco con Lola y mencionaba, también, el nombre de sus compañeros de despacho. Luego relataba sucintamente los hechos de su aparición y su hospitalización y hasta añadía que el náufrago estaba en pleno proceso de satisfactoria recuperación. Pero lo grave era lo relativo a la aparición del barco, la víspera, lo que sin duda había disparado el interés por el caso, hasta ahora ignorado por la prensa. Al parecer, la Taylor fue encontrada en la costa, a la deriva, y tras un registro exhaustivo en ella se hallaron restos de cocaína. Por lo demás, el velero estaba en buenas condiciones pero inexplicablemente sucio, apestoso, con basura desparramada por doquier y algún harapo abandonado... Las especulaciones de los artículos en los diarios sugerían, precisamente por esta circunstancia, que tal vez podría haber tenido algo que ver con el transporte de inmigrantes ilegales, dada la cercanía de todo lo sucedido a Aitor y el hallazgo del barco cerca del Estrecho. Los restos de cocaína, por otra parte, también se relacionaban con el narcotráfico, pero en algo todos estaban de acuerdo: ninguna explicación lógica parecía cuadrar. Un abogado de éxito y prestigio flotando a la deriva en alta mar, su barco con restos de droga, harapos, suciedad... ¿Por qué haría alguien algo así?

Tan abstraído estaba en el ordenador y las páginas web que no escuchó el chirriar de un grifo ni las últimas lágrimas que caían de la alcachofa. Jimena, desnuda, se asomó al cuarto extrañada. Roberto acostumbraba a estar pendiente de cuándo finalizaba su ducha y siempre que estaban juntos en casa se asomaba, toalla en mano, para abrazarla y secarla con mimo. Era un ritual de fin de semana que solía llevarlos a asuntos mayores y que ninguno de los dos procuraba romper. Iba a preguntarle qué sucedía, si algo malo había pasado en el hospital, cuando él alzó la cabeza y, comprendiendo el motivo de su consternación, se apresuró a calmarla.

—Aitor está bien, pero esto no te va a gustar. Anda, ven y lee.

—Hay que llamar a Lola —decidió Jimena al terminar.

—No va a gustarle nada —vaticinó Roberto.

—Mejor que lo sepa por nosotros.

TREINTA Y DOS

Hacía tiempo que Lola, a quien las circunstancias de la vida habían convertido en «opinadora», no se dedicaba al periodismo de investigación; pero aun así conservaba una magnífica agenda de la que estaba dispuesta a tirar, rogando, suplicando o incluso amenazando, para ayudar a su hijo.

—No entiendo cómo ha podido publicarse una noticia tan disparatada —les explicaba a Roberto y Jimena desde su móvil arrasada por una mezcla de sentimientos que cruzaban la ira, la confusión y la sensación de haber sido traicionada por sus propios compañeros—. No tiene ningún sentido, es como si alguien quisiera echar por tierra su prestigio y, de paso, el vuestro...

—Yo creo que deberíamos averiguar a través de la policía y de todos los medios que estuvieran a nuestra disposición qué se sabe en concreto sobre su barco y su hallazgo, y también sobre los objetos que se encontraron en el bote cuando él fue rescatado. Ya sabéis que me habló de una moneda guardada en el bolsillo interior de su traje de neopreno y...

—Hemos estado tan ensimismados ocupándonos de él y de su estado que nos hemos olvidado de todo lo demás, y ahora nos salta esto en la cara y las preguntas se amontonan —añadió Jimena, que, en una especie de llamada a tres, hablaba desde otro de los teléfonos de la casa.

—Está claro que Aitor ha tenido la mala suerte de haber estado en el momento inoportuno en el sitio inadecuado, pero no es justo que pague por eso y se le crucifique. No pienso consentirlo —zanjó Lola—. Voy a remover cielo y tierra hasta aclarar qué le ha pasado.

—Lo primero que podrías hacer —interrumpió Roberto con cautela— tendría que ser tal vez, mientras todo esto se aclara, hablar con los responsables de los medios de comunicación y pedirles que rectifiquen todas las informaciones inexactas que están publicando. Así rebajaríamos la presión para investigar por nuestra cuenta todos estos cabos sueltos que no nos cuadran en el hallazgo de su barco y, de paso, nos aseguramos de que mientras este embrollo se resuelve y él está fuera de juego, su prestigio y buen nombre no queden dañados.

—Tienes toda la razón —aceptó Lola—. Voy a ponerme a ello ahora mismo. El desmentido tiene que aparecer cuanto antes en todos los medios que sugieren, sin atrever a confirmarlo, que Aitor pueda tener algo que ver con asuntos turbios.

—Como mucho, publicarán la rectificación en la sección de «Cartas al director» —opinó Jimena, curtida en estos temas a raíz de su participación como letrada en muchos casos de malos tratos en los que se vulneraba el derecho a la intimidad de algún menor involucrado.

—De ninguna manera. Tienen la obligación de publicar el desmentido y no en la sección de «Cartas al director». Si no lo hacen, les demandaremos —afirmó Roberto tajante, perdiendo por primera vez su calma habitual y alzando levemente la voz.

—Intentemos hacerlo por las buenas. Ya os contaré qué voy consiguiendo dentro de un rato —medió Lola, ya recuperado el dominio de su genio—. Creo que sabré cómo manejar el asunto.

Y, en cuanto colgó, se puso en efecto manos a la obra. Tenía mucho que hacer y Aitor parecía dormir tranquilo, comprobó volviendo sobre sus pasos por el pasillo y asomándose silenciosa a su habitación. «Desde la cafetería hablaré mejor —pensó—, no pasará nada si me alejo un rato.»

TREINTA Y TRES

Habían transcurrido poco más de veinticuatro horas desde que Aitor despertara, pero su recuperación estaba siendo asombrosamente rápida. Puede que se debiera a que Thomas le había advertido que no le daría permiso para ver a sus hijos hasta que estuviera en mejor estado, pero el caso es que ya podía hablar, levantarse con cierta dificultad para ir al baño, comer alimentos triturados y, de alguna manera precaria, intentar seguir una cierta normalidad en sus hábitos y horarios. Hospitalarios, claro está.

Durante ese tiempo, unos y otros se turnaban para acompañarlo, aunque esa mañana, arrebatados todos por las noticias sobre él, recién aparecidas en algunos medios de comunicación, lo habían dejado solo con la seguridad de que estaría mucho mejor que bien porque Thomas, uno de los cirujanos más importantes y prestigiosos del hospital, se había encargado de decirles personalmente a todos los responsables de la planta que Aitor era como un hijo para él.

Por supuesto, nadie mencionó al enfermo lo sucedido, ni el propio Thomas cuando pasó a primera hora su ronda de reconocimiento diaria, ni Lola, a la que había correspondido quedarse toda la noche con él. Acababa de subir de desayunar un mal café en el bar del hospital y se hallaba refunfuñando sobre lo malo que estaba al pie de su cama cuando, de pronto, sonó su móvil.

—Sí, hola, Roberto... Sí, aquí, muy bien... Roberto te envía saludos, hijo, dice que luego pasará a verte... ¿Qué? Sí, un momento... Oye, Aitor, voy a salir al pasillo, en cualquier momento va a venir una enfermera a echarme la bronca por molestarte y no sé qué quiere contarme Roberto sobre llevar a los niños a la piscina que no termino de entender...

Y, sin más, salió. Al principio Aitor se mosqueó porque le hubiera dejado solo, pero pronto comprendió que se estaba enfurruñando como un niño mimado. Su madre había permanecido en el hospital noche y día hasta que él despertó y no tenía derecho a pedirle dedicación exclusiva. Su vida estaba muy llena y lo había abandonado todo por él. Su trabajo, sus artículos de opinión y sus intervenciones como comentarista, más escasas en agosto, debido a la suspensión de la programación habitual en muchos medios a causa del verano. Hasta a Nekane y Jon los había dejado en manos de sus amigos para estar con él.

Se abroncó a sí mismo, se obligó a mostrarse paciente y, cuando ella entró y le contó no sé qué de un problema relativo a los planes de los niños, a los que tenía que recoger en coche para llevarlos a no recordaba dónde, la excusó con una sonrisa y la tranquilizó diciéndole que se fuera tranquila; de verdad, estaría bien. Es más, tenía ganas de dormir un poco y aprovecharía que se quedaba solo para echar una cabezadita.

—No tardaré, te lo prometo —le aseguró con el rostro levemente tenso por la prisa o por la preocupación, pensó sin querer. Y nada más hacerlo Aitor se advirtió a sí mismo de que, desde el naufragio, le daba demasiada importancia a todo, a cualquier gesto, y a este paso iba a terminar por volverse un paranoico.

Le besó en la frente y se despidió de él procurando parecer alegre, aunque lo cierto es que se la veía cansada. En cuanto se cerró la puerta de la habitación, Aitor se acomodó en su cama y se propuso dormir un poco, procurando no recordar el azul del mar bajo el agua, ni reparar en el ruido de su respiración, tan similar a lo que oía dentro de su cabeza cuando estaba sumergido y se produjo el apagón que le había llevado hasta allí.

Oyó el ruido de unos pasos y abrió los ojos, no mucho; solo una rendija para ver de quién se trataba, si de su madre que regresaba o de Roberto, Jorge o Jimena o, tal vez, de alguna nueva enfermera pesada de tan atenta.

No era una enfermera, sino un enfermero o, tal vez, algún médico que no había visto hasta entonces y que abría la puerta del cuarto con cuidado. Molesto porque prefería seguir durmiendo y porque no le apetecía en absoluto entablar conversación con un extraño que para no variar le preguntaría por sus dolencias y le revisaría de arriba abajo, intentando encontrar alguna mejoría en su estado, cerró los párpados con presteza, procurando recuperar la placentera modorra en la que estaba tan a gusto instalado. Esperaba que lo comprendiera, los enfermos podían llegar a volverse unos tiranos egoístas, y hasta maleducados, pero un sanitario ya debería estar acostumbrado a esos malos gestos. Las estancias largas en los hospitales hacían que cada uno se buscara la intimidad como fuera y la suya, el simple gesto de fingir su sueño, era una argucia tan buena como otra cualquiera.

El hombre terminó de entrar en la habitación y tan cuidadosamente como había abierto cerró la puerta a sus espaldas y se acercó a él. Aitor lo supo sin tener que mirar, tal y como se había propuesto, porque sintió el ruido de sus pasos aproximándose. Le sorprendió que no saludara, que no le dedicara un «hola, ¿qué tal?, ¿cómo te encuentras?» tuteándole, una costumbre habitual en todos los médicos, enfermeras, auxiliares, celadores, independientemente de la edad del paciente. No es que se preocuparan por su salud o su ánimo, era simplemente, ya se había percatado, una manera de garantizarse con educación que el enfermo se fuera espabilando para el reconocimiento. En cambio, si solo querían comprobar la temperatura o el suero que quedaba en un gotero, optaban por no molestar y callaban y pisaban con cuidado. Debía de ser este el caso, se dijo Aitor, pero no logró relajarse. Había algo raro.

Al instante lo comprendió: sus pisadas hacían ruido, no llevaba calzado de hospital, como hacía el personal sanitario; ni tampoco brillantes zapatos ligeros y lustrosos, como los de algunos médicos y el propio Thomas, o incluso cómodas zapatillas de deporte, como los doctores más jóvenes, los internos y novatos. Esas pisadas, las que acababa de oír, eran recias y demasiado sonoras, como de botas de senderismo o algo parecido.

¿Había conocido en alguna ocasión a un médico que las usara en un hospital? No, se respondió. Ni tampoco a ninguno con la barba descuidada y un aspecto tan desaseado.

Abrió los ojos absolutamente despierto, olvidada ya la modorra y sus anhelos de recuperar el sueño, dispuesto a preguntar, a inquirir o incluso a increparle si fuera necesario. Quería saber quién era, qué hacía allí, qué buscaba y por qué había entrado.

No pudo hacerlo. Una de las almohadas sobrantes, las que Roberto o Lola usaban para acomodarse en el sillón rompecaderas o torturador, como ellos lo llamaban, abandonada hasta entonces a los pies de la cama y ahora oprimida con fuerza sobrehumana contra su rostro, le impedía hablar, moverse siquiera y, por supuesto, respirar.

Manoteó en el aire durante unos cuantos segundos que le parecieron eternos. Quiso gritar, tirar algo, el vaso de cristal o la botella de agua que la enfermera, hacía apenas media hora, había dejado junto a él en la mesita auxiliar. Quería hacer ruido para alertar a alguien, a quien fuera; volvió a patalear, intentó erguirse, hizo acopio de todas sus fuerzas y cuando estaba a punto de desfallecer y protestando dentro de su cabeza porque no quería marcharse así, porque no había sufrido y aguantado tanto en alta mar como para darlo todo por acabado rindiéndose y permitiendo que le dejaran fuera de combate tan fácilmente, la presión se aflojó de golpe. El vaso cayó al fin al suelo y hasta pudo oír los pasos que huían y el ruido del agua al caer como telón de fondo al grito, al aullido de la enfermera que providencialmente acababa de entrar salvándole la vida.

TREINTA Y CUATRO

Acababan de dar las diez de la noche y la casa, por lo habitual tan bulliciosa, permanecía en un denso silencio a pesar de estar llena de gente.

Los niños, generalmente los más folloneros, dormían esta noche en la sierra, con unos amigos, y sin ellos y sin sus gritos el piso de Lola parecía vacío.

Poco a poco fueron llegando todos, primero Jimena, que venía desde su casa; después Jorge, desde el despacho, y, finalmente, Roberto y Lola, desde el hospital. Nacho, el hermano de Aitor, había insistido en quedarse esa noche con él a pesar de que ese día el convaleciente, de eso no les cabía duda, estaría más seguro que nunca, pues no en vano la policía había instalado una pareja de agentes ante su puerta.

Lola se acercó a la cocina para traer algo de picar, Jorge se ofreció a ayudarle, tan servicial como siempre, y entre los dos dejaron sobre las diferentes mesas del salón varias bandejas con diversos alimentos fríos para picar. También había una botella de vino abierta y jarras de agua y limonada a su disposición, y un cubo con hielo. Pero nadie se levantó para servirse algo, ni siquiera hicieron ademán de ello.

Estaban todos noqueados, pese a que Aitor había resultado indemne del ataque.

—No lo entiendo —dijo Jimena al fin—. No se me ocurre quién puede querer asesinar a Aitor...

—He pensado —carraspeó Lola— que tal vez alguien pueda querer ensañarse con él para atacarme a mí. En mis artículos de opinión me meto con mucha gente, piso más callos de los necesarios y...

—Creo que esa hipótesis no tiene sentido —la cortó Jorge antes de que siguiera reconcomiéndose e inculpándose. Lola no podía cargar con ese peso. Era demasiado incluso para ella—. Dudo que cuando noquearon a Aitor en alta mar y lo abandonaron a su suerte supieran de quién se trataba.

—Estoy contigo —intervino Roberto—. Ya lo hemos hablado esta mañana. Da la sensación de que Aitor, de alguna manera, tuvo la mala suerte de estar allí en el momento más inoportuno. Debió de ser testigo de algo que no recuerda debido a la traumática experiencia sufrida o al golpe recibido y ahora, los que le atacaron en el mar, han vuelto a por él para rematar la faena.

Jimena se estremeció al oírle hablar en esos términos, pero asintió con la cabeza dando a entender que estaba de acuerdo con esa teoría.

—Pero, aun así, hay algo que no encaja —razonó Lola—. ¿Por qué iban a querer matarlo ahora los mismos que abandonaron a Aitor en alta mar si, cuando lo hicieron, se aseguraron de que tuviera unas mínimas oportunidades de sobrevivir dejándole un cubo con agua y víveres?

Todos asintieron y, tras pensar un momento, Jorge y Roberto comenzaron a hablar al mismo tiempo, pisándose las frases sin querer. Tras una mirada y varias disculpas, se pusieron de acuerdo para exponer sus argumentos. El primero comenzó:

—Puede que las órdenes no fueran dejarle agua y alimentos a su alcance. Puede que hubiera un jefe que, por las razones que fuera, ordenara dejarle a la deriva en alta mar y alguien de los suyos se apiadara de Aitor en el último momento y a escondidas dejara ese cubo y la comida.

—O porque, desde que todo sucedió y encontramos a Aitor, sea quien sea se ha dado cuenta de que él con vida supone demasiado peligro, por lo que pueda recordar, por lo que pueda saber aun sin ser consciente de que lo sabe... —aventuró Roberto.

—¿A qué te refieres? —Por primera vez, Jimena se puso alerta, repentinamente interesada.

—Bueno... —Roberto vaciló antes de empezar, odiaba hablar sin haber aclarado antes sus propias ideas—. Como sabéis, Aitor me contó nada más despertar todo lo que recordaba. Habló de un buque sumergido, de lo que parecía una fábrica bajo el fondo del mar, y también de una moneda que encontró semienterrada en la arena.

—Y todo eso, ¿dónde está? —quiso saber Jimena poniéndose en pie, como movida por un acceso repentino de hiperactividad.

—Supongo que en poder de las autoridades que encontraron a Aitor —contestó Roberto—. Él presentaba contusiones en nuca y espalda, y todo parece indicar que existió un ataque. El traje de neopreno, la moneda, si es que existe y no es todo una alucinación suya; y los demás objetos que pudiera contener el bote tienen que ser, por fuerza, pruebas de la investigación.

—¿Podéis esperar un momento? —pidió Lola levantándose de pronto—. Tengo que hacer una llamada.

Todos pensaron que seguiría pendiente del estado de Aitor y

querría llamar a Nacho para preguntarle por él, por lo que la excusaron de inmediato, faltaría más, estando además en su propia casa.

Al salir del salón, Lola observó cómo Roberto se acercaba cariñoso a Jimena, dispuesto a abrazarla y confortarla y ella, quién sabía si porque no lo había visto venir o por el deseo de estar sola, se levantaba ignorándolo y salía al balcón a contemplar las luces de la ciudad. Seria y tristísima, preocupada y sola.

—Juanjo —dijo Lola nada más oír cómo su viejo amigo descolgaba el aparato—, soy Lola Zelaya y sé que no son horas y que es un abuso llamarte a tu móvil personal, pero te juro que si no lo necesitara no lo haría. ¿Sabes lo de mi hijo?

—Sí, por supuesto, dime lo que sea, no lo dudes, te ayudaré en todo lo que esté en mi mano...

—Perdonad por la tardanza —pidió Lola a los chicos nada más volver al salón—. He estado hablando con un viejo amigo y nos hemos liado.

Jorge, Jimena y Roberto la miraron con curiosidad: ¿con un viejo amigo? ¿No había ido a llamar a Nacho?

Lola parecía más animada, lo que aumentó en mayor grado su confusión. Cruzó la estancia con pasos firmes y rápidos en dirección a Roberto y, cuando estuvo ante él, como una niña que muestra un trofeo le tendió un trozo de papel con varios números de teléfono y nombres apuntados.

—No entiendo... —acertó el abogado a balbucear algo aturullado: parecía que Lola lo había tomado como el líder natural en aquella reunión y temía que tanto Jimena como Jorge se hubieran molestado.

—Son los teléfonos de Emilio Alfaro...

—El director de la Guardia Civil —la interrumpió él, asombrado.

—Sí, un viejo amigo, Juanjo, me los ha facilitado.

—¿Así, sin más? Sí que debe de ser poderoso tu amigo... —ironizó Jorge.

—Es el ministro del Interior, pero hubiera preferido no tener que explicároslo —admitió Lola dejándolos con la boca abierta—. En fin, dejémoslo. Después de hablar con él, me he puesto en contacto también con Alfaro, aunque a este no le conocía de nada —aclaró por si acaso—. Le he preguntado por los objetos hallados en el bote, como queríais, y me ha explicado que los portugueses, que fueron los primeros en dar con Aitor, amablemente se los han entregado para que sigan ellos la investigación.

—¿Y tienen la moneda?

—En efecto, y se trata de un doblón español antiguo, de hace más de doscientos años. En cuanto a las otras pruebas, hay dos especialmente que les han llamado la atención: una es la toalla que Aitor usaba para refrescarse en el bote. Procede de un hotel cercano al puerto de Cádiz; el otro es un salvavidas muy envejecido. Al parecer, y hasta que mi hijo se recupere y le tomen declaración, han hecho indagaciones por su cuenta y, ya que ha aparecido la Taylor, han podido cotejar que no se trata del salvavidas reglamentario del barco...

—No puede ser, si no viene de la Taylor —se preguntó Jorge extrañado—, ¿de dónde ha salido?

—La Unidad de Investigación destinada al caso supone que, como el cubo y los alimentos, proviene de los que le abandonaron... Les aclaré que la toalla no puede pertenecer a Aitor porque él no paró en ningún hotel. Del AVE se fue directo al barco, donde durmió.

—¿Y en el salvavidas no consta el nombre del barco al que pertenece? —siguió preguntando Jorge, mucho más aficionado que Roberto y Jimena a la navegación.

—A medias —aclaró críptica Lola—. Resulta que había un nombre, pero el salvavidas estaba en tan mal estado que apenas podía leerse. Al fin, después de una ardua tarea de restauración, su equipo ha podido identificar la palabra «Olimpo».

—Y ese es el nombre del barco —supuso Roberto.

—No, y aquí viene el problema: no existe un barco registrado con ese nombre en ningún puerto andaluz, pues la Guardia Civil ya lo ha contrastado. Sí anclaba de cuando en cuando, en La Línea, un velero llamado así con bandera inglesa, por lo que se da por supuesto que su puerto de atraque es el de Gibraltar...

—Hay que ir a Gibraltar —decidió Jimena.

—¿Qué? ¿Tú estás loca? —saltó Roberto—. ¿Porque sí, sin más?

—Tú no puedes ir, eres demasiado llamativo, no podrías hacer indagaciones y pasar desapercibido... Lola y Nacho tienen que estar aquí, con Aitor, y además Lola podría darme cobertura en el tema de la documentación y la búsqueda de datos a medida que yo, desde allí, los vaya necesitando...

—¿Y yo? —se ofreció Jorge.

—Tú tampoco pasarías desapercibido —le descartó Jimena—: Eres demasiado guapo. Además —añadió—, bastante tienes con todo el trabajo acumulado del despacho.

—Me parece buena idea —la apoyó Lola—. Está claro que no podemos quedarnos de brazos cruzados, y Jimena es un lince sonsacando a la gente...

—Puede ser peligroso —la cortó Roberto, enojado y hablando cada vez más alto—. Bastante tenemos ya con la vida de Aitor bajo amenaza.

—No lo será, sé defenderme sola perfectamente. Acaba de demostrarse que, si queremos entender todo este lío, y tenemos que hacerlo para proteger a Aitor, no podemos contar con las autoridades. Hace días que saben lo de las pruebas halladas en el bote y lo tienen todo parado. Y ni siquiera se les había pasado por la cabeza poner un par de escoltas para proteger a Aitor o adoptar cualquier otra medida similar pese a que, como dice Lola, desde el principio tenían claro que había sido un ataque y no un accidente ni un naufragio fortuito.

—Podrías esperar unos días a que nos quitáramos algún trabajo de encima y, después, ya sabes que los dos te acompañaríamos encantados —propuso Jorge.

—No —Jimena se obcecaba—, hay que ir ya, empezar a investigar y atar cabos cuanto antes. El tiempo corre en contra nuestra. Pueden volver a por Aitor cuando menos lo esperemos y está claro que no podemos fiarnos de que la policía y la Guardia Civil vayan a protegerlo como es debido.

—No irás —dijo entonces Roberto, firme y serio, con voz de trueno.

—Lo haré —alzó el tono Jimena—. Nadie puede impedírmelo ni decirme qué hacer o qué no. Ni siquiera tú. —Y acercándose le arrebató de la mano el papel con los datos de Alfaro que Lola había entregado a Roberto.

—Jimena, escucha... —Roberto, contenido su enfado, se mostraba ahora más dulce y hasta doliente sabiendo que cuando Jimena se empeñaba en algo era mejor convencerla con argumentos y evitar a toda costa discutir y enfadarla más de lo que, con toda certeza, ya estaba.

—Me ofende que creáis que no soy capaz de hacer esas indagaciones, que penséis que no puedo defenderme sola, que seáis tan rematadamente machistas como para llegar a afirmar que es mejor que uno de los dos me acompañe, como si fuera menos que vosotros, como si fuera idiota... Hay que joderse. —La furia se le salía por los poros, por cada palabra escupida de su boca—. ¡Si soy más lista que vosotros! Y además, ¿desde cuándo tengo que pediros permiso? ¿Quiénes sois vosotros, par de memos, para coartar mi libertad?

Se hizo un silencio cargado de electricidad, más denso todavía que el que les oprimía cuando se inició la reunión. Jorge, sacando valor no se sabía bien de dónde, se atrevió a oponer un último argumento:

—¿Y tus casos pendientes? ¿Y Paloma Blázquez?

Ella le miró con infinito desdén.

—La petición de indulto está hecha, y también los escritos a la Fiscalía de Menores y la solicitud ante el juez, que se presentarán cuando proceda. Al menos hasta septiembre o como mínimo en un plazo de quince días, no habrá que emprender acciones nuevas ni recibiremos noticias de las ya iniciadas. Solo queda esperar... —informó con rigor, pero evidentemente enfadada—. ¿Por quién me tomas, por una irresponsable? —increpó a Jorge cuando terminó su explicación—. Parece mentira que también tú dudes de mi capacidad. Eso sí que no me lo esperaba.

TREINTA Y CINCO

El jueves, mucho más temprano de lo habitual, sonó la alarma del despertador y ya estaba apagado antes de que Roberto, perdido entre las brumas del sueño, pudiera siquiera levantar una mano y darle un manotazo.

Luego oyó unos pasos furtivos camino de la ducha, y el ruido del agua al correr, y se obligó a sí mismo a levantarse, y buscar una toalla, y esperar plantado ante la ducha a que saliera Jimena, mojada y, esta vez, enfadada.

Los minutos se le hicieron eternos. Tenía miedo de que le rechazara y lo dejara ahí, con los brazos extendidos como un muñeco de lata oxidada, y pintada en la cara la sonrisa de bobo que pide perdón.

Pero no lo hizo. Enfurruñada todavía, con cierta desgana, se dejó abrazar y frotar. Aceptó el gesto más como una reina egipcia a la que sus criados —en este caso él— le debían la pleitesía de secarla y acicalarla además de considerar aquel acto un privilegio que, como solía ocurrir en sus mañanas relajadas de fin de semana, como una ronroneante gatita mimosa y satisfecha.

Roberto estaba a su espalda, masajeando suavemente sus hombros cubiertos por la toalla. Respiró fuerte, aspiró el olor de su pelo. Y tuvo miedo.

—Por favor, no te vayas —le rogó abrazándola por detrás, con la voz muy baja contra su nuca y sus brazos rodeándola tan fuerte que él mismo temió haberle causado daño sin querer. Casi esperó de manera inconsciente el crujido de sus huesecillos fracturados por ese modo desesperado de sus manos aferrándose a ella.

—Tengo que hacerlo —fue su única respuesta, y su tono frío, seco, cortante, le atemorizó más todavía que el miedo a que le hicieran daño en esa aventura alocada, en esa investigación absurda que ahora tanto se arrepentía de haber llegado a sugerir.

—No te vayas, por favor —fue lo único que acertó a repetir.

—Si fuera un hombre no me lo pedirías —le acusó girándose entre sus brazos y encarándose con él con los ojos en llamas y el alma en ruinas—. Y si no se tratase de Aitor —escupió ahora—, tampoco.

Y como el agua entre los dedos se escabulló de su cerco con agilidad, dejándole con la toalla húmeda en las manos. Ella se alejó desnuda hacia el armario, y se vistió a toda prisa con un par de vaqueros y una camiseta blanca; se recogió el pelo en una cola de caballo que la hacía parecer aún más niña y tomó su ligera bolsa de viaje, el bolso de bandolera y el maletín del ordenador portátil. Se marchó sin despedirse, sin besarle, sin mirar atrás.

Roberto, abandonado, se arrastró como pudo hasta la cama y se dejó caer sobre ella abatido, derrumbado. Se arrebujó como un niño bajo la sábana, en posición fetal, y se abrazó a lo único que le quedaba de ella además de su recuerdo: la toalla mojada que aún conservaba su olor, que todavía la recordaba.

TREINTA Y SEIS

Camila era totalmente consciente de que lo que iba a hacer despertaría sospechas. Pero daba igual, *tenía* que hacerlo. Al fin y al cabo, no costaba tanto: agarrar el teléfono, marcar el número, esperar a que alguien contestara y, simplemente, preguntar.

No era muy dada a padecer eso que algunos llamaban cargo de conciencia. En muy raras ocasiones había experimentado ese extraño sentimiento. Tal vez con un bofetón dado a destiempo a sus hijos cuando eran pequeños o algún que otro escarceo amoroso devenido en infidelidad cuando aún estaba casada. Y nada más. A la hora de hacer recuento, reconoció, o era muy fría o demasiado lista como para no saber seguir adelante sin lamentarse por los errores.

Y, sin embargo, llevaba varios días penando y doliéndose porque sabía, ella mejor que nadie, lo que le había sucedido al pobre Aitor.

Doliéndose, se corrigió, y también rabiando. Aunque ese era otro tema que tendría que solventar más adelante.

«En fin —se dijo—, vamos allá.»

Respiró hondo, tomó aire y, esperando que no fuera demasiado temprano y sí hubiera alguien al otro lado de la línea, se dispuso a marcar.

TREINTA Y SIETE

—Jorge, querido, soy Camila.

Jorge maldijo entre susurros a Merche, lo bastante necia como para proporcionarle su extensión a Camila, brindándole así el derecho a llamarle cuando le viniera en gana. O tal vez no, barruntó. Quizá no era una cuestión de necedad y sí de mala idea. Y mientras se aclaraba la garganta para atender a la primera llamada de la mañana, a esa pesadísima señora, con una voz que no fuera el gruñido de un oso rabioso, se propuso tomar cartas en el asunto en cuanto la situación de excepcionalidad en el despacho se normalizara y se terminaran las carreras, las prisas y las urgencias, se pusiera como se pusiera.

—¡Camila! ¿Qué se te ofrece? —dijo al fin—. ¿Algún otro problema relacionado con tesoros y barcos?

—No, por Dios, cómo se te ocurre eso, lo de los barcos ya está olvidado. Totalmente olvidado —respondió, y Jorge pudo percibir un cierto aturullamiento, un inusual nerviosismo en su explicación—. No, te llamaba para interesarme por Aitor.

—¿Por Aitor? —se extrañó.

—Sí, me han comentado que está en el hospital, que en

sus vacaciones sufrió un percance y lleva varios días ingresado...

A Jorge le entraron ganas de preguntarle a través de quién se había enterado de todo eso, pero al instante desistió: si había alguien en el mundo capaz de enterarse de todo sobre todos, y más exactamente de todo lo malo sobre los demás, esa era Camila. Tenía fuentes de información privilegiadas, un auténtico batallón de peluqueras, manicuras y masajistas que transmitían los cotilleos a una velocidad que para sí quisieran las operadoras de telefonía móvil. Lo que aún no comprendía es cómo no la habían reclutado todavía los del CNI o la CIA.

Decidió que no ganaba nada mintiendo ni negando cuando ella ya estaba al tanto, pero se propuso resistir como un galo frente al invasor romano ante su previsible y perspicaz interrogatorio. No le daría carnaza ni más información de la necesaria.

—Sí, estás en lo cierto. Tuvo un percance cuando estaba buceando al sur de Portugal, pero ya está mucho mejor. Acaban de subirlo a planta.

—¡Dios mío! ¿Quieres decir que ha estado en la uci?

—Sí, por desgracia, pero se va a recuperar, y sin secuelas.

—¿Y Lola? ¿Cómo se encuentra?

—Muy entera, ya sabes cómo es ella.

—Sí, tan vasca... En fin, salúdala de mi parte y envíale todo mi apoyo. Y dale un beso muy grande a Aitor si le ves, me alegro de que esté mejorando.

—Por supuesto, esta misma tarde se lo diré. —Jorge no cabía en sí de asombro: ¿ya?, ¿nada más?, ¿ese había sido todo el interrogatorio? ¿Sin indagar en detalles escabrosos? ¿Sin veladas sugerencias ni trapos sucios que sacar a toda costa? Definitivamente, esta mujer no parecía la misma. Igual hasta se había producido un milagro y estaba cambiando.

—Supongo que estará bajo los cuidados de Thomas —añadió.

—Supones bien.

—Dile, por favor, aunque ya sé que no es necesario, que le cuide bien. Aitor es un muchacho estupendo, no merece que le ocurra nada malo.

—Descuida, también lo haré.

—A lo mejor, más adelante, cuando le permitan recibir visitas y todo eso, me paso, si no os molesta, a saludarle un rato. A Rodri y Adolfo les encantará saber que me he asegurado de que está bien.

—Pues lo cierto es que no sé cuándo será un momento adecuado, por ahora está muy débil y...

—No te preocupes, lo entiendo. Solo era una idea —le cortó, puede que para que la retahíla de excusas de Jorge no sonara más impertinente de la cuenta—. En fin, un beso de nuevo, y gracias por atenderme.

—De nada, Camila. Aquí nos tienes.

Pero ella ya no le oía, pues había cortado por iniciativa propia, insólitamente, la comunicación.

Jorge se quedó un buen rato en el despacho sin hacer nada, y eso que tenía una buena cantidad de trabajo acumulado. Todavía no terminaba de asimilar lo que acababa de suceder. Debía reconocerlo: estaba anonadado.

«Esto se lo tengo que contar a los demás —se dijo—. No me van a creer, y Jimena todavía seguirá enfadada, y volando a estas horas, y ni querrá hablarme, pero no importa, tarde o temprano se calmará y entonces podré contárselo y reiremos juntos como si nada hubiera pasado.»

Y después, ya con otro gesto en el rostro, no de sorpresa sino de enfado, pulsó decidido un botón de su interfono:

—Merche, ¿te importaría venir un momento a mi despacho?

TREINTA Y OCHO

No había vuelta de hoja: estaba gafado.

El vigilante esperaba el tren en el andén con una bolsa de viaje colgada del hombro y un gesto hosco, sombrío, en el rostro mal afeitado.

Estaba de un humor malísimo, pero, peor aún en su caso, también estaba agotado.

Mientras deambulaba por los pasillos del hospital, tras el ataque fallido, con sus botas paramilitares y la bata blanca que le sentaba tan mal como a un ladrón un hábito, había conseguido conservar la calma y no apurar el paso. Pero en cuanto llegó a la puerta había echado a correr como alma que lleva el diablo y, desde entonces, no había parado.

Primero llamó al jefe informándole del desaguisado y explicándole los motivos: la habitación de ese abogado en el hospital tenía más trajín que un puticlub en hora feliz; siempre gente entrando y saliendo y mil enfermeras y médicos atendiéndole con especial cuidado.

Luego, después de asegurarse de que no se lo habían tomado a mal en la organización, y mucho menos el puto amo, pues de él era, personalmente, el encargo, hubo que pasar por la buhardilla desde donde vigilaba a los compañeros de despacho del hospitalizado para borrar su rastro, y más tarde por su propio piso para, a toda leche, meter apresuradamente en la primera bolsa que encontró, una que llevaba habitualmente al gimnasio cuando podía pasarse por allí a tirar unos golpes al saco, algunos objetos de aseo, tres o cuatro camisas, un par de mudas y otro de vaqueros. Después una breve reunión con el jefe en el jardín interior de la estación de Atocha, como dos amigos que quisieran perder el tiempo antes de que uno partiera de la ciudad. Recibió los billetes y una considerable cantidad de dinero para salir momentáneamente del mal paso y obtuvo la garantía de que no se lo tendrían en cuenta. «Eso puede pasarle a cualquiera —le dijo—, no sé qué coño tiene ese Aitor, pero él solo tiene más vidas que una docena de gatos.»

Al final se abrazaron, como dos hermanos que se despiden, con aprecio de veras, y ahora ahí estaba, esperando al maldito tren y sin saber cuándo podría regresar a Madrid, su territorio, una ciudad de la que odiaba separarse por más que ardiera en verano.

Aunque, pensándolo bien, en Estepona no iba a pasar menos calor que aquí. ¿O era en Mijas donde le esperaban? Qué más daba, le sonaba que una ciudad estaba al lado de la otra, o tal vez era la misma, o quizá un barrio. Y a él, lo único que le importaba era que allí la organización tenía varios pisos y negocios y no era un mal sitio para esperar, discreto y callado, a que la tormenta escampara en la capital.

TREINTA Y NUEVE

Jimena aterrizó a las once de la mañana en la pista del aeródromo de Gibraltar y, sin perder tiempo ni detenerse a admirar desde allí la inmensa roca recortada contra el cielo claro de ese jueves veraniego de mediados de agosto, se dirigió a la aduana. Era la primera vez que visitaba ese territorio, aunque lo había visto muchísimas veces en los días claros desde la urbanización de Estepona en la que los padres de una compañera de facultad tenían una casa y en la que ella había pasado alguna corta temporada. También había atravesado el Estrecho en barco, rememoró, más que nada para no tener que pensar en muchas otras cosas, pero nunca hasta hoy había pisado propiamente su suelo. Su primera impresión fue la de que no se había ido de casa, de que todavía seguía en España, pero en cuanto entregó la documentación le sorprendió el extraño idioma mezcla de español e inglés que utilizaba el funcionario. El llanito, recordó que se llamaba, y sonrió al hombre regalándole, sin que él pudiera llegar a apreciarlo, su primera sonrisa espontánea en mucho tiempo. Era una graciosa forma de hablar, tenía que reconocerlo.

No tardó demasiado en alquilar un coche con GPS y, dejándose guiar por él, salir del aeropuerto y conducir al centro de la ciudad, a la calle Main Street, que al parecer empezaba justo en la plaza del Reloj. Cuando llegó comprobó que se trataba de una vía repleta de tiendas de electrónica, informática, joyerías, perfumerías y boutiques formada por una desordenada mezcla de antiguas construcciones portuarias, fortificaciones centenarias y edificios grises de nueva construcción al pie de la gran montaña rocosa convertida en fortaleza.

Un teleférico servía para ascender al risco central de la cumbre, según le explicaron en una cafetería en la que entró para tomar el segundo desayuno de la mañana. El viaje silencioso del teleférico a la cima del peñón permitía divisar el perfil recortado de la costa africana, de Ceuta a Tánger, donde las aguas del Atlántico entraban en el Mediterráneo.

En la cafetería uno de los camareros, todo amabilidad, le indicó también dónde recabar información sobre el tráfico de buques y barcos del puerto. Se trataba de un edificio oficial que regulaba la actividad comercial del puerto deportivo no muy lejano en el que un amable empleado se avino a buscar en el registro si hubo alguna vez un barco que alquilara allí su amarre y que respondiera al nombre de *Olimpo*.

Para su decepción, le informaron de que en la actualidad no existía ninguno con ese nombre anclado en Gibraltar, aunque, ante su insistencia, sí llegaron a comprobar gracias a sus registros informáticos que en efecto hubo un *Olimpo* perteneciente a un tal José Cardoso cuya licencia se había cancelado hacía cuatro años.

Jimena se sintió frustrada y algo ridícula, allí, ante el empleado, con la sensación absurda de que había hecho un viaje inútil por el que se había enfrentado a casi todo su entorno para que concluyera, nada más empezar, en menos de una hora desde que había llegado allí, en un callejón sin salida. En un primer momento tuvo la intención de agradecer al funcionario su colaboración, dar media vuelta y volver por donde había venido, primero al aeropuerto y después a Madrid. Pero una luz en su cabeza se encendió y se dijo que, como abogada, estaba acostumbrada a analizar desde muy diversos puntos de vista un caso, a veces incluso desde el extremo opuesto, el del contrincante, para ver por dónde enfocarlo.

¿Y si el tal Cardoso fuera el cabo del que tirar?

¿Qué pasó con el *Olimpo*? ¿Sería posible que vendiera el barco, que lo desguazara o que aprovechara sus piezas para otra nave también de su propiedad?

En primer lugar, decidió, tenía que enterarse de quién era ese hombre. Y, también, asegurarse de si seguía allí, si tenía otro barco.

Regresó de nuevo a la ventanilla y preguntó si era posible conseguir la información inversa: saber si José Cardoso tenía algún barco atracado allí aunque no fuera el *Olimpo*.

—*Yes* —sonrió el funcionario después de teclear un rato—. El *Wallstreet*.

—¿*Wallstreet*? —repitió Jimena incrédula. No sabía por qué, pero el nombre prometía.

En cuanto pisó de nuevo la calle, volvió sobre sus pasos a la acogedora cafetería en que había estado antes. Tenía mesas amplias y conexión wi-fi, de modo que pidió otro café y se instaló en una de ellas, en la que abrió su portátil. La primera información que obtuvo sobre Cardoso procedía de una breve nota biográfica de un periódico provincial malagueño que, varios años atrás, daba cuenta de que Cardoso era un diplomático en excedencia residente en Estepona, donde, con otros socios a los que no se mencionaba, tenía una empresa de importación y exportación constituida en Gibraltar.

¿Gibraltar? Vaya, qué coincidencia, pensó con ironía segura de que, en este caso, las coincidencias no existían. Por pura curiosidad, ya que en el aspecto biográfico no parecía que fuera a encontrar mucho más, buscó en Google imágenes del sujeto. Halló, para su sorpresa, más de las que esperaba: eran instantáneas tomadas en fiestas de la jet que visitaba en verano Mallorca y la Costa del Sol; de esas fotos de grupo que los periodistas del corazón tomaban a los famosos de turno en el *photocall* de cualquier sarao y luego aparecían en los medios con un pie donde simplemente se enumeraba la lista eterna de nombres de los retratados, la mayoría con apellidos compuestos y alguno, incluso, con título nobiliario adosado. Al parecer, Cardoso, un tipo bajito, medio calvo y con gafas, era todo un asiduo, y su señora, de acuerdo con lo que mostraba la foto, un buen ejemplar de rubia recauchutada a punto de reventar por la silicona.

Sí, pensó Jimena, lo cierto es que a la luz de esas imágenes, le encajaba perfectamente el nombre de su barco. Y de pronto decidió que quería echarle un vistazo al *Wallstreet*.

Le costó un rato acceder al puerto y poder encontrar aparcamiento cerca, pero en no más de media hora ya estaba recorriendo las pasarelas de madera y comprobando con ojo clínico cuál sería el barco que llevara inscrito, en letras presumiblemente doradas, el nombre de *Wallstreet*. Cuando por fin lo encontró no le sorprendió ver que era una de las naves más grandes y ostentosas. No parecía haber nadie en cubierta ni trabajando en él limpiándolo u ocupándose del mantenimiento, pero aun así, daba la sensación de que era usado con frecuencia. Todo él relucía. Sobre la cubierta, bien sujetos a la barandilla, pudo distinguir el contorno de dos salvavidas. Uno era blanco con rayas rojas, el otro, algo más ajado a simple vista, con detalles azules. Quiso fijarse en si tenían algún nombre escrito, el del barco o cualquier otro, pero para ello tendría que acercarse más, incluso atravesar la escalerilla que daba acceso al barco desde la pasarela. Si alguien la veía podía resultar un gesto sospechoso, pero decidió arriesgarse. Sacó su teléfono móvil del bolso, lo manipuló hasta ponerlo en función de cámara fotográfica y, con él en la mano, después de echar un vistazo a uno y otro lado sin ver a nadie cerca, cruzó la tambaleante escalerilla, bien sujeta a su barandilla de cuerda, hasta llegar justo a la altura de la cubierta de su objetivo. Con solo dar un pequeño salto podría subir a él sin problemas y pasearse a sus anchas rebuscando a su antojo, pero se abstuvo muy mucho de hacerlo. Era abogada, sabía perfectamente que eso supondría allanar una propiedad privada.

Sí, desde ahí tenía una mejor perspectiva de los dos salvavidas. Los enfocó con la cámara del móvil y disparó un par de veces rogando para que el resultado, al pasarlo al ordenador, le proporcionara un par de tomas más o menos aceptables, y fue entonces cuando oyó una voz airada a sus espaldas.

—¡Oiga! —le gritó un hombre joven vestido con camiseta raída y vaqueros remangados—. ¿Me puede decir qué hace?

—Perdón, no sabía que no podía... —farfulló Jimena nerviosa—. Es que es un barco tan bonito... En Puerto Banús se fotografían todos y nadie protesta... —alegó, pretendiendo con esta frase hacerse pasar por una turista cualquiera.

—¡Precisamente por eso venimos aquí! —gruñó el hombre—, ¡para alejarnos de cotillas como usted!

Era muy malencarado, en una mano traía un cubo, pudo fijarse Jimena, y en la otra un cepillo de madera. Buenas armas, sobre todo esta última, si venía con ganas de pelea. Jimena se alarmó, su tono, sus palabras, guardaban un matiz ciertamente agresivo, de modo que retrocedió hasta la pasarela principal y, todavía excusándose, comenzó a desandar sus pasos hasta volver a las dependencias portuarias, llenas de gente entre la que, en un momento dado, pudiera sentirse protegida.

Cuando llegó hasta allí, se permitió volver la vista atrás: el hombre seguía plantado con las piernas bien abiertas y el rostro malencarado mirando hacia ella a pesar de la distancia. Lanzando un suspiro de alivio, Jimena apuró el paso hasta llegar a su coche y ya en él, intentó tranquilizarse tras asegurarse de que el cierre centralizado estaba activado. Luego regresó a Main Street, a todas luces la vía principal del centro de Gibraltar, y preguntó, en un puesto de información turística, por la dirección del Registro Mercantil Gibraltareño. Se trasladó hasta él y allí, otro simpático funcionario le indicó amablemente la ventanilla a la que debía acudir para obtener la información que necesitaba. En cuanto estuvo ante ella, comprobó que no había colas, ni empleados enfurruñados, ni trabas ni formularios que rellenar. «Esto es que son ingleses», pensó, y expuso con claridad su interés en comprobar cuántas empresas o sociedades aparecían en las que fuera titular único o societario José Cardoso. La mujer que le atendió tardó un buen rato en dar con toda la información.

«Normal —la justificó Jimena—, Gibraltar es un paraíso fiscal, un lugar opaco, inaccesible e impenetrable en la lucha contra el dinero sucio.» Desde luego, no colaboraba con España en ninguna de las operaciones de blanqueo de dinero descubiertas en la Costa del Sol o en las islas Baleares. Habitualmente, las pesquisas de los expertos en lucha contra el lavado de dinero solían chocar contra un muro infranqueable al llegar a la Roca, convertida en los últimos años en una de las sedes favoritas, por ejemplo, de las principales compañías mundiales de apuestas por Internet. Aparentemente, las principales fuentes de ingresos del lugar eran el transporte marítimo y el turismo, pero la realidad era que las actividades financieras suponían su mayor negocio. Amparado en su condición de territorio exento de IVA y al margen de la unión aduanera, había desarrollado una legislación fiscal que la convertía en un activo centro financiero *offshore,* con ventajosas condiciones fiscales; además de la no existencia de control de cambios para las personas físicas o jurídicas allí residentes.

Jimena había oído comentar a Aitor en más de una ocasión la paradoja de que Gibraltar contara con una población de apenas veintiocho mil personas y, en cambio, tuviera registradas más de treinta mil compañías. Era, pues, un lugar óptimo para ocultar las operaciones de la delincuencia económica internacional y el blanqueo de dinero procedente de actividades ilícitas.

—Aquí tiene —le dijo entonces la funcionaria, sacándola de sus pensamientos—. Disculpe la tardanza, pero...

—Sí, ya sé —respondió Jimena con una sonrisa interrumpiéndola—, tienen ustedes más de treinta mil compañías registradas: es mucho buscar, lo sé. Mil gracias.

Y salió apresuradamente, con las páginas impresas en su mano, en parte porque sabía que la oficina estaba ya a punto de cerrar y, también, porque comenzaba a tener hambre. Entre unas cosas y otras, se le había ido la mañana.

Eran ya las tres de la tarde y a Jimena la cabeza le daba mil vueltas. Se había quedado bastante harta de deambular Main Street arriba, Main Street abajo, por Gibraltar durante aquella larga mañana. Por ello, nada más salir del Registro Mercantil pensó abandonar el Peñón. Convencida de que allí no había nada más por indagar, decidió coger el coche para salir de la Roca en dirección a Estepona. Gracias a la noticia que había leído en Internet sobre José Cardoso sabía que este residía allí y, aunque por la tarde buena parte de las instituciones públicas estaban ya cerradas, pensó que siempre podría enterarse de algo más sobre él en su ciudad y, de paso, encontrar un hotel seguramente mucho más agradable que cualquiera de los de Gibraltar.

A eso de las siete de la tarde entró en Estepona por la autovía del Mediterráneo y en la primera gasolinera en que se detuvo preguntó por un buen hotel donde descansar; le recomendaron uno relativamente cerca de allí. Se trataba de un hotel pequeño, uno de esos «con encanto», agradable y dotado de personalidad propia.

Hotel Albero, se llamaba, y aunque no parecía que contara con muchas habitaciones, y a pesar de que estaban en plena temporada alta, tuvo la suerte de conseguir la última que quedaba libre de las quince con que contaba el edificio.

Fue la propia dueña del negocio, una chica más o menos de su edad llamada Myriam, la que la guió hasta la habitación. Por el camino, le fue explicando que ella misma había decorado personalmente cada una de las estancias de un modo diferente y que todas respondían, por su nombre y temática, a una ciudad especialmente evocadora a la que, a través de los objetos que dotaban de personalidad a cada cuarto, se invitaba de algún modo a viajar. A Jimena le tocó la llamada Fez, y nada más entrar percibió, en efecto, la sensación de sentirse en Marruecos. La habitación estaba pintada de color ocre y la cama, más baja de lo normal, ocupaba una parte importante del cuarto; unos cojines cuidadosamente distribuidos por un rincón, con una llamativa lámpara dorada en el centro, conformaban el lugar destinado a la lectura;

de la pared, en vez de cuadros, pendían unos tapices que hacían juego con el color de la colcha; el resto del muro estaba decorado con caligrafía árabe.

Jimena, tras dejar sus cosas sobre la cama y despedirse agradecida de Myriam, fue directa al baño, donde, en la medida de lo posible, continuaba la ficción marroquí: el lavamanos simulaba una fuente con azulejos de estilo mozárabe que culminaban con un arco de forma ojival al igual que el espejo y junto a la amplia bañera, que contaba con hidromasaje y era evidentemente moderna, una repisa encastrada en la pared y adornada con los mismos azulejos lucía una amplia colección de vasijas de cristal de colores llenas de velas, sales y jabones.

«Era justo lo que necesitaba», sonrió, y sin pensar la llenó y se dio un largo, relajante baño.

Al salir no había nadie con una toalla esperándola y dispuesta a abrazarla, y sintió una punzada de remordimiento por todo lo que le había dicho a Roberto.

Pero tenía cosas que hacer. Bien envuelta en un maravilloso y amplio albornoz, se sentó en la cama a leer el fajo de papeles impresos que había obtenido en el Registro de Gibraltar.

En el trasiego de nombres y empresas que manejaba y de los inmuebles asociados a ellas coincidían, de manera recurrente, dos nombres: Cardoso y un tal Puertoareas. A ellos se atribuía en exclusiva, sin intervención de otros socios, dos sociedades creadas en Gibraltar.

«¿Quién es este Puertoareas?», se preguntó Jimena. Y sin pararse a vestirse se sentó ante el ordenador para teclear un par de e-mails, brevísimos, a Lola y Jorge. A Roberto no, decidió tras meditarlo un instante.

En ellos les informaba de sus investigaciones y de que iba a pasar la noche en Estepona y dónde. Al final, les hacía, en idénticos términos, la misma petición: «Buscad toda la información que aparezca sobre Ignacio Puertoareas y las empresas en las que tenga alguna participación, por pequeña que sea».

Luego, acomodándose sobre los cojines, en la zona de lectura, siguió enfrascada en el estudio de los papeles del Registro sobre las actividades mercantiles de Cardoso. Un nombre, de los muchos accionistas con que contaban sus negocios, llamó su atención: Joaquín Wiren. «El marido de Paloma —pensó—, otra vez vuelvo a encontrarme con este desalmado.» Y reparó de nuevo en las coincidencias y en cómo unos nombres volvían a llevar a otros.

Ahora, a las siete, no podía con aquel dolor de cabeza. Notó que el albornoz, aún húmedo, estaba enfriando su piel y decidió vestirse y salir. No había comido desde su segundo desayuno gibraltareño más que un mal sándwich envasado al vacío comprado en la gasolinera que medio mordisqueó en el trayecto en coche hasta Estepona y estaba muerta de hambre. Se vestiría y saldría a cenar, pensó, se daría un homenaje, que bien se lo merecía.

Y sin dudar se puso un vestido ligero de algodón y, tomando el coche, condujo, guiándose por el eficaz GPS, hasta Puerto Banús. Le apetecía dar un paseo por la playa, visitar algunas boutiques que seguro estarían de rebajas y abiertas hasta tarde y cenar en un italiano frente al puerto, con vistas a los superyates de los potentados. Conocía y frecuentaba la Trattoria desde hacía años, desde los tiempos en que su amiga la invitaba a su casa de Estepona.

Al acabar la cena se dio el lujo de pasear un rato. A las diez de la noche, Puerto Banús bullía de veraneantes y turistas. Luego, remoloneando, llegó al hotelito, subió a pie hasta la tercera planta, donde estaba su habitación, tomó el ordenador y, saliendo a la amplia terraza, se sentó para bajarse el correo en uno de los cómodos sillones de enea colocados en ella. Tenía, en efecto, tanto respuesta de Jorge como de Lola.

El primero le pedía disculpas repetidamente, no cesaba de preguntarle cómo estaba y le advertía que tuviera cuidado. Poco más. Sí, una última cosa: le decía que Roberto parecía destrozado.

El de Lola, en cambio, le resultó mucho más útil. Le hablaba de Ignacio Puertoareas, le decía que se le relacionaba, en efecto, en varios negocios con Cardoso y Wiren y, ahí venía lo interesante, también con un narco colombiano llamado Barroso.

«¿Crees que esto puede tener algo que ver con la coca que se encontró en el barco de Aitor?», preguntaba. Y, a continuación de esta pregunta que dejaba en el aire, añadía los datos de que disponía sobre Barroso.

Jimena leyó las noticias que había pegado Lola en su e-mail con avidez. La más reciente detallaba que uno de los últimos presuntos narcos que había conseguido huir de las manos de la Justicia era, precisamente, ese Barroso, junto a uno de sus socios, apellidado Godoy, también de nacionalidad colombiana. Ambos habían sido detenidos en Huelva y supuestamente eran los responsables del cargamento de cocaína más importante aprehendido en España, escondido en el interior de un buque con bandera turca. Pese a ello, solo pasaron dos años a la sombra. El juez Beltrán González ordenó prisión preventiva sin fianza, pero curiosa e inexplicablemente, pasados los veinticuatro meses, el magistrado de la Audiencia Nacional se vio obligado a ponerlos en libertad porque se había superado el plazo establecido para solicitar la prórroga del encarcelamiento. Una vez en la calle, Barroso y Godoy debían comparecer ante el juez todos los días, obligatoriamente, y sobre ellos pendía, por supuesto, la prohibición expresa de abandonar España.

Quince días antes de que se agotara el plazo procesal previsto en la Ley, la Fiscalía Antidroga pidió a González que convocara la audiencia de las partes para debatir la prórroga del encarcelamiento otros veinticuatro meses, ya que los dos individuos estaban catalogados como tipos muy peligrosos. Sin embargo, en ese momento, el juez se encontraba casualmente en Colombia, participando en un seminario dedicado a las desapariciones forzosas, y a su vuelta a Madrid, de manera inopinada, ignoró la petición de la Fiscalía. Poco después, el mismo magistrado salió nuevamente de viaje alegando asuntos personales y con permiso del Consejo General del Poder Judicial, de suerte que la comparecencia para prorrogar la prisión de los dos detenidos se celebró pasada la fecha preceptiva. En la misma, el juez González dictó dos autos accediendo a la prolongación de esta medida cautelar, argumentando con «la gravedad de la pena a que podían ser condenados los acusados». Sus abogados alegaron, inmediatamente, que el plazo para prorrogar el encarcelamiento había concluido cuatro días antes.

Jimena bufó, todo ese asunto le parecía demasiado rocambolesco como para creer a pies juntillas las excusas dadas por el juzgado, que se limitó a atribuir el desaguisado a un simple error humano. Siempre había pensado que era ilógica la inexistencia de algún mecanismo que avisara a sus señorías de los límites temporales y así evitar que se les colara la fecha en casos de semejante importancia. «Nosotros nos la cargamos si se nos pasa la fecha de un recurso; si el cliente nos denuncia en el colegio, nos crujen por negligentes —pensó—. Pero parece que los jueces tienen bula», al margen de que en este caso concreto, lo que acababa de leer rayaba en la mala fe y la negligencia y rebasaba, con mucho, la categoría de «simple error humano». Máxime cuando en el caso del juez González, según relataba Lola, el magistrado, conocido como uno de los jueces estrella de la Audiencia Nacional, por aquel *despiste* no sufrió ninguna sanción.

Y, siguió leyendo, en cuanto al expediente abierto por el Consejo General del Poder Judicial a González por la excarcelación de los dos presuntos narcos, Godoy y Barroso, este quedó en una falta leve de incumplimiento injustificado de los plazos para resolver sobre la prisión preventiva. Lo mejor de todo era que durante los meses que González estuvo pendiente de la resolución de este expediente sobre su actuación, los dos colombianos cumplieron las exigencias judiciales y se presentaban a diario ante la autoridad que los controlaba, pero casualmente, ambos desaparecieron tras el dictamen del Consejo General del Poder Judicial sobre el caso que exoneraba al juez. Y eso que teóricamente estaban siendo estrechamente vigilados mediante un estricto dispositivo policial.

«Vaya amiguitos los de Puertoareas y, probablemente, Cardoso —pensó Jimena—. Y qué casualidad que el dueño de un barco relacionado con el incidente de Aitor, como parece ser Cardoso, tenga algo que ver con estos narcos...»

Y, agotada por el cúmulo de información, decidió que ya era hora de ir a dormir por más que todavía fuera temprano. Definitivamente, ese jueves había sido un día demasiado largo.

CUARENTA

A primera hora del viernes, con Lola en el hospital ocupándose de Aitor, Jorge y Roberto se vieron libres al fin para reunirse en el bufete.

—Ayer recibí un e-mail de Jimena —comenzó Jorge—, bueno, en realidad recibí dos: uno por la tarde y otro antes de que se fuera a dormir.

—Yo no he sabido nada de ella —reconoció Roberto—. Absolutamente nada, ni un SMS, ni una mísera llamada...

—Sí que está cabreada —consideró Jorge—. A mí, en realidad, no me hablaba de nada personal, ni siquiera me saludaba, ni un qué tal, Jorge, ni un aquí hace mucho calor... Nada. Solo pedía información.

—¿Sobre quién?

—Sobre un individuo llamado Puertoareas. Al parecer, es socio de José Cardoso, y este es, a su vez, dueño de un barco llamado *Wallstreet* y antes lo fue de otro llamado *Olimpo*. ¿Te suena? —Y tras ver que Roberto asentía con un gesto leve de la cabeza, continuó—: Pero eso no es lo peor.

—¿Ah, no?

—No, lo peor es que Puertoareas se relaciona, a su vez, con un narco llamado Barroso que fue detenido en su momento con el mayor cargamento de cocaína importado a España.

—¿Qué? —Roberto alzó la cabeza, alarmado, y Jorge pudo reparar en el intenso gris azulado de sus ojeras.

—Como lo oyes. La niña no es tonta, hemos de admitirlo. ¿No te parece?

—Sí lo es, de remate, y está en peligro. —Y sin previo aviso, como activado por un resorte, se levantó con una agilidad inusitada en un cuerpo de su tamaño y se encaminó en dos zancadas hacia la puerta.

—¿Qué haces? ¿Adónde vas?

Desde el pasillo Roberto, los ojos brillantes, el rostro resuelto de un hombre de acción, tuvo la deferencia de perder un minuto de su tiempo para despedirse de Jorge.

—Me voy a buscarla, siento dejarte solo con el bufete, pero tengo que hacerlo. No puedo permanecer aquí sabiendo que anda metiendo las narices en los asuntos de tipos como esos.

Y, sin más, dejando a Jorge con la palabra en la boca, desapareció.

Jorge, tras reponerse de la sorpresa, otra más en esos días ya de por sí ajetreados, tuvo la delicadeza de enviar un SMS a su amigo con los datos del hotel de Jimena.

Pensó también en enviarle un mensaje a ella informándola de que Roberto iba en camino, pero pronto desistió de hacerlo. Bastante cabreo tenía ya ella y, sobre todo, bastantes fuegos tenía él que apagar a su alrededor como para aceptar una vela, también, en ese entierro.

CUARENTA Y UNO

Jimena madrugó, por no perder la recién adquirida costumbre. Se duchó, desayunó en un santiamén y salió del hotelito en dirección a Guadalmina. Había estado sonsacando sin sonrojo a Myriam antes de salir, segura de que ella mejor que nadie tendría referencias sobre uno de los más activos miembros de la jet set de Estepona, y no se equivocó. La dueña del hotel no había vacilado en proporcionarle toda la información, o más bien cabía decir cotilleos, de que disponía sobre Cardoso. Incluyendo el lugar donde vivía.

Sabía que no tenía ningún sentido perder un buen pellizco de aquella mañana de viernes con ese capricho suyo de ver la casa de Cardoso por mucho que, según le había asegurado Myriam, esta fuera una de las más lujosas de la ya de por sí lujosa urbanización. Cuando llegó a Guadalmina aparcó en el club de golf, no sin antes haber tenido que pasar por un control de acceso. Ante las preguntas del «segurata» no se le ocurrió nada mejor para poder acceder que decir que había quedado con una amiga para jugar al golf, con la mujer del señor José Cardoso. Asombrada por las estrictas normas de control que allí regían, se riñó por no haber tenido la suficiente rapidez de reflejos como para dar un nombre falso más tarde, en el momento en que aparentemente iban a franquearle por fin el paso y le requirieron su nombre. Ahora, si alguien lo preguntaba, constaría que estuvo en la urbanización, y la hora a la que entró y, probablemente, también a la que saldría. Aunque no tenía mucho sentido dolerse, se consoló a sí misma diciéndose que bastante mérito tenía por haber ideado una mentira a tiempo para entrar. Se sentó en la cafetería y suspirando pidió un café al camarero que, de todos los que había en el local, le resultó el más simpático y menos encopetado. Se puso a hablar con él, algo inusual en ese lugar, con la intención de sonsacarle alguna información, sin resultar demasiado sospechosa. Necesitaba conocer la ubicación exacta de la casa de Cardoso.

—Es que me he liado a dar vueltas por las calles con el coche y al final todas me parecen iguales. No consigo dar con la que busco —gorjeó.

—¿De cuál se trata?

—El número de la calle no lo sé, creo que es la 4, pero no estoy segura. El dueño se llama José Cardoso, seguro que lo conoce...

—Sí, claro, lo raro es que hoy no se haya pasado por aquí. Mire, por la primera que pueda suba hasta una calle ancha que cruza, ahí coja a la derecha y ahí vuelva a coger a la derecha. No tiene pérdida, es la casa más blindada de la zona. En cuanto vea el dispositivo de seguridad, sabrá que ha llegado —sonrió—. Y ahora mismo vuelvo, señorita, y le traigo el café.

—Muchas gracias, dese prisa, por favor, no quisiera llegar tarde a mi cita —rogó Jimena con la mayor candidez que supo aparentar. Estaba atemorizada ante la posibilidad de que de pronto Cardoso llegara y el camarero, tan dicharachero, con tantas ganas de ayudar, le llevara hasta ella diciendo que había preguntado por él.

Salió lo más rápido que pudo para no resultar sospechosa y llegó a la casa. Era la última parcela de la calle, lo que le hizo calcular que el jardín debía de ser enorme. No alcanzó a ver la casa debido al alto muro, pero Myriam le había contado que dentro guardaba obras de arte de mucho valor y un jardín enorme, en efecto, entre neoclásico y hortera. Al parecer, Myriam había estado allí más de una vez porque en la mansión se daban grandes fiestas. La mujer de Cardoso, además, organizaba numerosas actividades sociales para conseguir dinero con el que ayudar a niños discapacitados.

—Hay que fastidiarse —murmuró Jimena mientras arrancaba. Y, sin perder más tiempo, tecleó en el GPS las coordenadas para llegar lo más pronto posible a Cádiz.

CUARENTA Y DOS

—José Luis —era Cardoso, con ese tono imperativo tan propio de él—. ¿Dónde estás?

—En el coche, voy para el despacho.

—Yo estoy en una terraza, me gusta desayunar antes de llegar al mío. Me estaba tomando un mollete con aceite cojonudo y hojeando el periódico he visto una noticia que te voy a mandar ahora por e-mail y que te va a dejar helado.

—Adelántame algo.

—No, mejor la lees tú. Luego hablamos.

A Martínez ya no le cupo la camisa en el cuerpo durante el resto del trayecto. Llegó al despacho y, casi sin saludar a sus secretarias ni pedirles el habitual café de todas las mañanas, se sentó ante su ordenador. En cuanto abrió el correo y vio el titular del diario regional, por poco le da un infarto: «Un importante empresario español ha sido encontrado en la habitación del hotel Kempinski con síntomas de asfixia», rezaba. Más abajo, en letras más pequeñas, añadía: «Más información en páginas interiores».

Una mezcla de angustia y preocupación le hizo ir directo al enlace que abría la noticia donde daba cuenta del accidente y de su resultado: mortal. Las hipótesis que barajaba el periodista como posibles causas del deceso eran variadas y lo único que el autor del texto daba por cierto era que una persona con voz de mujer había llamado a recepción para que avisaran a una ambulancia, advirtiendo de que el huésped de la suite 222 se sentía mal, con síntomas de que podría estar sufriendo un infarto. Obviamente, desde recepción marcaron el número de urgencias e, inmediatamente, dieron cuenta de lo sucedido al director del hotel. Dado que este tenía su vivienda en el establecimiento, se personó rápidamente, antes que los servicios de urgencias, en la 222. Entró en la habitación y comprobó que la persona alojada allí se encontraba sola y que no había rastro de la señora que telefoneó a recepción. A primera vista, vio una peluca de mujer y un portaligas y, en la salita anterior al dormitorio, fotografías eróticas y lencería roja.

Los facultativos de la ambulancia, proseguía la noticia, tardaron unos veinte minutos en llegar y rápidamente, nada más ver al huésped del hotel, se percataron de la gravedad del herido; le pusieron una mascarilla de oxígeno y se lo llevaron a un centro hospitalario, donde al parecer falleció a las pocas horas de su ingreso. El periódico contaba que, según fuentes policiales, el individuo apareció con una marca alrededor del cuello, como si una cuerda hubiera estado apretándolo. Era evidente que alguien se encontraba con él, ya que, en caso de haber estado solo, habría fallecido estrangulado por la cuerda y esta habría permanecido alrededor del cuello. Las primeras investigaciones barajaban la posibilidad de que el tipo, del que solo facilitaban las iniciales, hubiera intentado suicidarse, aunque la llamada de la misteriosa mujer y de la parafernalia erótica descartaba esa variante. La información apostaba por la idea, en su opinión mucho más plausible, de que la persona en cuestión resultara seriamente herida mientras llevaba a cabo un juego sexual llamado hipoxifilia, consistente en practicar la privación de oxígeno, a uno mismo o a otra persona, con el objeto de obtener o mejorar el orgasmo. Al parecer, los usuarios de este método tenían la convicción de que la disminución de oxígeno aumenta el placer sexual. La asfixia erótica se utilizó por primera vez como un tratamiento para la disfunción eréctil y la impotencia a partir de la observación de que algunos reos, en el momento de ser ejecutados en la horca, desarrollaban una erección que se prolongaba a veces hasta incluso después de la muerte, llegando a provocar en ocasiones la eyaculación durante o después del ahorcamiento del ajusticiado.

Estas prácticas sexuales de riesgo, seguía explayándose el texto, acostumbran a incluir la participación de una o más personas debido a que va más allá de los límites de lo «seguro, sensato y consensuado». Entre los componentes de la orgía suele ser común utilizar algún tipo de señal convenida para advertir al otro del peligro. En este caso, quien estuviera con el ya difunto debió de intentar salvarle en el último segundo. La información del diario añadía, finalmente, que asfixiófilos extremadamente degenerados suelen desear ser estrangulados hasta la muerte. En este sentido, aludía a varios personajes conocidos tristemente fallecidos por algún percance sucedido en relación con la hipoxifilia, como el célebre caso de Sharon Lopatka, quien por medio de Internet localizó un hombre que tuviera la fuerza suficiente como para llegar a torturarla y matarla mientras realizaban el acto sexual; el cacareado fallecimiento de Stephen Milligan, político británico cuya muerte accidental supuso un escándalo que sacudió los pilares del partido conservador o, más recientemente, el óbito del actor David Carradine.

Martínez tenía de pronto la boca seca, su corazón pegaba tales brincos que podría haberse salido del pecho. Trató de tranquilizarse, pero no pudo evitar pensar que si no manejaban bien esa situación, podría convertirse en el principio de algo mucho más gordo, en la punta de un iceberg que parecía desplazarse en dirección a ellos. El rotativo, volvió a comprobarlo, no ponía el nombre del huésped, pero él sabía que se trataba de su socio mayoritario. Tomó el teléfono, Cardoso descolgó de inmediato:

—¿Qué hacemos? —dijo por todo saludo.

—Yo qué coño sé. Esta cagada nos puede complicar la vida. Y lo peor es que yo también uso de vez en cuando la suite 222. Es una habitación que teníamos alquilada con Puertoareas para asuntos personales, no solo para llevar chicas, entiéndeme, también para mantener discretas reuniones de trabajo o para invitar a algún compromiso a pasar unos días en Estepona. Ahora no sé cómo puedo evitar que me relacionen con él.

Martínez se puso a pensar a toda velocidad.

—Llama a nuestro contacto con la policía en Estepona para que desvíe la información de los medios de comunicación y nosotros no aparezcamos por ninguna parte.

—Puedo hacerlo, sin problemas, pero a mí eso no me va a salvar el cuello. Los empleados del hotel van a empezar a largar en cuanto aparezcan por ahí los medios de comunicación, y a mí aquí me conoce todo Dios.

—Unta a quien haga falta, usa las reservas para urgencias, que para eso están. Y, en cuanto a los periodistas, habla con ellos si se ponen insistentes y manéjalos como tú sabes hacer. No hace mucho ya demostraste la capacidad que tienes para moverte entre ellos; acabas de hacerlo con el caso del barco y las drogas.

—Lo intentaré, pero no te aseguro nada...

—No lo puedo creer, joder, ¿tenemos comprado a medio pueblo y ahora me saltas con que esto se nos puede ir de las manos?

—Ya, pero es que todavía hay más.

—Dime. —Martínez recordó aquella frase taurina y se preguntó si debía agarrarse los machos.

—Tenemos a una mosca cojonera preguntando.

—¿Por quién?

—Por mí.

—¿De quién se trata?

—De una abogaducha de Madrid, según me han advertido desde Gibraltar y me han corroborado en el club de golf.

—¿Y tú no decías que eras un hombre de acción? No sé ni para qué me lo preguntas: ocúpate de ella.

CUARENTA Y TRES

—Jorge —dijo Merche, en un tono de lo más humilde—, hay una mujer que pregunta por Jimena.

—Pásamela —ordenó, pensando qué más podría ocurrir aquel agitado viernes. Todavía no era la hora de irse, no habían dado aún ni las siete de la tarde, y ya estaba cansado de sortear más de un terremoto. Tras unos segundos en silencio, la comunicación se restableció con la nueva comunicante al otro lado del aparato—. ¿Sí? ¿Diga?

—¿Podría hablar con Jimena, por favor? Soy Paloma Blázquez.

—Hola, Paloma, soy Jorge. Jimena no está ahora mismo en Madrid. Un caso la ha llevado a Gibraltar y Cádiz. En unos días, o eso esperamos, regresará. ¿Es algo urgente? —se interesó—. Si quieres, puedo pasarte su móvil.

—No, creo que no es necesario —su voz sonaba extrañamente animosa—, en realidad creo que tengo buenas noticias.

—¿Y eso?

—No sé si has seguido unas informaciones sobre un hombre que ha muerto tras practicar sexo de riesgo…

—Lo cierto es que sí, lo hice esta mañana en internet poco después de llegar al despacho. Como acabo de decirte, Jimena, en sus investigaciones, no anda muy lejos de Estepona.

—Verás —se volvió repentinamente vacilante—, sé que puedo resultar algo cínica al mostrarme tan alegre, pero... Es que el protagonista del suceso es mi ex.

—¿Estás segura? —Jorge también se alegró, y se sintió probablemente mucho peor que ella al hacerlo, porque de pronto se percató de que no frenaba su alegría ningún tipo de remordimiento ni pesar—. ¿Cómo lo has sabido?

—Me llamaron de la Fiscalía de Menores porque, tras lo sucedido, Naia se encuentra en situación de desamparo. Querían saber si tiene familiares cercanos que se puedan hacer cargo de ella porque, de la noche a la mañana, su situación ha cambiado enormemente: carece de padre y sobre su madre pende una orden de alejamiento... Pero estoy contenta —le dijo, aunque parecía más una afirmación para sí misma que para su interlocutor—. La asistente social que se ha hecho responsable de mi hija y se ha puesto en contacto conmigo parecía muy amable y al enterarse de que he pedido el indulto me ha sugerido que solicite medidas cautelares para que, mientras se estudia este, alguien de mi familia pueda ocuparse de Naia, dado que la de Joaquín está demasiado lejos. ¿Tú crees que puede hacerse cargo de ella Jimena, aunque no esté en este momento?

—Por supuesto, me pongo a ello ahora mismo —le aseguró Jorge, repentinamente servicial—. Dejaré de lado todo lo demás y haré un escrito explicando la situación tan particular de tu hija que entregaré en la Fiscalía de Menores. Haré lo mismo en el Juzgado de Familia y así todo irá más rápido. Yo creo que esta nueva coyuntura puede darle la vuelta a todo este asunto que te trae por la calle de la amargura. La muerte de tu ex en semejantes circunstancias da claramente a entender que era, cuando menos, un depravado... Si no te ofende que te lo diga, claro —reculó de pronto, como si se hubiera pasado tres pueblos.

—No creo que ahora mismo pueda ofenderme nada —reconoció ella—. Estoy como volando. Me siento tan libre de pronto... Ya no hay miedos, ni temores, ni esa desazón que me lastraba porque me parecía que esta pesadilla nunca podría terminar... Pero discúlpame tú a mí, te estoy dando la tabarra con mis historias...

—No, por favor, para eso estoy. Es un placer escucharte y saber que ahora, con un poco de suerte, ya no tendrás de qué preocuparte.

—Bueno —recapacitó Paloma—, todavía quedan los socios de mi marido. Él era el cabecilla de negocios muy sucios que creo nunca podré contar por mucho que me remuerda la conciencia si sigo callando. Pero José e Ignacio son dos tipos de armas tomar y estoy segura de que, si hablara, ellos recogerían el testigo y vendrían a por mí de inmediato...

Jorge sintió que le flaqueaban las piernas, y eso que estaba sentado. Esos dos nombres de pila juntos le sonaban, acababa de oírlos en algún lado...

—Paloma, sé que no puedes hablar, y de verdad lo entiendo, pero ahora mismo Jimena puede estar en peligro y necesito que me digas solo una cosa. Lo único que tienes que hacer es responder con un sí o un no y nada más, y si no quieres hablar, no te preocupes, lo entenderé.

—Yo..., no entiendo... Pero si se trata de ayudar a Jimena...

—¿José e Ignacio son, por un casual, José Cardoso e Ignacio Puertoareas? —preguntó de sopetón, comprobando nombres y apellidos en el correo de Jimena que tenía abierto ante sí, en la pantalla de su ordenador.

—Sí —contestó Paloma con un hilo de voz.

—Muchísimas gracias, Paloma, un millón de gracias, de verdad. Ahora tengo que dejarte, he de avisar a Jimena y... Oye, Paloma, ¿puedo preguntarte otra cosa? —se decidió, repentinamente armado de una osadía inusitada.

—Yo no puedo implicarme más...

—¿Te apetecería quedar a cenar conmigo? —dijo sin respirar, cerrando los ojos, decidido a ir a por todas.

—¿Qué? Esto sí que no me lo esperaba. —Su voz, con todo, sonó divertida al otro lado.

—No quiero presionarte, sé que estás en un momento especialmente difícil, y te aseguro que yo también tengo bastantes follones por delante, pero me gustas, desde el primer momento en que te vi me resultaste atractiva y no quiero dejar pasar este tren. He perdido ya tantos que...

—Sí —rió ella—. Puede ser una locura, pero sí.

—¡Genial! ¿Te parece que te llame luego? Ahora debo ocuparme de Jimena —respondió feliz como un niño, e histérico, y preocupado y contento y casi gritando aturullado.

—¡Cuelga! —le reprendió ella—. Jimena es lo primero, ya hablaremos después. Tienes que hacerlo, estás obligado después del susto que me estás metiendo en el cuerpo.

Y los dos colgaron al mismo tiempo.

Un segundo después, Jorge ya estaba marcando el número de Roberto.

CUARENTA Y CUATRO

Sabía que no iba a ser fácil. Con mujeres como ella nunca lo era o, por el contrario, era todo sospechosamente sencillo, tanto que casi resultaba preferible a veces que sus rasgos y su belleza no le allanaran el camino, que la trataran exactamente con el mismo desdén que reservaban a todas las demás inmigrantes, a todas las otras mujeres negras.

Ese día, contra su costumbre, había intentado pasar desapercibida. No sabía si lo había conseguido y, por las miradas inequívocas que le dedicaba el colombiano que regentaba aquel locutorio, comenzaba a dudarlo. Decidió ignorarlo y no ponerse nerviosa. Total, qué podía perder si todo a su alrededor se había ido ya a la mierda. Qué podía pasar. Qué podía empeorar.

Rebuscó en su bolso diminuto hasta dar con el papel, arrugado, manchado de carmín, que su amiga Claudia le había pasado. No era su nombre auténtico, por supuesto, como tampoco lo era el suyo, Noemí, pero lo cierto es que le venía como anillo al dedo. Julianna, pues así es como se llamaba su amiga, era una rusa rubia, alta y delgada, clavadita a Claudia Schiffer. Estaba muy solicitada, y no era nada extraño dado que sus medidas y su melena dorada eran perfectas y, además, era toda una profesional. Y lo decía con conocimiento de causa, sonrió, porque en más de una ocasión habían tenido que trabajar juntas sobre el mismo tío. Claro, razonó mientras introducía las monedas suficientes para llamar a Madrid y para no confundirse marcaba lentamente el número apuntado en el papel. «Todo aquel que pueda tener una Claudia y una Naomi a su disposición y dinero para pagárselo, cómo iba a resistirse a disfrutar con dos putas idénticas a las más famosas modelos del momento...» Rió y volvió de inmediato a fruncírsele el ceño al reparar en el marrón en el que, por tonta, por idiota, por buenaza, se había metido. Menos mal que Julianna, o Claudia, qué más daba, era lista. Mucho. Y tenía contactos. Porque lo que era ella, Naluya, a la hora de ayudar a los demás, de pensar en los otros, de sacar una agenda llena de teléfonos a los que llamar sabiendo que al otro lado estarían dispuestos a echarle un cable, se mostraba totalmente ineficaz. Absolutamente perdida. Nula.

Y de hecho, ahora que lo pensaba, volvió a reñirse, no tenía ni idea de por qué hacía esto, se dijo una vez más.

Por su carita de niña perdida.

Porque por las mañanas, a la hora de desayunar, se peinaba con trencitas y parecía que echaba de menos a su mamá.

Con lo fácil que sería coger sus cosas y largarse a Barcelona, o a la capital, sin mirar atrás...

—Beltrán, Castro, Daroca y Martin, ¿qué desea? —bufó una voz, metálica y seca, a través del teléfono.

—Quería hablar con Aitor. —Naluya procuró pronunciar con cuidado el nombre también apuntado en el papel, que le sonaba bastante raro.

—Aitor no está en el despacho.

—¿Cuándo vendrá?

—No vendrá en mucho tiempo. —Y a Naluya le pareció que

la mujer que le hablaba al otro lado del aparato, allá en Madrid, se alegraba al decirle aquello.

—¿Y Jimena?

—Jimena qué...

—Que si está Jimena, coño. —Esa estúpida de secretaria empezaba a tocarle las narices, y buena era ella, Naluya, si la cabreaban o, lo que era casi lo mismo, si le parecía que la ninguneaban, aunque fuera por teléfono. Y la imbécil que le hablaba no podía adivinar que era negra.

—No. —La satisfacción rebosaba de la boca de la idiota—. Ella tampoco está.

—¿Hay alguien ahí que sea abogado con quien pueda hablar? —Ahora ya era una cuestión personal, Naluya no estaba dispuesta a darse por vencida.

—Lo cierto es que ya casi estamos a punto de cerrar. Tiene suerte, porque estas no son horas. ¿Es usted cliente del bufete?

—No.

—Ya, entiendo, ¿y de parte de quién digo que llaman?

—De parte de tu puta madre.

Tras una pausa, larga, demasiado larga, en la que se mantuvo a la espera escuchando una versión horrible del Guantanamera, un hombre retomó la comunicación.

—Buenas tardes —parecía agitado—, ¿en qué puedo ayudarla?

—Buenas —Naluya fue al grano, ya no estaba para gaitas—, tengo una amiga que está presa en el CIE de Málaga. Me han dicho que Aitor o Jimena pueden sacarla, pero no están.

—No, ahora mismo no están en el despacho, pero somos cuatro abogados. Si le interesa, podemos ayudarla —dijo el hombre con un tono que parecía más calmado. Parecía amable.

—Antes de seguir tengo que decirle que no sé si nos alcanzará el dinero. Hemos hecho un fondo entre varias, pero no sé si ustedes son caros o... —Naluya pensó en cómo proseguir sin resultar demasiado brusca. Una de las costumbres entre las que se dedicaban a su oficio era hablar de dinero sin ambages y cuanto antes, pero tampoco quería pasarse y cargarse la única ayuda que había sido capaz de encontrar antes de empezar siquiera a explicar el caso.

—No se preocupe —zanjó el hombre, que cada vez le iba cayendo mejor—. Podremos llegar a un acuerdo, seguro. Sabemos que las personas que tienen la desgracia de acabar en un CIE no son millonarias. Dígame, ¿qué le ha sucedido a su amiga?

—Yo estoy acostumbrada a hablar sin rodeos, ¿me entiende? Así que no se asuste si digo las cosas claras, es que soy un poco bruta.

—Tranquila, no tenga miedo a hablar. —Notó la intriga, la curiosidad en su voz—. El Código deontológico le garantiza la confidencialidad en todo lo que vaya a contarme, lo que no puedo garantizarle es que no vaya a escandalizarme —dijo el hombre. Naluya supo que estaba bromeando. Y le gustó.

—Mi amiga es puta, como yo —se lanzó—. El otro día estaba haciendo un servicio y se le murió el cliente. Se asustó, se largó de allí casi con lo puesto y cuando volvió al piso que compartíamos, la jefa le dijo que de eso nada, que se buscara la vida como pudiera, pero que allí no había sitio para ella. La pobre no tenía adónde ir y al final la pilló la policía. Como sus papeles no están en regla y es inmigrante, como yo y como todas, ha acabado en el CIE.

—Comprendo. Y las compañeras os habéis puesto de acuerdo para sacarla de ahí.

—Más o menos. Después del lío que se montó con la muerte de ese tío nos han desmantelado el piso, porque el que la palmó era un pez bien gordo que hasta era medio socio y dueño del negocio, aunque nosotras de eso no estábamos enteradas. Ahora andamos todas manga por hombro. Pero más o menos has acertado: algunas sentimos pena por Saskia y queremos que salga de ahí.

—¿Tu amiga se llama Saskia?

—Sí. —Naluya intuyó que estaba apuntando los datos.

—¿Y tú?

—Noemí.

—Venga, dime tu nombre de verdad, no el de guerra. Te doy mi palabra de que puedes confiar en mí.

—Naluya. —Y en cuanto lo dijo pensó que posiblemente era una mema y terminaría arrepintiéndose, pero en ese momento, era cierto, se fiaba de ese abogado—. Ella, Saskia, no es una criminal ni nada de eso. Es una buena chica. No tuvo ninguna culpa de que el otro la palmara, a saber qué se habría metido.

—Creo que podemos ayudaros. Necesitaré, claro, que nos des más datos, pero has hecho bien al llamarnos, porque justamente una de nuestras especialidades es inmigración y sacar a gente de los CIE. ¿Puedo hacerte un par de preguntas?

—Dispara.

Él rió.

—Bien, la primera es fácil: ¿de qué nacionalidad es tu amiga?

—Creo que rumana, pero no lo sé. De alguno de esos países del Este.

—Entiendo... —Naluya supuso que seguía anotando.

—¿Y la segunda pregunta? —le apremió. Temía que se le terminaran las monedas.

—¿Desde dónde llamas?

—Desde un locutorio.

—No, me refiero a la ciudad en la que trabajáis tú y Saskia.

—Ah, en Puerto Banús.

—Vale, y una más...

—Ya son tres —le cortó.

—Te prometo que será la última, es pura curiosidad personal: ¿cómo es que nos has llamado a nosotros?

—Una de las chicas, Julianna, se acostaba también con el muerto, el que ahora sabemos que es uno de los jefes, y en varias ocasiones le oyó despotricar contra un abogado llamado Aitor Castro. Y también contra una socia suya, Jimena Beltrán. Por eso ella y yo pensábamos que si nos poníamos en contacto con vosotros, no correríamos el peligro de que fuerais amigos o socios suyos o algo.

—No me digas... ¿y se puede saber quién es el muerto?

—Joaquín Wiren. ¿Te suena?

Cuando la conversación terminó, Naluya estaba razonablemente satisfecha. De hecho, lo estaba tanto que si hubiera tenido delante al abogado que la atendió tan amablemente y no a cientos de kilómetros de distancia, se lo habría tirado, de majo que era.

Mucho más tranquila, convencida de que Saskia saldría de aquella, se dijo que tenía que llamar a Julianna para darle las gracias. Y, ya de paso, proponerle un negocio montado por las dos. Ya que con sus dúos habían hecho de oro a la madame y a los amos del negocio, por qué no trabajar para sí mismas. Suspiró. Estaba segura de que la rusa le exigiría que dejara sus vicios, se olvidara del alcohol y la coca, de robar a los clientes cuando estaban dormidos y se controlase con el látigo cuando le pedían algo de sexo duro. En fin, creía que podría hacerlo. En el fondo, ahora que no tenía nada que perder, ahora que debía empezar de cero, era mucho más libre. Y ser su propia jefa tenía sus ventajas, además. Podría rechazar a los clientes que no le gustaran, racionalizar sus jornadas sin trabajar a destajo, vivir en un lugar que le resultara agradable y decorado por ella, tener tiempo libre por las mañanas para pasear y comprar y hasta ir al mercado... Todo podía pasar. ¿Acaso no sucedía en *Pretty Woman*?

CUARENTA Y CINCO

El vigilante estaba contento. Acababa de instalarse en la ciudad y ya tenía un nuevo encargo. Eso era, como su madre diría, llegar y besar el santo.

Conducía con cuidado cuando comprobó una vez más que estaba llegando al lugar indicado. Sí. La descripción coincidía. Antes de bajar del coche revisó su equipo y suspiró satisfecho, pues llevaba todo lo necesario. Allí, en uno de sus bolsillos, estaba el juego de ganzúas y, en el otro, la cuerda de piano que usaba para estrangular y, por si acaso, la pistola en la sobaquera y el puñal bien sujeto al tobillo.

Nunca se sabía. La futura víctima no parecía ir a oponer mucha resistencia, pero cualquiera se descuidaba y dejaba nada al azar después de la metedura de pata con el abogado.

En el aparcamiento no había demasiados coches. Se detuvo ante la puerta del establecimiento dudando sobre cómo entrar; si hacerlo por la cara o, por el contrario, buscar algún rodeo que le hiciera pasar desapercibido. Finalmente, se decidió por ir a cara descubierta, como un cliente más, tirando de decisión y de jeta.

—Buenas tardes —dijo a la encargada de la recepción.

—O casi mejor buenas noches —contestó esta, aunque el vigilante no pudo oírla porque ya había comenzado a subir las escaleras para eludir el ascensor y las posibles cámaras que pudiera haber en la entrada del establecimiento.

CUARENTA Y SEIS

Jimena, en la terraza del hotel, envuelta de nuevo en el mullido albornoz, estaba agotada. El día había sido largo, intenso y, lo peor, infructuoso.

En voz bien alta, para desahogarse, soltó un par de tacos y juramentos. Pero nada, no la consolaban del día que había perdido en Cádiz.

Tras un viaje en coche que se le antojó demasiado largo y después de varias visitas a los hoteles cercanos al puerto, consiguió dar con el hotelito al que correspondía la toalla hallada en el bote de Aitor. Preguntó en recepción si recordaban a los miembros de la tripulación de algún barco, a algún turista que se hubiera alojado allí y comentara a quien fuera del servicio que había llegado o alquilado algún barco, pero se topó con un callejón sin salida. En los días cercanos a la aparición de Aitor, en Cádiz se había celebrado una regata de repercusión internacional, la Tall Ship Race. Desde varias semanas antes, por tanto, numerosos marinos y participantes, y público, y periodistas extranjeros, todos relacionados con el deporte náutico, habían pasado por allí. El encargado de la recepción le recitó una lista interminable de nombres de barcos llenos de extranjeros atracados por aquellos días en el puerto: el *Mir*, el emblemático *Américo Vespucio*, el *Sagres* portugués y hasta un velero alemán que recordaba por sus velas verdes, cuyo nombre no acertaba a pronunciar correctamente. «Esos días —le explicó—, miles de personas pululan por el puerto para admirarlos.»

Jimena, enfadada, dio un golpe en la barandilla de la terraza. Mierda. Dar con ese barco era una quimera. Menos mal, se consoló, que tenía las fotos de los salvavidas del de Cardoso y ojalá alguno de ellos coincidiera con el que la Guardia Civil conservaba consignado como prueba.

Tendría que pasar las fotos al ordenador, se le ocurrió de pronto, y ampliarlas en la pantalla. Así se verían mejor los detalles y hasta podría enviárselas por correo electrónico a Lola y Jorge... Y comenzó a girarse para regresar al interior de la habitación, pues allí, sobre la cama, la esperaba su portátil.

De pronto algo detuvo sus movimientos, una mano que la atenazaba y le impedía volverse; era una mano fuerte de hombre que la sujetaba por el cuello y que con la otra pretendía pasar algo sobre su garganta. Intentó chillar, pero no pudo emitir sonido alguno; quiso patalear, o pisarle, pero estaba descalza y poco daño podría hacerle. Ese desconocido, que Dios sabe cómo habría entrado, parecía vigoroso, incansable en la fuerza con la que oprimía su cuello... Jimena comenzó a toser, congestionada, y se dio cuenta, aterrada, de que empezaba a faltarle el aire.

Con las dos manos alzadas sobre su cabeza intentó palpar la cara de su atacante, aunque sabía que era imposible que sus pequeñas manitas vencieran la opresión de las manazas de él; pero al menos podría tal vez arañarle y, así, lograr quitárselo de encima. Lo hizo con furia, sintió sus uñas clavarse en la piel de él y que la tensión se aflojaba ligeramente, solo un poco. Demasiado poco.

«No hay nada que hacer», se dijo entonces. Todo está perdido. Y sin saber por qué, el que creyó sería su último pensamiento antes de morir, la última imagen ante sus ojos, no fue para su madre o sus hermanos, ni siquiera para Aitor, sino para Roberto mirándola la otra noche en casa de Lola, con sus ojos tan tristes, con ese aire lastimado de perro apaleado.

«Adiós, mi amor», pensó. Y sintió las lágrimas correr sobre sus mejillas y supo que no surgían por miedo ante la muerte ni eran causadas por el dolor de aquellas manos a punto de romper su tráquea... «Adiós», repitió en su cabeza.

Y, de pronto, el suelo tembló.

Su atacante, sorprendido por el estruendo, se giró para ver qué sucedía arrastrándola en su movimiento, y por entre el agua salada que nublaba sus ojos Jimena acertó a distinguir la figura de Roberto en el suelo de la habitación, sobre la puerta que acababa de tumbar de un fuerte empujón.

El hombre la soltó de golpe y se agachó, incomprensiblemente para Jimena, que, confusa, no entendía qué buscaba allí, bajo la pernera de su pantalón. Cuando vio que sacaba un puñal brillante, grande y aterrador, oculto bajo la tela, quiso gritar para advertir a Roberto, pero no tenía voz, no lograba articular palabra y no sabía si era por el susto, el pavor o porque ese hombre desalmado le había destrozado de algún modo la garganta.

Aunque su grito no hubiera podido influir en nada porque Roberto ya estaba allí, abalanzándose sobre el intruso a cuerpo descubierto, sin importarle que él alzara el arma para alejarlo del lugar. Era un hombre iracundo, como un coloso fuera de control; no parecía importarle su propia seguridad, solo su ira y el deseo de acabar con aquello.

El hombre tiró un par de cuchilladas al aire que Roberto esquivó con agilidad, luego, cuando vio que este, asombrado por su destreza, bajaba la guardia, aprovechó para encajar un puñetazo en su cara que hizo tambalearse al atacante. Soltó el arma, retrocedió un par de pasos hasta que su espalda topó con la barandilla de la terraza y, entonces, sonrió.

—Es un placer tener tan buen contrincante —dijo, y Jimena supo que, mientras hablaba, con su mano buscaba algo en su espalda. Y justo cuando iba a levantarse para hacer algo, lo que fuera, descubrió que todos sus gestos llegaban tarde, pues el arma ya estaba apuntando a Roberto, que se abalanzó sobre él rugiendo otra vez, como un oso hambriento. De un empellón violento lo empujó sobre la barandilla y lo hizo caer con un grito desgarrado, tres pisos hasta el suelo, que recibió al asesino con un crujir de baldosas rotas y huesos astillados.

—Te llamé, pero no pude localizarte, siempre estabas fuera de cobertura —decía Roberto apretándola con fuerza, mirándole el cuello dolorido, abrazándola, besándole el pelo, acariciándola, sin dejarla explicar que, de tan frustrada como estaba con su investigación en Cádiz, de tanto miedo como tenía a hablar con él o con Jorge o con quien fuera que le preguntara por ese viaje loco, por esa absurda huida que estaba resultando infructuosa, que había provocado tanto dolor y tantas broncas, había terminado por apagar el móvil—. Y Jorge tampoco daba contigo, ni Lola, y no pude tomar ningún AVE antes, y el coche de alquiler era una patata y me perdí antes de llegar a este hotel y... Ya estás a salvo, mi amor —se calmó de pronto al ver que ella lloraba. Él dejó de temblar contra su cuerpo debido, tal vez, a la descarga de adrenalina de la lucha o al pánico a perderla, porque lo único que le importaba en la vida, siempre lo había sabido, pero ahora tenía la certeza, era ella—. Ya no puede pasarte nada. Yo estoy contigo, te lo prometo, para cuidarte siempre, para que tú me cuides a mí.

Y Jimena supo que era lo que necesitaba, porque él también temblaba, y también tenía miedo, y tan grande, tan fuerte, tan duro y recio, necesitaba una caricia, y saber que ella le amaba.

CUARENTA Y SIETE

Eran las tres de la madrugada del viernes y Camila no podía dormir. Y eso que se había tomado su buen par de tranquilizantes antes de acostarse.

Se dio una vuelta más en el lecho siempre vacío de compañía desde su regreso a Madrid, y maldijo entre dientes a los hombres. A todos.

Estaba harta de tener que llevar las riendas ella sola. De haber tenido que hacerlo desde siempre. Primero con su padre, un hombre débil dominado por su madre que, en el momento en que ella faltó, se abandonó al punto de no querer salir de casa y hasta casi de la cama. Ella, apenas recién abandonada la adolescencia, se vio obligada a llevar todo el manejo de una fortuna como la suya, con múltiples propiedades que arrendar, cortijos que gestionar, casonas que vender y servicio que contratar; y después con su marido. Un intelectual bohemio, que parecía decidido, con las ideas claras y del que se enamoró perdidamente porque representaba lo opuesto al mundo que ella había conocido. Sin embargo, ella no pudo o no quiso renunciar a las toneladas de tontería y esnobismo que siempre le acompañaban y él terminó hartándose.

Desde el primer momento dejó claro que jamás se incorporaría a esa vida que él consideraba fatua y fue coherente con sus convicciones. Y Camila se quedó sola, con mucho dinero, pero sola. Como siempre.

«Por fortuna —sonrió mirando al techo—, me libró de todos los lastres educacionales y en este tiempo siempre he tenido alguna compañía masculina, aunque haya estado obligada a representar formalmente mi papel de señora de alta alcurnia y madre abnegada, de doliente separada de un caradura... Y ahora, tras la sucesión interminable de novios y cazafortunas a cada cual más jeta, los niños han crecido y me hacen sentir vieja. Cada uno de ellos está dedicado a su propia carrera y a sus aficiones y siento cada vez más intensamente su desafección y su desinterés por gestionar la fortuna familiar. Eso es algo que sabe hacer tan bien mamá... Ya, vaya par de caraduras que lo único que quieren es vivir sin trabajar demasiado, divertirse y luego, como por arte de magia, heredar.»

Menos mal, eso sí, que en sus asuntos de pantalones no se metían y la dejaban en paz. Solo faltaría. Y ese pensamiento la llevó a su Negro.

Qué majo era al principio, y qué excitante llevar lo suyo en secreto, y su ardor en la cama, y esa pulsión dominante, controladora de su carácter que en los primeros tiempos tanto la estimulaba. Nunca lo hubiera pensado, pero ahora, a la luz de los hechos y los recuerdos, llegó a la conclusión de que si le gustaba sentirse dominada, incluso se atrevería a decir que sometida, era porque siempre, desde pequeña, había hecho con los hombres lo que le había venido en gana.

Por eso, tal vez, no estaba tan mal todo ese control que ella atribuía a su carácter de macho español, y fue feliz mientras achacó las preguntas, el con quién entras, el cuándo sales, el adónde vas, a los celos y al temor a perderla.

Luego, claro, comenzó a volverse algo pesado, pero formaba parte de él, era su modo de ser y no parecía que hubiera modo de cambiarlo. Decidió adaptarse y soportarlo porque, francamente, le daba interés a su vida, la alejaba del aburrimiento y, sí, también había que reconocerlo: nunca había tenido un sexo tan bueno.

Pero ahora, con todo lo que sabía, con lo que ella misma había visto, todas esas noches sin dormir, y los recuerdos de su travesía en alta mar acumulados en su memoria solapándose con las frases dichas a medias, como sin querer, y las llamadas a deshora y las ganas de saber, al fin lo comprendía todo. Sus preguntas insistentes cada vez que se iba de viaje, su empeño obsesivo por controlar sus citas y entradas y salidas y esa manera furtiva pero implacable de registrar su bolso o sus cajones con cualquier excusa. Recordó un día que la excusa fue la búsqueda de pañuelos de papel, querida, como le explicó cuando le pilló in fraganti al salir de la ducha antes de lo que él había previsto; otra tarde preguntando dónde estaba su encendedor, «que no doy con el mío», comentó sin inmutarse cuando le descubrió con las manos dentro de su bolso; «¿y no te importa que revise el correo desde tu ordenador, que estoy esperando un mensaje importante de un socio?», como dijo cuando le encontró en su despachito con el ordenador encendido y el correo, *su* correo, abierto... Chasqueó los dientes impaciente y se avergonzó de haber sido tan, pero tan rematadamente tonta. Ni que fuera una quinceañera epatada ante su primer novio, ni que nunca hubiera tenido amantes, ni que no supiera lo que era que le echaran un buen polvo.

De acuerdo, su Negro era ardiente, y atento, y joven, y bello. Pero no tanto.

O no tanto, al menos, como para perder el juicio por él, como para implicarse en las suciedades de sus asuntos, como para dejarse saquear y hacer la vista gorda ante sus desmanes y abusos.

Porque a ella, a Camila, no la saqueaba, no la utilizaba, no le mentía ni la chuleaba nadie, por muy abogado y brillante hombre de negocios que fuera.

Daba vueltas en la cama y le daba, también, vueltas y más vueltas a la idea, que primero fue la vaga sombra de una intuición y, después, tras horas y horas en vela, una certeza.

Solo podía haber sido él.

Lo recordó todo, punto por punto, paso a paso, y por más ángulos que buscó para analizarlo, no fue capaz de dar con otra conclusión.

Aun así, se dijo, resistiéndose de nuevo a la ignominia, a la humillación de saberse engañada dentro de su propia casa, volvió a aquellos días en Cádiz una vez más y sí, allí estaba él, recorriendo la casona familiar y abrazándola, y besándola, y mordiéndole el cuello, jugando a indios y vaqueros como un niño hambriento que la perseguía por todas y cada una de las estancias polvorientas. Pero siempre dejaba que tuviera una cierta distancia, una pequeña ventaja lo suficientemente amplia como para que ella, que conocía perfectamente la casa y cada uno de sus rincones más oscuros y secretos, se escondiera.

De pronto no fue a por ella. Agazapada tras una armadura esperó durante un buen rato, primero conteniendo la risa, después sintiéndose ridícula, hasta que se dio cuenta de que él no iba a ir a buscarla. «Se ha olvidado de mí», pensó al principio, molesta e insegura como una candorosa novia enamorada. Luego lo pensó mejor y se le ocurrió que tal vez se hubiera perdido por alguno de los largos y tortuosos corredores en penumbra, y decidió invertir el juego, y salir de su escondrijo para buscarlo, divertida primero por ser ahora la que perseguía, algo alarmada más tarde al ver que él no aparecía por más voces que diera a lo largo de la enorme mansión vacía.

Finalmente lo encontró, estaba sentado en el antiguo escritorio de nogal de la biblioteca, había logrado abrir las pesadas contras de madera del gran ventanal para procurarse un poco de iluminación y, absolutamente abstraído, observaba embelesado uno de los volúmenes más antiguos de la colección de su abuelo, primorosamente encuadernado.

Consciente de su olvido imperdonable, arrepentido por la ofensa de cambiar su compañía por la de libros viejos más ajados que ella, bien que se procuró que le perdonara. Se dedicó a excusarse alegando su pasión por los libros, lo fascinante de su casa, lo maravilloso de su biblioteca. «El suelo aquí no parece tan polvoriento; amémonos un poco, dejémonos llevar, entre tanta sabiduría de siglos, por algo más vivo y más intenso, como el deseo», propuso.

Y ella, ridícula, halagada, soberbia, mimosa, se dejó querer sin sospechar que posiblemente en ese largo rato en que vagó a su antojo sin vigilancia, tuvo tiempo no solo de mirar los libros, sino también el escritorio, y todo su contenido, y el cajón secreto y a saber cuántas cosas más.

Camila sintió que le lagrimeaban los ojos, pero no de pena ni desconsuelo, sino de ira contenida, al recordar cómo, al día siguiente de la romántica visita a la casona familiar, instalados ya en su lujoso apartamento frente al mar, su Negro encontró la manera de librarse de ella toda una mañana entera. «Vete de compras, querida, yo invito», y le tendió su tarjeta con una sonrisa de zorro que en aquellos momentos, avara, inocente, frívola, pensando solo en ampliar su armario y en los escaparates de sus joyerías preferidas, le pareció el colmo de la galantería.

Y se fue toda la mañana. Él le explicó que sabía que la entorpecería si la acompañaba y, además, se encontraba algo cansado y, además, tenía que hacer unas llamadas a Madrid, y prefería ducharse y afeitarse sin prisas. «Te esperaré aquí, mi amor, no sientas remordimientos, vete tranquila», susurró.

Cómo fui tan incauta, volvió a decirse ella, casi a punto de gritar sola en su cama en medio de la madrugada. Se quedó solo con todas las llaves de la casona a su disposición. Qué poco le habría costado bajar a hacer una copia y volver luego, cualquier día, con toda la calma del mundo, y entrar en la casa, en su casa, en la casa de su abuelo, y asaltar a sus anchas sus recuerdos y secretos.

«Tengo un viaje, querida, ya sabes, qué lástima, mis negocios en Málaga, mis socios pasan de todo y no me queda más remedio que ir yo hasta allí a supervisar...»

«Sí, a supervisar, pero lo mío», rabió Camila enredada entre las sábanas arrugadas.

Se sentía tan dolida, tan arrepentida por haber confiado, tan rematadamente lela por haberse dejado llevar por él... Con lo contenta, con lo independiente que se parecía a sí misma cuando encontró la carta de Gravina, y se puso a investigar, y montó la expedición marina. Con todo lo que había pasado durante la travesía. Con todo lo que había hecho y visto y los remordimientos posteriores y el dinero perdido...

Porque no había ningún barco que saquear, por supuesto que no, solo una cáscara vacía de nuez. Y es que todo, absolutamente todo, ahora lo comprendía, ya se había encargado de saquearlo él.

CUARENTA Y OCHO

—¿Jorge? Soy yo —dijo Roberto—. Te llamo para que estés tranquilo. Ayer acabamos de declarar a las tantas, pero estamos bien.

—¿Habéis visto los periódicos?

—No, ¿por qué?

—Hablan de ti, de vosotros, del intento de asesinato de Jimena, de la conexión entre el difunto Wiren, Cardoso y Puertoareas, de que el mercenario detenido, con varias costillas y un brazo y una pierna rota por la caída, ha confesado que fueron ellos quienes le ordenaron eliminarla porque con sus indagaciones sobre Aitor se estaba acercando demasiado a sus tejemanejes... Pero agárrate, lo peor es que ese tipo había estado en Madrid, ¡y nos tenía vigilados!

—¿Fue él quien intentó matar a Aitor?

—Toma, claro.

—Pues entonces me arrepiento de no haberle matado.

—No digas chorradas, sabes que eres incapaz de hacerlo... ¿Y la niña, dónde está?

—Aquí, conmigo.

—¿Vais a volver ya? Todos estamos como locos por veros.

—No, creo que vamos a quedarnos unos días por aquí. Este hotelito es encantador... Oye, Jimena acaba de despertarse. Te dejo.

Jorge suspiró algo frustrado. Le hubiera gustado hablar con Jimena, pero estaba seguro de que Roberto había pensado en formas mejores de entretenerla. Satisfecho por saber que se habían reconciliado, tomó el teléfono y marcó esta vez el de su casa, para llamar a Paloma y tranquilizarla. Luego tendría que llamar a Lola, pensó, y sintió una leve punzada de dolor en el pecho al pensar que, posiblemente, sería con Thomas, con su padre, con quien ella preferiría celebrar las buenas noticias.

Qué más daba, se encogió de hombros. Siempre había sido un amor platónico, inalcanzable, inaccesible... Paloma, en cambio, era real, y posible, y cercana.

Y solo le sacaba cinco años.

CUARENTA Y NUEVE

Camila se levantó razonablemente temprano aquel sábado pese a lo poco que había dormido. De tantas horas como había pasado en blanco, había terminado por aborrecer la cama, de modo que llegó a la conclusión de que lo mejor que podía hacer era espabilarse y, tal vez, relajarse nadando unos largos en la piscina. Después, a media mañana, tonificada, duchada y razonablemente despierta, pidió por fin que le sirvieran el desayuno. Y que esta vez estuviera bien cargado el café.

Se encontraba saboreando un zumo de naranja recién hecho y hojeando el periódico con desgana cuando llamó su atención un nombre en un titular que hablaba del desmantelamiento de una red de prostitución de alto standing en Estepona. Leyó la noticia con un leve interés primero y, a medida que se adentraba en la lectura, con avidez. Hubo un momento en que se sintió enrojecer por el bochorno, más o menos cuando iba por la mitad del extenso reportaje realizado con una exhaustiva labor de investigación y recopilación de datos en torno a los tres socios que dominaban toda aquella organización destapada a raíz del intento de asesinato de una abogada. También hablaba de una extensa y bien articulada red de tráfico de drogas y blanqueo de dinero. Pero luego, al final, cuando hubo concluido la lectura y cerrado el periódico, le dio por reír, con unas carcajadas tan sonoras y, como más tarde las describiría el mayordomo al resto del servicio, liberadas que este temió que se hubiera vuelto loca.

No lo estaba, por supuesto. Pero ya sabía cómo organizar su venganza.

En el diario se contaba que los cabecillas del negocio eran tres, que a menudo viajaban a la costa para «probar» en persona a sus chicas y que, de ellos, dos estaban plenamente registrados y fichados: uno era el difunto Joaquín Wiren, y el otro un tal Cardoso del que ella, en múltiples ocasiones, había oído hablar. Al parecer, este se había dado a la fuga alertado por un soplo proveniente, con casi plena certeza, de algún miembro corrupto de la policía de Málaga. La dificultad para dar con él y hacerlo declarar había impedido de momento identificar al tercer miembro, al socio que faltaba. Presumiblemente, era el cerebro financiero y legal y, por tanto, mucho más inteligente y prudente a la hora de hacer desaparecer toda referencia a él en los papeles y registros y, también, de dar la cara entre los empleados.

Sí, reconoció Camila, ese tercer socio sin duda era mucho más discreto. Pero a ella no había podido engañarla, tras tantas noches compartidas, y conversaciones al teléfono mantenidas en su presencia seguro de que no se iba a enterar de nada; y tras tantas confidencias reveladas sin querer, más por buscar su admiración y reconocimiento que por pensar que podría atar cabos en torno a sus actividades.

—¡Julián, el teléfono! —exigió, animada de pronto.

Y mientras el mayordomo llegaba y atendía a sus requerimientos, se relamió como una gata que acabara de zamparse un ratón. Levantó su zumo de naranja haciendo un remedo de brindis que solo ella entendió. Su sirviente no pudo oírla, pero ella, en voz muy baja, solo para sus adentros y un interlocutor imaginario decía:

—Enhorabuena, mi Negro, tras tanto viaje a Estepona para comprobar el estado de tu negocio, tras tantas mentiras y engaños, al fin vas a tener tu merecido. Querido José Luis —casi declamó—: Esta vez no vas a salir indemne. Por los cuernos que me has puesto, por robar mi barco, por mentirme y utilizarme, te juro que vas a caerte con todo el paquete.

—Aquí tiene, señora. —Julián, como siempre, le ofreció el teléfono, como las cabezas de los enemigos en tiempos antiguos, en bandeja de plata.

—Muchísimas gracias, Julián —gorjeó Camila. Y asiéndolo con fuerza y reflexionando sobre a qué periódico llamar primero, se dispuso a marcar reprimiendo una nueva carcajada.

CINCUENTA

—¡Puta vieja de los cojones! —gritó Martínez sin poder contenerse, dando patadas a todos los muebles inmensamente caros de su salón—. ¡Maldita vieja de los huevos! —bramaba, estrujando el periódico entre las manos.

Allí estaba todo: su nombre, sus datos, sus relaciones con Cardoso y Wiren, las cuentas conjuntas, las sociedades fundadas, los casos en que les había defendido... Hasta el concurso de acreedores de Continental, S. A.

Estaba seguro, no, estaba completamente convencido de que Camila no sabía ni la mitad de todo lo que había sido publicado, pero sí de que fue ella quien tiró del hilo.

Solo podía ser ella quien, alertando a la prensa, dando su nombre, sacándolo del armario del anonimato, había destruido todo aquello por lo que había luchado tanto: su nombre, su honor, su prestigio.

Lo que no terminaba de entender era por qué lo había hecho... ¿Por despecho al saber lo de su negocio de prostitución? ¿Porque había descubierto al fin lo del barco hundido? ¿O quizá, simplemente, porque como buena niña —o en este caso vieja, se dijo— mimada, se le había acabado el capricho?

Qué más daba. El caso es que quería rebanarle el pescuezo, hundirla, rajarle la cara, afearla todo lo posible, hacer que se tragara la silicona que llevaba distribuida por todo el cuerpo y...

El sonido del teléfono interrumpió sus sangrientos e irreales pensamientos.

—¿Sí? —contestó.

—Señor Martínez —era Carla, una de sus dos secretarias—. Aquí hay dos hombres que le están buscando...

—¿Tienen cita? —preguntó, haciendo acopio de toda su sangre fría.

—No, señor, dicen que son de la policía.

—Hazles pasar, por favor —dijo, con suma tranquilidad, aunque por dentro iba a explotar.

«Puta vieja», volvió a pensar mientras se colocaba correctamente los gemelos en los puños de su camisa, y se alisaba el cabello con las manos y se sentía enrojecer de ira.

«Maldita vieja de los cojones.»

«Asquerosa ricachona consentida de Camila.»

EPÍLOGO

Aitor dormía en su cama de hospital. Soñaba. Se recordaba en el fondo del mar, otra vez en las montañas Gorringe, y tenía de nuevo el doblón de oro en la mano. Luego el golpe en la nuca, las manos fuertes de varios hombres que usaban un salvavidas para, enganchado en él, sacarlo del mar y dejarlo sobre un bote y las voces de alguien que ordenaba que lo dejaran allí, a la deriva. Ya el mar se ocuparía de él. Odiaba tener que mancharse las manos matando a nadie. Le pagaban por traficar, no por hacer ese trabajo. «Dejadlo como está, tiradlo sobre el bote con traje y todo. No va de pesca, así que no estará armado y, si lo está, mejor para él, todavía puede rajarse el cuello antes de terminar devorado por los peces.»

Luego el agua, y las olas meciéndole, y el sol en su cara y su piel que se quemaba y los labios reventados y despertarse y descubrir que no había agua, ni comida, ni remos, ni nada y, confuso todavía, noqueado, desmayarse por la sed y sentirse morir y despedirse de todos en su mente y el sol sobre él, y ni una sola nube, y los pájaros que cantan y las nubes que se levantan y él murmurando una canción infantil que le había enseñado su madre y pidiendo que llueva, que llueva, la Virgen de la Cueva y decirse a sí mismo: cállate, Aitor, no seas idiota. Estás delirando.

Claro que lo estaba, pensó con un atisbo de lucidez aún dentro de su sueño. Por eso había bajado el ángel.

No sabía cuánto tiempo había pasado, pero sí que no quería despertarse. Seguía en el mar, de eso estaba seguro porque las olas seguían llevándole, de aquí allá, de aquí allá, en su eterno mecer en el que, estaba seguro, terminaría por ahogarse. Se imaginó cómo se vería si pudiera contemplarse desde lejos, desde un barco que pasara y le viera allí, en su balsita en medio del mar, como la mítica viñeta de un náufrago dibujada para cualquier tebeo de los que Nacho y él leían de niños. Solo le faltaba la bandera blanca.

—Señora —dijo una voz con extraño acento sobre su cabeza—. Parece vivo.

—¡Es imposible! Está inconsciente, quemado, deshidratado... —se asombró la voz de una mujer que, vaya tontería de sueño, le pareció conocida.

—Sí, señora, está vivo —insistió el del acento extraño—. Se está moviendo.

Hubo ruidos, chapoteos en el agua y de pronto unas manos, deliciosamente frías, que le tocaban el cuello para comprobar si tenía pulso todavía.

—¿Qué hacemos? —decía la mujer algo más lejos—. ¿Qué podemos hacer, Bruno?

—Yo no quiero problemas —intervino de pronto una nueva voz de hombre, altiva y en guardia, llena de decisión y fuerza, que hizo a Aitor suponer, con toda su lógica de náufrago a la deriva, que si la mujer era un ángel, posiblemente este, el tipo, no pudiera ser otro que el diablo.

—¡Pero no lo podemos dejar aquí! ¡No así!

—Posiblemente, si ha habido un naufragio, haya tenido tiempo de emitir desde su radio alguna señal de ayuda. Seguro que hay más barcos acercándose aquí, querida. En nuestro caso, lo mejor será que nos vayamos.

—¿Y qué es eso que brilla en su cuello? —preguntó de pronto la mujer.

Aitor notó cómo una mano hurgaba en la cremallera de su traje de neopreno hasta sacar, de uno de sus bolsillos interiores, la moneda que había encontrado en el fondo del mar.

—¡No puede ser! ¡Ha encontrado el tesoro! ¡Él! —gritó la mujer.

—Regístralo, quítale el traje, a ver si tiene algo más —ordenó el hombre con voz de diablo.

Las mismas manos frías que acababan de palpar su cuello le despojaron del traje con una sucesión de tirones a cada cual más brusco, Aitor oyó cómo se abrían las cremalleras y el velcro que cerraba los bolsillos de su traje y, después, este caía con un ruido sordo al suelo del bote.

—No hay nada más —confirmó la voz junto a él.

—Pues vámonos. Él no ha encontrado nada, querida, solo la moneda. Pero una cosa puedo asegurarte: si había una moneda perdida en el fondo, es que ya no está en los cofres del barco, donde debería permanecer a buen recaudo. Debemos desistir del plan: está claro que alguien se nos ha adelantado.

—Pero... ¿y él? ¡No consentiré que lo dejemos ahí! ¡Le conozco!

—Olvídalo —insistió el diablo—, en muy poco tiempo habrá más barcos aquí alertados por su llamada de socorro antes de naufragar. Luego comenzará una serie interminable de preguntas de las autoridades queriendo saber qué hacíamos precisamente aquí y con todo el equipo de rastreo... ¿Qué quieres? ¿Que nos acusen de saquear el fondo del mar?

El ángel, Aitor lo supo, estaba a punto de claudicar.

—Está bien... Pero no lo dejaré así. Traed un cubo con agua dulce, y víveres, y cubridlo con una camisa para que no se le queme la piel, rápido —exigió.

Aitor, como un pelele sin vida, sintió que le refrescaban la cara con una toalla mojada en agua, y que le ponían una camisa raída y que, luego, un nuevo chapoteo se alejaba de él. Volvía a estar solo en el bote.

Entonces percibió el rugido del motor del barco que se acercaba y, en un esfuerzo sobrehumano, abrió los ojos para saber quién era aquel ángel que se había inquietado por él.

Desde la barandilla, sobre él, una mujer algo mayor, tal vez como su madre, le observaba con expresión preocupada. Iba vestida de blanco. Y era muy guapa, de facciones perfectas. Como un ángel.

Y entonces despertó.

—Mi vida —preguntó Lola, sentada en una esquinita de su cama blanca—. ¿Estás bien? Hablabas en sueños...

—Sí. Estaba soñando.

—¿Has recordado algo más? Ya sabes que Thomas nos ha dicho que posiblemente te queden algunas secuelas: alucinaciones pasajeras en torno al mar, miedo a la oscuridad o al agua...

—No pasa nada, quédate tranquila —la calmó—. No era una pesadilla. Había un ángel.

—No me digas —comentó Lola con expresión incrédula.

—Pero lo más raro es que se parecía a la madre de Adolfo y Rodri, ¿la recuerdas? A Camila...